Thomas Pynchon

Slow Learner

•

느리게 배우는 사람

창 비 세 계 문 학

30

•

느리게 배우는 사람

•

토머스 핀천

박인찬 옮김

창비

차례

•

일러두기

1. 이 책은 Thomas Pynchon, *Slow Learner* (Little, Brown and Company 1984)를 번역 저본으로 삼았다.
2. 본문 중의 각주는 옮긴이의 것이다.
3. 원문에서 이탤릭체로 강조한 부분은 고딕으로 표시하였고, 이탤릭체로 쓴 외래어는 홑따옴표를 하거나 고딕으로 표시하였다.
4. 외국어는 가급적 현지 발음에 준하여 표기하되, 일부 우리말로 굳어진 것은 관용을 따랐다.

작가 서문

내가 기억하는 한, 이 책에 담긴 이야기들은 1958년부터 1964년 사이에 씌어졌다. 그 가운데 네편은 내가 대학에 다닐 때 쓴 것이고, 다섯번째 작품인 「은밀한 통합」(The Secret Integration, 1964)은 습작생을 뛰어넘어 신인 작가의 작품에 가까운 것이다. 설사 말소된 수표라 하더라도, 이십년 전에 쓴 작품을 들여다봐야 한다는 게 자신에게 얼마나 큰 충격일지 여러분은 아마 쉽게 짐작할 수 있을 것이다. 이 단편들을 다시 읽었을 때 나의 첫 반응은 한마디로 '오 맙소사'였다. 돌이키고 싶지 않은 신체증상이 동반되었음은 말할 것도 없다. 그러고 나서 들었던 두번째 생각은 완전히 다시 쓰자는 것이었다. 이 두가지 충동 사이에서 고민하다가 나는 중년다운 평정심을 내세워, 그 당시 어린 작가였던 나를 이제 있는 그대로 봐줄 나이가 된 것처럼 행세하기로 했다. 이 어린 친구를 내 인생에서 내칠 수는 없었기 때문이다. 다른 한편으로는, 아직 개발되지 않은 어떤 테크놀로지의 도움으로 오늘 우연히 그를 만나게 된다면, 그에게 돈을 빌려주거나, 혹은 그것을 핑계 삼아 길을 걷다가 맥주를 한잔하며 옛 시절에 대해 함께 이야기를 나누면 얼마나 기분 좋을까 하는 생각도 들었다.

본격적인 설명에 앞서 이 책에는 아주 이해심 많은 독자들이 보기에도 엄청나게 지루하고, 게다가 유치하고 무책임하기까지 한 구절들이 더러 있다는 점을 미리 말해두는 게 맞을 것이다. 하지만 그럼에도 불구하고 나의 가장 큰 바람은 이 단편들이 가끔 과장되고 우스꽝스러우며 무분별해 보이더라도 그 모든 결함이 있는 그대로 여전히 쓸모가 있었으면 하는 것이다. 왜냐하면 그런 점들은 초보적 수준의 소설에 나타나는 전형적인 문제점과 글을 쓴 지 얼마 되지 않은 젊은 작가들이 피했으면 하는 사례들에 대한 주의를 담고 있기 때문이다.

「이슬비」(The Small Rain)는 내가 처음으로 발표한 단편소설이다. 작품의 세부적인 내용은 내가 두해 동안 해군에서 복무했을 때 육군에서 군대생활을 한 어떤 친구가 제공한 것이다. 실제로 허리케인이 발생했고, 내 친구가 근무했던 통신대 파견부대는 소설에서 묘사된 임무를 수행했었다. 내 글에 대해 내가 마뜩잖게 생각하는 것들이 대부분 이 단편에 좀더 진전된 형태로뿐 아니라 초기의 형태로 이미 나타나 있다. 우선, 주요 인물이 안고 있던 문제가 그 자체로 이야기가 될 만큼 충분히 살아 있고 흥미롭다는 점을 나는 미처 깨닫지 못했다. 척 보기에도, 비 이미지들과 「황무지」(The Waste Land)와 『무기여 잘 있어라』(A Farewell to Arms)에서 참조한 것들을 추가로 집어넣어야 한다고 내가 느꼈던 게 분명하다. 당시에 나는 "되도록 문학적으로 써라"라는 신조에 따라 글을 썼는데, 그것은 내가 직접 만들어놓고 따른 나쁜 충고였다.

이와 마찬가지로 당혹스러운 것은 나의 어두운 말귀 때문에 특히 이야기의 결말에 가서 대화의 많은 부분을 망가뜨렸다는 점이다. 그 당시 지방 사투리에 대한 내 감각은 기껏해야 원시적인 수준이었다. 나는 사람들의 말투가 군대에서 어떻게 하나의 기본적인 지역 말투로 동질화되는지 알게 되었다. 뉴욕에서 온 이딸리아 거리의 친구들은 시간이 조금만 흐르면 남부의 시골 말투로 말하기 시작했고, 휴가에서 돌아온 조지아 주 출신의 수병들은 양키처럼 말하니 아무도 자신들의 말을 알아듣지 못하더라고 불평을 털어놓았다. 북부 출신인 나의 귀에 '남부 말투'로 들린 것은 실제로 표준적인 이런 군인 말투였지 다른 것이 아니었다. 나는 평소 버지니아 주의 해안지방에 사는 민간인이 하는 말을 들을 때마다 '아우'가 '우'처럼 들린다고 생각했지만, 민간인 지역이든 아니든 간에 실제 남부의 여러 지역, 심지어 버지니아의 여러 지역마저도 사람들이 쓰는 말투가 매우 다양하다는 사실을 전혀 몰랐다. 그것은 당시의 영화에서도 자주 눈에 띄던 실수였다. 단편소설의 술집 장면에서 구체적으로 문제가 되는 것은 작품에 등장하는 루이지애나 출신의 아가씨를 처음부터 불완전하게 들리는 버지니아 해안지방의 이중모음으로 말하도록 설정했을 뿐만 아니라, 그보다 더 심각하게는 그것을 플롯의 한 요소—주인공 러바인과, 나아가 이야기 내에서 발생하는 사건들에까지 영향을 주는 요소—로 계속해서 쓰려고 했다는 점이다. 제대로 된 귀를 채 갖기도 전에 섣불리 자랑하려고 했던 것부터가 잘못이었다.

가장 결정적이면서 꺼림칙한 것은 나의 화자, 거의 나에 가깝지만 완전히 나라고는 할 수 없는 화자가 죽음이라는 주제를 다루는 방식이 결점을 지닌 채 이야기의 중심을 차지하고 있다는 점이다. 우리가 궁극적으로 문학의 '진지함'에 관해 이야기할 때 말하는 것은 죽음에 대한 태도, 예컨대 등장인물이 죽음에 직면하여 어떻게 행동하는가, 혹은 죽음이 그렇게 목전의 일이 아닐 때에는 그것에 어떻게 대처하는가 하는 문제들이다. 이 점을 모르는 사람은 하나도 없다. 하지만 죽음이란 주제는 젊은 작가로서는 좀처럼 꺼내기 어려운 것인데, 그 이유는 습작생의 나이에 있는 모든 사람에게 그러한 시도는 대부분 헛수고로 느껴지기 때문이다. (내가 생각하기에 판타지와 공상과학소설이 젊은 독자들에게 아주 매력적인 이유 중 하나는 등장인물들이 4차원을 통해 어디든 쉽게 여행하고 그럼으로써 물리적 위험과 시간의 불가피한 제약을 피할 수 있게끔 시공간이 바뀌면서 인간의 죽어야 할 운명은 여간해서는 문제가 되지 않기 때문이다.)

「이슬비」를 보면 등장인물들이 죽음을 성인기 이전의 방식으로 다룬다는 것을 알 수 있다. 그들은 늦잠을 자거나 완곡한 어법을 쓰면서 죽음을 회피한다. 죽음을 언급해야 될 때에는 농담을 하려고 든다. 설상가상으로 그들은 죽음을 섹스와 연관시킨다. 이야기의 결말 부분으로 가면 누가 봐도 성적 접촉이 일어날 것처럼 보인다. 하지만 텍스트에서는 그것을 결코 알아낼 수가 없다. 표현이 갑자기 공상적으로 바뀌어서 읽기가 힘들게 되는 것이다. 내가 섹스에 대해 사춘기 청소년처럼 겁을 먹어서 그리된 것 같지는 않다. 돌이켜보면, 그 당시 대학생층의 하위문화 전반에는 일반적인 두려움이 있었던 듯싶다. 자기검열의 경향도 있었다. 당시는『울부짖음』(Howl)『롤리타』(Lolita)『북회귀선』(Tropic of Cancer),¹ 그리고 그러한 작품들로 인해 촉발된 과도한 법률 집행의 시대였다. 그 시절에 유통된 미국의 쏘프트코어 포르노조차도 섹스 묘사를 피하기 위해 허무맹랑한 상징적인 서술을 길게 늘어놓기 일쑤였다. 오늘날 이 모든 게 다 끝난 문제처럼 보이지만, 그 당시에는 사람들의 글쓰기를 심각하게 제약하고 있었다.

이 단편에서 내가 지금 흥미를 느끼는 이유는 예스러우면서도 미숙한 태도보다는 계급적인 시각 때문이다. 평화 시의 군복무는 목적이 무엇이든 간에 사회 전체의 구조를 탁월하게 예시해준다. 민간인의 생활에서는 보통 인지되지 않던 구분이 '장교'와 '병사' 사이의 군사상 구별에서는 어린 사람이 보기에도 곧바로 분명하게 나타난다. 아주 놀랍게도, 대학교육을 받고 활보하는 다 자란 성인도 카키색 군복을 입히고 거기에 계급장을 달아 무거운 책임

1『울부짖음』은 앨런 긴즈버그(Allen Ginsberg, 1926~97)의 장시,『롤리타』는 블라디미르 나보코프(Vladimir Nabokov, 1899~1977)의 소설,『북회귀선』은 헨리 밀러(Henry Miller, 1891~1980)의 소설로, 모두 외설적인 내용이 문제가 되었던 작품이다.

을 부여하면 실제로 바보가 된다. 그리고 이론적으로 엉터리 같을지 몰라도 노동자계급 출신의 하사관들이 능력·용맹함·인간미·지혜 면에서, 그리고 교육받은 계급이 자신들과 연관시키는 다른 덕목들에서 훨씬 더 뛰어남을 보인다. 문학적인 맥락 속에서 제시되기는 하지만, 이 단편에서 라대스 러바인이 느끼는 갈등은 어디에 충성할 것인가 하는 문제이다. 나로 말할 것 같으면 비정치적인 1950년대 학생이었던 터라 당시에는 그것을 미처 깨닫지 못했다. 하지만 지나고 나서 생각해보니 나 역시 그 당시 글을 쓰던 대부분의 사람들이 어떤 식으로든 대처해야만 했던 딜레마와 씨름하고 있었다.

가장 단순한 차원에서 보자면, 그것은 언어와 관련된 문제였다. 우리는 여러 방향—잭 케루악(Jack Kerouac)과 비트 세대의 작가들, 『오기 마치의 모험』(*The Adventures of Augie March*)에서의 쏠 벨로우(Saul Bellow)의 어법, 허버트 골드(Herbert Gold)와 필립 로스(Philip Roth)처럼 새롭게 부상한 작가들의 목소리—을 통해 적어도 전혀 다른 두종류의 영어가 어떻게 소설 속에 공존하는 게 허용될 수 있는지 보았다. 허용되다니! 이렇게 써도 실제로 아무런 문제가 되지 않았다. 그럴 줄 누가 알았겠는가? 그 결과는 흥미진진했고 해방적이었으며 매우 긍정적이었다. 그것은 양자택일의 문제가 아니라 가능성의 팽창이었다. 어쩌면 상황에 따라서는 그렇게라도 해야 될지 모르지만, 우리가 통합을 의식적으로 모색했다고는 생각하지 않는다. 이후 1960년대의 '신좌파'의 성공은 대학생과 블루칼라 노동자들이 정치적으로 서로 협력하는 데 실패함으로써 한계에 부딪힐 수밖에 없었다. 실패의 한가지 이유는 실제적이지만 눈에 보이지 않는 계급적 힘의 장이 두 집단 사이의 소통을 방해했기 때문이다.

그 당시에 그러한 갈등은 다른 대부분의 갈등처럼 요란스럽게 드러나지는 않았고, 문학계에서는 전통과 비트 문학의 대립이라는 양상으로 나타났다. 아주 멀리 떨어져 있기는 했지만, 우리가 계속해서 귀담아들은 행동무대 중 하나는 시카고 대학이었다. 예를 들어 많은 사람들의 관심과 존경을 받던 문학비평계의 '시카고 학파'가 있었다. 그와 동시에 비트를 지향하는 『빅 테이블』(*Big Table*)지를 낳은 『시카고 리뷰』(*Chicago Review*)지의 대대적인 쇄신이 있었다. "시카고에 도대체 무슨 일이 일어났는가"라는 문구는 상상할 수 없는 전복적인 어떤 위협의 약칭이 될 정도였다. 그러한 다른 많은 논쟁들이 있었다. 전통의 엄연한 힘에 맞서 우리는 원심력 있는 유혹물에 이끌렸는데, 노먼 메일러(Norman Mailer)의 산문 「하얀 검둥이」(The White Negro), 널리 전파되어 어디서나 들을 수 있었던 재즈음악, 그리고 내가 위대한 미국소설 가운데 하나라고 지금도 굳게 믿고 있는 잭 케루악의 『길 위에서』(*On the Road*) 같은 것이었다.

그러한 것에서 내가 부수적으로 얻은 게 있다면 1950년대 초에 다시 출판된 헬렌 워델(Helen Waddell)의 『유랑 학자들』(*The Wandering Scholars*)이었다. 이 책은 수도원을 단체로 나와 유럽의 여러 지방을 방랑하면서, 자신들의 학구적인 세계 바깥에서 만난 다양한 계층의 삶을 노래로 찬양하는 중세시대의 젊은 시인들에 관한 내용을 담고 있다. 당시의 대학환경을 감안할 때 이와 유사한 것은 거의 볼 수 없었다. 정확하게 말하자면 대학생활이 따분해서가 아니라, 담쟁이덩굴로 뒤덮인 대학의 담벼락을 통해 모르는 사이에 계속 스며들었던 이러한 대안적인 세속적 삶에 대한 자료들 덕분에, 우리는 그 당시 학교 바깥에서 윙윙거리고 있던 다른 세계에 대해 조금씩 알아가기 시작했다. 우리 중의 몇몇은 무슨 일이 일어날지 알고 싶은 충동을 참을 수 없어서 학교 밖으로 나갔다. 그 가운데 많은 사람은 학교 안으로 직접 소식을 가지고 돌아와 다른 동료들에게 한번 해보라며 부추겼다. 이는 1960년대를 휩쓴 대규모 대학생 자퇴의 서막이 되었다.

나는 비트 운동을 단지 피상적으로만 알고 즐겼다. 다른 사람들처럼 나 역시 최소한 맥주 두병을 끼고 재즈클럽에서 수많은 시간을 보냈다. 밤에는 뿔테 안경을 쓰고 다녔다. 젊은 여자들이 이상한 복장을 하고 있는 건물 위층의 파티에도 갔다. 나는 온갖 유형의 마리화나 유머가 너무나도 재미있었다. 하지만 당시에 그런 유머는 그 유용한 물건의 입수 가능성과 반비례 관계에 있었다. 1956년 버지니아 주 노퍽에서 나는 어느 서점 안을 어슬렁거리다가 비트 감성을 향한 초기 토론장 역할을 했던 『에버그린 리뷰』(*Evergreen Review*)지 한 호를 발견했다. 내 눈을 뜨게 해준 놀라운 사건이었다. 당시의 나는 해군에 있었지만, 갑판 위에 빙 둘러앉아 초기의 로큰롤 노래만을 골라 각자 맡은 부분을 완벽하게 노래할 사람, 봉고와 색소폰을 연주했던 사람, 그리고 버드와 클리포드 브라운[2]이 죽었을 때 진심으로 슬퍼한 사람들을 이미 알고 있었다. 대학으로 다시 돌아왔을 때 나는 학구적인 사람들이 그 당시 유행하던 『에버그린 리뷰』지의 속내용은 말할 것도 없고 **겉표**지만 봐도 심각하게 경계하던 것을 보았다. 비트 세대에 대해 몇몇 문학인들이 보인 태도는 내가 복무했던 해군 군함의 어떤 장교들이 엘비스 프레슬리에 대해 보인 태도와 비슷했다. 가령 그들은 배에 탄 병사들 가운데 머리를 엘비스처럼 빗은, 문제의 진원지처럼 보이는 병사들에게 접근해서, "그가 말하려는 게 뭐야?"라고 심각하게 묻고는 했다. "그가 바라는 게 뭔데?"

우리는 문화적 시기의 과도기에 있었다. 생소한 비트 이후 단계로 접어들자 우리의 충성심은 양분되었다. 비밥 재즈와 로큰롤이 스윙음악과 전후의 팝음악에 대응했던 것처럼, 이 새로운 글쓰기는 우리가 대학에서 주로 접하던 좀더 안정적인 모더니즘 전통과 대응관계에 있었다. 유감스럽게도 우리에게 그보다 더 중요한 선택은 없었다. 우리는 구경꾼이었다. 행진이 지나가면 우리는 모든 것을 간접적으로 이미 취했으며, 당대의 미디어가 제공하는 것을 바로 받아들이는 소비자였던 것이다. 이러한 사실은 우리가 비트의 자세와 걸음걸이를 취하는 것을 막지 못했고, 궁극적으로는 포스트비트 세대로서 우리 모두가 미국적 가치와 관련하여 믿고 싶어하는 것들에 대한 건전하고 점잖은 긍정을 좀더 깊숙이 들여다보는 것을 막지 못했다. 십년 뒤에 히피의 부활이 도래하자, 잠깐이

---

2 버드는 찰리 '버드' 파커(Charlie 'Bird' Parker, 1920~55)로서 미국의 재즈 알토 쌕소폰 연주자이며, 클리포드 브라운(Clifford Brown, 1930~56)은 미국의 트럼펫 연주자이다.

긴 했지만 향수와 지지의 분위기가 있었다. 비트 선각자들이 부활했고, 사람들이 알토 색소폰 선율을 전기기타에 맞춰 연주하기 시작했으며, 동양의 지혜가 다시 유행했다. 약간만 다를 뿐 이전과 똑같았다.

그런데 부정적인 측면은 비트 운동의 두 형식 모두 영원한 다양성을 포함해 젊음을 지나치게 강조한다는 사실이었다. 당시의 나 또한 젊음을 허비하긴 했지만, 내가 청춘기의 철없음이라는 관점을 거론하는 이유는, 완벽하게 성숙하지 않은 섹스와 죽음에 관한 태도와 더불어 나의 어떤 사춘기적 가치가 안 그랬더라면 공감이 갔을 등장인물에 스며들어 그를 얼마나 쉽게 망칠 수 있는지 주목하기 위해서이다. 「로우랜드」(Low-lands)에 등장하는 데니스 플랜지가 바로 그런 유감스러운 경우이다. 어떤 면에서 이 작품은 단편이라기보다 인물 스케치에 가까운데, 데니스는 이야기가 진행되는 동안에 거의 '자라지' 않는다. 그는 계속해서 발전이 없는 상태로 남아 있고 그의 환상은 당황스러울 정도로 생생한데, 이것이 이야기에서 일어나는 것의 전부이다. 이야기의 중심점은 환하게 빛날지 모르나 문제의 해결과 움직임 혹은 생동감 같은 것은 거의 없다.

요즘 들어 특히 여자들에게는 전혀 비밀이 아닌 것이, 거짓말처럼 들릴지 모르겠지만, 많은 미국 남성들, 심지어 정장을 입고 계속해서 직업을 유지하고 있는 중년의 남성들조차 사실 속으로는 아직 어린 소년이라는 것이다. 플랜지가 바로 그런 유형의 인물이다. 하지만 이 작품을 쓸 당시 나는 그가 꽤 근사하다고 생각했다. 그는 아이를 갖기 원하지만—왜 그런지는 분명치 않은데—성인 여자와 실제 생활을 함께하는 댓가를 치르면서까지는 아이를 원하지 않는다. 이에 대한 그의 해결책은 어린아이 같은 신체와 태도를 가진 여인 네리사이다. 확실하게 기억나지는 않지만, 그녀가 단지 데니스의 환상 속 인물에 불과한지 그렇지 않은지에 대해 나는 모호하게 처리하고 싶었던 것 같다. 좀더 쉽게 말하면 데니스의 문제는 나의 문제지만, 나는 문제를 그에게 떠넘기려고 했던 것이다. 이렇게 말하면 공정할지 어떨지 모르겠지만, 그 문제는 좀더 일반적인 문제일 수도 있다. 그 시절 나는 결혼이나 육아를 해본 직접적인 경험이 없었고, 그래서 당시에 퍼져 있던—굳이 근거를 밝히자면, 특히 『플레이보이』(Playboy) 같은 남성 잡지에 나오는—남성의 태도를 취했다. 나는 그 잡지가 단지 발행인의 개인적인 가치관만을 반영했다고는 생각하지 않는다. 만약에 미국 남자들이 그러한 가치를 폭넓게 공유하지 않았더라면, 『플레이보이』지는 벌써 망해서 모습을 감췄을 것이기 때문이다.

특이하게도 내가 이 단편을 데니스의 이야기로 쓰려고 의도했던 건 전혀 아니었다. 난 데니스가 피그 보딘에 비해 정상적인 사람이면 된다고 생각했다. 실제로 이야기의 출발점이 된 것은 그 불건전한 수병에 해당하는 현실 속의 인물이었다. 난 해군에 있을 때 함께 배를 탄 사수 동료로부터 신혼여행 이야기를 들은 적이 있었다. 우리는 버지니아 주 포츠머스에서 함께 해안 초계 근무를 하고 있었다. 우리가 맡은 구역은 인적이 없는 조선소 주변이었다. 철책선과 철로의 지선 등을 돌며 단속하는 게 임무였다. 밤에는 인정사정없이 추워서, 바깥으로 나다니는 행실 나쁜 선원이라곤 단 한명도 보이지 않았다. 그래서 초계 근무의 고참병인 해군 동료에게 시간을 때울 겸 바다 이야기를 해보라는 요구를 했는데, 이것은 그때 그가 했던 이야기 중 하나였다. 그가 신혼여행 중에 실제 겪은 사건을 나는 데니스 플랜지에게 일어난 일로 바꾸었다. 내가 크게 흥미를 느낀 것은 이야기의 내용만큼이나 누구든 그런 식으로 행동할 수도 있겠다는 아주 추상적인 생각 때문이었다. 나중에 밝혀진 사실이었지만, 내 동료의 술친구는 배 위에서 나눈 여러 이야기에 자주 등장하곤 했다. 나보다 먼저 해안 근무 발령이 나 있던 그는 전설이 되어버렸다. 마침내 제대하기 바로 전날, 나는 노퍽 해군기지의 막사 바깥에서 이른 아침에 집결해 있다가 그를 보게 되었다. 그를 힐끗 본 순간, 나는 그가 자신의 이름에 대답하는 소리를 채 듣기도 전에, 바로 그 친구라는 걸 초감각적 인식으로 직감했다. 그 후로 내 소설에 한두차례 더 등장할 만큼 여전히 피그 보딘을 너무나 좋아하기 때문에 내가 그때의 순간을 과장하고 있는 건 아니다. 우리의 행로가 그렇게 기묘하게 실제로 교차했다는 사실을 떠올리면 흐뭇해진다.

요즘 독자들이 이 단편을 읽는다면 말의 수위가 읽는 내내 받아들이기 힘들 정도로 인종주의적이고 성차별적이며 원시 파시즘적이어서, 최소한 꺼림칙하게는 느껴질 것이다. 단지 피그 보딘의 목소리일 뿐이라고 말할 수 있다면 얼마나 좋을까만은, 유감스럽게도 그것은 당시의 내 목소리이기도 했다. 지금 내가 할 수 있는 최선의 말은 그 시절에는 아마도 그게 진실이었을지도 모른다라는 것이다. 그때는 존 케네디의 롤모델이었던 제임스 본드가 주위의 제3세계 사람들을 발로 차는 걸로 이름을 날리던 무렵으로, 이는 나를 포함한 많은 친구들이 읽고 자란 소년 모험소설의 또다른 확장이었다. 얼마 동안 일련의 억측과 차별이 아무런 이견이나 의심 없이 널리 퍼져 있었고, 몇년 뒤에는 1970년대의 텔레비전 캐릭터 아치 벙커[3]를 통해 완벽에 가깝게 보여졌다. 인종 간의 차이는 돈과 권력의 문제만큼 근본적인 문제가 아닐지 몰라도, 때로는 그것을 아주 개탄하는 사람들의 관심을 끌면서, 우리를 계속 분열시키고 나아가 그렇게 함으로써 우리를 상대적으로 가난하고 힘없는 상태로 만드는 데에 유용하게 쓰여왔다. 하지만 이렇게 말한다 해도, 여전히 이 단편의 서사적 목소리가 제대로 알지도 못하면서 우쭐대는 얼간이의 목소리임에는 변함이 없다. 그 점에 대해 나는 사과를 하고자 한다.

이제 와서 보니 「로우랜드」가 마음에 들지 않긴 해도, 「엔트로피」(Entropy)를 바라볼 때의 참담한 마음에 비하면 아무것도 아니다. 「엔트로피」는 갓 입문한 작가들이 늘 경계해야 하는 절차상의 실수를 잘 보여주는 작품이다. 하나의 주제, 전체를 통일시키는 상징 혹은 또다른 추상적인 요소에서부터 이야기를 시작한 다음, 등장인물과 사건을 그것에 억지로 끼워맞추려 한 것은 명백하게 잘못된 방식이다. 그와 반대로 「로우랜드」에서는 비록 등장인물들이 다른 방향에서 문제가 있기는 했지만, 적어도 나는 그들로부터 이

---

3 아치 벙커(Archie Bunker)는 미국 텔레비전 씨트콤 「올 인 더 패밀리」(All in the Family)에서 캐럴 오코너가 맡았던 역할로, 일반적으로 보수적이고 성미 급한 백인 노동자를 가리킨다.

야기를 시작했고, 나중에 이론적인 문제를 끌어들여 이야기 전체에 교육받은 계층의 모습을 보여주고자 했다. 만약 그렇게 하지 않았더라면 자신의 인생에서 부닥친 난관들을 해결하지 못한 수많은 마뜩찮은 사람들에 관한 이야기가 되었을 텐데, 그러면 누가 그것을 필요로 하겠는가? 그럼 지금부터 이야기하기와 기하학에 관해서 잠시 설명하겠다.

이 작품이 몇차례 선집에 실려서인지, 사람들은 내가 엔트로피라는 주제에 대해서 잘 안다고 생각하는데 실제로는 그러하지 못하다. 남의 말에 잘 속아넘어가지 않는 도널드 바셀미(Donald Barthelme)조차 어떤 잡지와의 인터뷰에서 내가 그 주제를 전매특허처럼 다룬다고 말했다. 어찌 되었든, 『옥스퍼드 영어사전』에 따르면 그 말은 1865년에 루돌프 클라우지우스(Rudolf Clausius)가 '에너지'라는 말을 본떠서 지어낸 것이다. 클라우지우스는 '에너지'가 '노동의 양'을 나타내는 그리스어라고 생각했다. 엔트로피 혹은 '변형의 양'은 열이 노동으로 바뀌는 일반적인 싸이클 내에서 열기관이 거치는 변화를 살펴보기 위한 방법으로 도입되었다. 만약 클라우지우스가 자신의 모국어인 독일어에 집착하여 그것을 엔트로피라는 말 대신에 '페어반들룽스인할트'(Verwandlungsinhalt)[4]라고 불렀다면, 지금과는 전혀 다른 영향을 끼쳤을 것이다. 엔트로피는 그때로부터 약 70~80년 동안 제한적으로 연구되다가 몇몇 커뮤니케이션 이론가들 사이에서 다시 각광을 받게 되었고, 엄청난

---

4 '변형의 양'(transformation-contents)을 뜻하는 독일어 합성어.

개념상의 전환을 거친 끝에 현재 꾸준히 통용되고 있다. 나는 우연하게도 『헨리 애덤스의 교육』(*The Education of Henry Adams*)을 읽은 때와 거의 같은 시기에 노버트 위너(Norbert Wiener)의 『인간의 인간적 활용』(*The Human Use of Human Beings*) — 관심있는 일반 독자들을 위해 자신의 전문적인 저서 『싸이버네틱스』(*Cybernetics*)를 다시 쓴 책 — 을 읽었다. 「엔트로피」의 '주제'는 대부분 이 두사람이 말하고자 한 것에서 파생됐다. 그 시절 내가 마음에 들어했던 자세는 — 성인 이전의 연령층에서 꽤 흔한 것이기를 바라는데 — 대량 살상 혹은 몰락에 관한 것이라면 뭐든 우울하게 환호하는 그런 자세였다. 사실 현대의 정치 스릴러 장르는 그러한 죽음에 대한 전망을 대규모로 화려하게 꾸며서 이득을 챙기는 것으로 정평이 나 있다. 당시 대학생이었던 나의 정서를 고려해볼 때, 통제에서 벗어난 힘에 관한 애덤스의 생각은 우주적인 열역학적 죽음(heat-death)과 완전한 정지(mathematical stillness)에 관한 위너의 스펙터클과 결부되어, 읽는 순간 '바로 이거다' 싶었다. 그러나 이것의 거리감과 웅장함 때문인지 나는 이야기 속의 인간들에게 별로 주의를 기울이지 못했다. 내 생각에 등장인물들은 인조 합성물처럼 생동감이 부족하다. 게다가 묘사해놓은 결혼의 위기도 플랜지 부부처럼 납득하기 어려울 정도로 단순화되어 있다. 디온(Dion)이 늘 노래하듯이, 내가 얻은 교훈은 슬프지만 사실인데,[5] 지나치게 개념적이거나 지나치게 멋지면서 멀리 떨어져 있으면 등장인물은 종

---

5 1950~60년대에 크게 인기를 끌었던 미국의 자작가수 디온 디무치(Dion DiMucci, 1939~)의 히트곡 「런어라운드 쑤」(Runaround Sue)에 나오는 가사이다.

이 위에서 죽는 법이다.

잠깐 동안 내 관심은 사물들을 에너지가 아니라 온도에 따라 배치하는 문제에 온통 쏠려 있었다. 나중에 엔트로피에 대해 좀더 읽고 난 후 나는 그것이 그렇게 나쁜 방법이 아니란 걸 알게 되었다. 그렇지만 당시의 내 얕은 지식을 너무 과소평가하지는 말라. 예컨대 나는 섭씨 37도가 인체의 온도라는 생각에 화씨 37도를 균형점으로 선택했다. 귀엽지 않은가!

게다가 모든 사람이 엔트로피를 그렇게 어둡게만 보았던 것은 아니다. 『옥스퍼드 영어사전』을 다시 한번 언급하자면, 클러크 맥스웰(Clerk Maxwell)과 테이트(P. G. Tait)는 적어도 얼마 동안은 클라우지우스와는 반대의 뜻으로, 즉 노동을 위해 쓸 수 없는 에너지가 아니라 쓸 수 있는 에너지의 척도로서 엔트로피를 사용했다. 미국에서 1세기 전에 엔트로피의 개념을 이론적으로 상세하게 발전시킨 윌러드 기브스(Willard Gibbs)는 도식을 그려가며 설명하기도 했는데 어쨌든 엔트로피를 열역학, 특히 열역학 제2법칙을 대중적으로 보급시키기 위한 방편으로 생각했다.

현재 「엔트로피」에서 가장 내 눈길을 끄는 것은 열역학적인 암울함보다는 1950년대가 사람들에게 어떠했는가를 조명하는 방식이다. 내 생각에 이 단편은 그 당시에 내가 썼던 어떤 글 못지않게 비트 이야기에 가까운데, 비트 정신을 간접적인 과학으로 복잡하게 한 것일 뿐이다. 나는 「엔트로피」를 1958~59년에 썼다. 내가 작품 속에서 1957년을 "그때 당시"라고 말한 건 비꼬기 위해서였다. 그 시절의 한해는 다른 한해와 거의 비슷했다. 1950년대가 끼친 치명적인 영향 중 하나는 자라나는 사람들에게 그 시대가 영원히 지속될 거라는 확신을 심어주었다는 것이다. 그 당시만 해도 머리를 이상하게 깎은 의회의 건방진 벼락스타 정도로만 여겨지던 존 케네디가 관심을 끌기 전까지는, 방향을 잃은 듯한 분위기가 사회 전반에 팽배해 있었다. 아이젠하워가 집권하던 동안에는 세상이 이전처럼 흘러가서는 안될 이유가 전혀 없는 것 같았다.

이 단편을 쓴 이후 나는 엔트로피를 이해하려고 계속해서 노력했다. 하지만 그것에 관해 읽으면 읽을수록 내가 아는 게 더 불분명해졌다. 나는 『옥스퍼드 영어사전』에 나온 정의와 아이작 아시모프(Isaac Asimov)의 설명, 그리고 수학에 관한 책까지 다 뒤져보았다. 하지만 질과 양은 내 머릿속에서 하나의 통합된 개념으로 형성되지 않았다. 기브스가 이런 문제를 예견하고서 엔트로피에 대해 "억지스러우며 (…) 이해하기에 모호하고 난해하다"라고 기술해놓은 것 역시 별로 위안이 되지 않았다. 요즘 들어 그 속성을 다시 생각해보면, 엔트로피는 점점 더 시간과 관련이 있는 듯하다. 우리 모두 이곳에 지엽적으로 붙들려 있는 인간의 일방통행적 시간, 그래서 혹자는 죽음에서 끝이 난다고 하는 그 시간 말이다. 열역학적 과정뿐만 아니라 의학적인 성격을 지닌 과정도 때로는 되돌릴 수 없는 경우가 있다. 조만간 우리는 모두 내면으로부터 이것을 깨닫게 될 것이다.

이러한 생각은 내가 「엔트로피」를 쓸 때에는 거의 들지 않았다. 그 대신 나는 글을 너무 과도하게 쓰는 것과 같은 여러 나쁜 습관들을 원고지 위에서 실행하는 데 좀더 골몰했다. 이 책에 실린 단편들에서 범한 모든 과도한 글쓰기에 대해 누구에게나 자세하게 설명해줄 수 있다. 단, 계속 등장하는 덩굴손이란 단어의 숫자에 내가 얼마나 난처한지는 말하지 않겠다. 덩굴손이 무엇을 말하는지 나는 아직도 정확히 알지 못한다. T. S. 엘리엇으로부터 그 말을 가져온 것처럼 생각된다. 나는 개인적으로 덩굴손에 전혀 반감이 없다. 하지만 내가 그 단어를 지나치게 사용한 일은 아주 많은 시간과 에너지를 단어에만 쏟아부을 때 무슨 일이 일어날 수 있는지를 잘 보여준다. 이러한 조언은 종종 다른 곳에서 더 설득력 있게 얻을 수 있지만, 당시에 내가 글을 쓰는 과정에서 얼마나 잘못된 과정을 거쳤는지 구체적으로 말하자면, 잘 믿어지지 않겠지만, 나는 유의어 사전을 구석구석 뒤져서 근사하고 유식하게 들리거나 대체로 나를 멋져보이게 하는 효과를 가져다줄 것 같은 단어들을 그게 무슨 뜻인지 사전에서 공들여 찾아보지도 않고 적어두곤 했다. 만약 이것이 어리석게 들린다면, 어리석은 게 맞다. 굳이 내가 이것을 언급하는 이유는 다른 사람들이 지금 우리가 말하는 동안 그렇게 할지 몰라서이고, 내 실수가 그들에게 도움이 되었으면 하는 바람에서이다.

정보 항목에도 이와 똑같은 공짜 충고가 적용될 수 있다. 우리는 자신이 아는 것에 대해 쓰라는 말을 듣곤 한다. 그런데 많은 경우 우리들에게 문제가 되는 것은 인생의 초년기에 자신이 모든 걸 안다고 생각한다는 것이다. 혹은 좀더 그럴싸하게 말해서, 우리는 자신이 안고 있는 무지의 범위와 구조에 대해 종종 알아차리지 못한다. 무지는 그저 개인의 정신적 지도 위에 존재하는 텅 빈 공간이아니다. 그것에는 등고선과 일관성이 있다. 그리고 어쩌면 작동법칙이 있을지도 모른다. 따라서 자신이 아는 것에 대해 글을 쓴 결과로서, 우리는 자신의 무지와 그로 인해 좋은 이야기를 망칠 수 있는 가능성에 익숙해져야 한다. 오페라 대본, 영화, 그리고 텔레비전 드라마는 세부항목에 어떤 실수가 있더라도 그럭저럭 넘어갈 수 있다. 글을 쓰는 작가가 아주 많은 시간을 텔레비전 앞에서 보내다보면 문학에 대해서도 똑같이 속단하기 쉽다. 그런데 그렇지가 않다. 지금도 그러는 편이지만, 내가 잘 모르거나 너무 게을러 찾아보지 않은 일들을 지어내는 것에 대해 절대적으로 잘못됐다고 할 수 없을지도 모른다. 하지만 그러다보면 어떤 차이가 생길 만큼 아주 민감한 부분들에 엉터리 데이터가 배치되고, 그로 인해 그 부분들이 이야기의 맥락 밖에서 지니게 될지도 모르는 부차적인 매력을 잃게 되는 경우가 왕왕 있다. 그러한 예는 「엔트로피」에서도 찾아볼 수 있다. 칼리스토라는 인물에 나는 세상살이에 지친 중부 유럽인의 느낌을 살려볼 요량으로 스뜨라빈스끼의 「병사의 이야기」음반 재킷에 실린 해설에서 본 '스페인 독감'이라는 문구를 집어넣었다. 나는 이 문구가 제1차 세계대전 이후의 정신질환 같은 것을 나타낸다고 믿었음이 분명하다. 그런데 말 그대로 스페인 독감이 무엇인지 알아보면, 내가 끌어들인 그 표현은 실은 전쟁 직후에 발생한 전세계적인 유행성 독감을 가리키는 말이었다.

여기서의 교훈은, 명백하지만 종종 간과하기도 쉬운데, 데이터를 반드시 확인하라는 것이다. 특히 소문이나 음반 뒷면과 같은 경로를 통해 어쩌다 얻게 되는 데이터들은 더욱 그래야만 한다. 최근 우리는 최소한 원칙적으로는 누구나 컴퓨터 단말기의 키를 몇개 두드리기만 하면 상상할 수 없을 정도로 어마어마한 양의 정보를 공유할 수 있는 시대로 마침내 접어들었다. 작고 어리석은 실수라 하더라도 더이상 변명은 통하지 않게 된 것이다. 바라건대 아무한 테도 들키지 않을 거라고 믿고 데이터를 훔치는 일은 더더욱 삼가 야 한다.

문학에서의 도둑질은 흥미로운 주제로서, 형법에서처럼 경중이 있다. 표절에서 시작해 단순한 파생물에 이르기까지 영역이 넓은 데, 어떤 것이든 모두 다 절차가 잘못된 모습들이다. 이 세상에 아 무것도 독창적이지 않으며 모든 작가들은 '출처'로부터 '빌려올' 뿐이라고 생각하더라도, 크레디트 자막이라든가 감사의 말을 붙 이는 문제는 여전히 남는다. 나는 1899년을 겨냥한 이집트 여행안 내서가 이야기의 주요 '출처'였던 「언더 더 로즈」(Under the Rose,[6] 1959)를 쓰기 전까지는 믿을 만한 여행안내서의 시조인 출판업자 카를 베데커(Karl Baedeker)에게 간접적으로라도 감사를 표하게 될 줄은 전혀 예상하지 못했다.

나는 그 책을 코넬 대학 협동조합에서 우연히 발견했다. 가을과 겨울 내내 나는 글을 쓰지 못하고 있었다. 당시 나는 백스터 해서 웨이(Baxter Hathaway)가 주도하는 글쓰기 세미나에 참가하고 있

----

6 라틴어 'sub rosa'에서 유래했으며 우리말로는 '비밀스럽게' 또는 '몰래'라는 뜻 이다. 고대로부터 장미는 비밀, 은밀함, 고백을 상징했으며, 중세와 르네상스 시 대 때는 천장에 장미가 그려져 있는 방에서 중대한 결정을 하거나 은밀한 대화 를 자주 했다. 이 단편의 우리말 제목으로 '비밀의 장미' '장미 밑에서' '은밀하 게' '비밀스럽게' 등이 있을 법하나, 원어의 실감과 신비감을 살리기 위해 '언더 더 로즈'로 표기한다.

었다. 그는 학교를 잠시 쉬었다가 그 학기에 복귀한 미지의 인물인 터라 나는 잔뜩 겁을 먹고 있었다. 수업이 진행된 지 좀 되었는데 도 여전히 나는 한편의 글도 제출하지 못하고 있었다. "힘내." 사람들이 내게 조언했다. "그는 괜찮은 사람이야. 걱정할 거 없어." 혹시 사람들이 거짓말하는 건 아닐까? 문제는 점점 더 커져만 갔다. 그러다가 마침내 학기 중간쯤 낙서 가득한 화장실이 그려져 있는 만화카드 한장이 우편으로 도착했다. 카드에는 이렇게 적혀 있다. "자네는 충분히 연습했네." 그리고 카드에는 "이제 쓰게나!"라고 적혀 있었고, "백스터 해서웨이"라는 서명이 있었다. 내가 그 책을 사려고 금전등록기에 현금을 내려놓는 순간, 이야기에 들어갈 내용을 위해 그 색바랜 빨간 책을 훔치기로 이미 무의식적으로 마음먹고 있었던 건 아닐까?

윌리 써턴(Willie Sutton)[7]이었다면 금고를 털었을까? 나는 베데커 여행안내서를 털었다. 내가 한번도 가본 적 없던 시간과 장소의 모든 세부사항과 외교단의 이름까지 죄다 털었다. 케벤휠러-메치 같은 이름을 지어낼 사람이 누가 있겠는가? 과거에도 그랬고 지금도 계속 그렇긴 하지만, 혹시라도 다른 사람이 나처럼 그런 기교에 홀리지 않기를 바라는 마음에서, 그것이 소설을 쓸 때 안 좋은 방법임을 꼭 지적해두고자 한다. 이 작품의 문제는 「엔트로피」의 문제와 비슷하다. 열역학의 신조어든 여행안내서의 데이터든 간에 추상적인 것으로 소설을 시작하고 나서야 플롯과 등장인물을 진전

---

7 사십년 동안 약 200만 달러를 털었던 미국의 악명 높은 은행강도.

시키려고 하는 그런 문제가 반복되고 있는 것이다. 이쪽 분야의 말로 하면, 그것은 앞뒤가 뒤바뀐 것이다. 인간의 실제 삶에 근거하지 않는 한, 연습생의 또다른 습작에 머물기 쉽다. 불편하게도 이 작품이 그와 비슷한 형국이다.

나 역시 좀더 세련된 방법으로 훔쳐오거나, 혹은 다르게 말해서 '끌어올' 수 있었다. 나는 스파이 소설, 음모소설, 그중에서도 특히 존 버컨(John Buchan)의 작품을 많이 읽으면서 자랐다. 그의 작품 가운데 현재 유일하게 기억나는 것은 『39계단』(The Thirty-Nine Steps)뿐이다. 하지만 그는 좋건 나쁘건 여섯 작품을 더 썼다. 그 작품들 모두 내 고향마을의 도서관에 있었다. 그곳에는 필립스 오펜하임(E. Phillips Oppenheim), 헬렌 매킨스(Helen MacInnes), 제프리 하우스홀드(Geoffrey Household), 그리고 그외 다른 많은 작가들의 작품들이 있었다. 그 작품들의 전체적인 효과라면 양 세계대전 전에 있었던 역사에 대한 기이하고 그늘진 환상을 내 판단력 없는 머릿속에 마침내 그려넣게 되었다는 것이다. 정치적 의사결정과 공식 문서들은 잠복, 스파이 행위, 신분위조, 심리게임만큼이나 이 과정에서는 거의 떠오르지 않았다. 훨씬 뒤에 나는 커다란 영향을 준 두권의 책, 에드먼드 윌슨(Edmund Wilson)의 『핀란드 역으로』(To the Finland Station)와 마끼아벨리(Machiavelli)의 『군주론』(Il Principe)을 읽게 되었는데, 이 책들은 이야기의 기저에 깔린 흥미로운 물음, 즉 역사는 인간에 의한 것인가, 아니면 통계에 의한 것인가라는 물음을 발전시키는 데 도움이 되었다. 또한 내가 당시에 읽었던 책들 중에는 빅토리아 시대의 많은 저술들도 포함되어 있는데, 그 영향으로 내 상상 속의 1차 세계대전은 청년기의 마음에는 너무나 소중한 저 매력적인 골칫거리, 즉 묵시록적인 결전의 행태로 나타났다.

그렇다고 지금의 현실을 경시하려는 생각은 없다. 우리의 공통된 악몽인 핵폭탄은 계속해서 도사리고 있다. 1959년의 상황이 꽤 나빴다면, 지금은 훨씬 더 나쁘다. 위험의 수위가 계속 올라가고 있는 것이다. 그 문제에 관한 한 그때나 지금이나 부지불식간에 일어나는 일 같은 것은 결코 없다. 1945년 이후로 권력을 누리면서 범죄를 계속 저질러온 정신이상자들을 제외하면, 그 문제에 대해서 뭔가를 하는 권력을 포함하여, 우리들 대부분의 가엾은 양들은 널리 퍼져 있는 완연한 공포에 언제나 꼼짝 못하고 살아왔다. 내 생각에 우리는 모두 서서히 커지는 우리의 속수무책과 두려움을, 아예 생각하지 않는 것에서부터 이것 때문에 미쳐버리는 것에 이르기까지, 우리에게 주어진 몇가지 방법으로 대처하려고 노력해왔다. 이 무능력의 스펙트럼 어딘가에는, 가끔 여기서처럼 좀더 다채로운 시간과 장소를 배경으로 하여, 그 문제에 관하여 소설을 쓰는 일이 있다.

그래서 나는 그 미미한 좋은 의도로 인해 「언더 더 로즈」가 그전에 나온 작품들보다는 덜 난처하다. 내 생각엔 등장인물들도 약간 더 낫다. 더이상 평상 바닥에 그저 가만히 누워만 있는 게 아니라, 하다 못해 약간 씰룩거리면서 눈을 뜨고 깜빡거리기라도 한다. 등장인물들의 대화가 나의 고질적인 어두운 말귀 때문에 여전히 고생을 좀 하기는 하지만 말이다. 요즘엔 공영방송의 줄기찬 노력 덕분에 모든 사람들이 영국인이 구사하는 영어의 아주 미세한 뉘앙스까지도 과하다 싶을 정도로 잘 안다. 그 시절에는 영화와 라디오에 주로 의존할 수밖에 없었는데, 그마저도 백 퍼센트 믿을 만한 출처는 아니었다. 현대 독자들이 보기에 진부하고 진짜 같지 않게 느껴지겠지만, 자동차를 삐삐거리며 잘 가라고 인사하고 즐겁게 호호 하며 웃는 행동들은 모두 거기서 유래한 것이다. 노련한 존 르 카레(John le Carré)가 그 누구보다도 장르 전체의 요구수준을 올려놓은 바람에 독자들은 이 작품이 좀 심심하다고 느낄지도 모르겠다. 오늘날 우리는 복잡한 플롯과 깊이 있는 인물을 기대하는데, 여기 내 작품에는 빠져 있는 것들이다. 만족스럽게도 내가 가장 심혈을 기울인 부분은 추격 장면이다. 그 장면은 지금도 사족을 못쓸 만큼 좋아하는데, 이는 내가 성공할 수 없는 치기의 일부분이다. 로드 러너(Road Runner) 만화가 비디오 열풍에도 절대 사라지지 않았으면 한다는 게 내 견해이다.

주의 깊은 셰익스피어의 팬이라면 포펜타인이라는 이름을 『햄릿』 1막 5장에서 가져온 사실을 눈치챌 것이다. 그 이름은 '고슴도치'(porcupine)란 단어의 초기 형태에 해당한다. 몰드웝이라는 이름은 '두더지'(mole)——침입자라는 뜻이 아니라 동물 두더지——의 고대 튜턴어이다. 나는 친근하고 털 많은 두 동물의 이름을 딴 인물들이 유럽의 운명을 놓고 서로 다투면 재미있겠다고 생각했다. 의식을 덜 하긴 했지만, 당시 출판된 지 얼마 되지 않은 그레이엄 그린(Graham Green)의 『아바나의 사나이』(*Our Man in Havana*)에 등장하는 고집 센 스파이 워몰드(Wormold)의 이름이

준 영향도 있었다.

그밖에 「언더 더 로즈」에 영향을 준 또다른 것은 초현실주의이다. 당시에는 아주 최신의 것이라 내가 이후에 남용한 것만큼 그렇게 지나치게 사용하지는 않았지만 영향을 주었던 것만은 사실이다. 나는 선택과목으로 현대미술을 들었는데, 그때 나를 정말로 사로잡았던 이들은 초현실주의 화가들이었다. 자신의 무의식 세계에 접근하는 게 실질적으로 아직 불가능했던 나는 초현실주의 운동의 요점을 놓치고 그 대신 정상적으로는 함께 모여 있기 어려운 요소들을 하나의 틀 안에 결합해놓으면 비논리적이고 깜짝 놀랄 만한 효과를 창출한다는 단순한 생각에 매료되어 있었다. 나중에 가서 알게 된 사실은 이러한 과정을 밟을 때 다소의 주의와 기술이 반드시 필요하며, 옛날처럼 세부적인 요소를 결합하면 안된다는 것이었다. 그의 부친이 낸 오케스트라 음반이 어린 시절의 나에게 지울 수 없는 깊은 영향을 준 스파이크 존스 주니어는 어느 인터뷰에서 이렇게 말한 적이 있다. "사람들이 아빠의 음악에 대해 알지 못하는 것 중의 하나는, C샤프를 총소리로 바꿀 때 총소리는 C샤프여야지, 안 그러면 이상한 소리가 난다는 거예요."[8]

나는 이런 점에서 점점 더 안 좋아졌다. 그것은 고물상처럼 임의로 모아놓은 듯한 「은밀한 통합」(The Secret Integration)의 여러 장

---

8 스파이크 존스(Spike Jones, 1911~65)는 미국의 음악가이자 밴드 리더로서, 철도역 레스또랑의 주방장에게서 식기나 조리기구를 악기로 사용하는 법을 어릴 때부터 배웠다. 총소리, 호루라기, 워낭 등을 이용해 대중가요를 풍자적으로 각색한 것으로 유명하다.

면의 특질에서 분명하게 나타난다. 하지만 나는 이 소설을 싫어하기보다는 오히려 좋아하는 편이다. 흠을 잡더라도 세부적인 내용들이 내 기억의 방에 쌓여 있는 대로 두서없이 흠을 잡겠다. 「로우랜드」처럼 이 작품도 고향마을에 관한 이야기이며, 내가 자라면서 본 풍경과 겪은 경험을 직접 쓰려고 시도한 몇 안되는 소설이다. 나는 당시의 롱아일랜드를 어떤 특색이나 역사가 없는 거대한 모래톱 지역, 떠나오기는 했지만 딱히 연고나 깊은 관계가 있지는 않은 그런 곳 정도로 잘못 생각했다. 공교롭게도 두 소설에서 텅 빈 공간이라고 느꼈던 곳에 일련의 아주 복잡한 지형을 설정했다는 게 흥미롭다. 아마 그곳을 조금이라도 더 이국적으로 만들고 싶어서 그랬던 듯싶다.

나는 이 롱아일랜드 공간을 단지 복잡하게 꾸몄을 뿐만 아니라, 주위의 모든 곳에 선을 긋고 그 지역을 떼어내, 내가 여태껏 한번도 가본 적 없는 버크셔로 통째로 옮겨버렸다. 예전의 베데커 속임수를 다시 부린 셈이었다. 필요한 세부항목을 이번에는 공공사업 촉진국의 연방 작가프로젝트가 1930년대에 발행한 버크셔 지역 안내서에서 찾았다. 이 책들은 각 권에서 주와 지역을 다룬 뛰어난 전집으로, 아마 지금도 도서관에서 구해볼 수 있을 것이다. 이 책들은 읽는 내내 도움과 즐거움을 주었다. 사실 버크셔 안내서의 어떤 부분은 너무나 좋아서, 다시 말해 세부내용이 너무나 풍부하고, 정감 면에서 너무나 깊이가 있어서, 부끄럽지만 나는 그 책의 내용을 훔치게 되었다.

내가 왜 그러한 옮기기 전략을 취했는지는 더이상 선명하게 기억이 나지 않는다. 나의 개인적인 경험을 다른 환경 속으로 옮겨놓은 경우는 적어도 「이슬비」까지 거슬러올라간다. 이는 당시에 '너무 자전적'으로 느껴지던 소설에 대한 매정한 반감에서 부분적으로 기인했다. 어디에선가 나는 개인적인 삶은 소설과는 전혀 관계가 없다는 생각을 피력하기도 했다. 그런데 그 당시에는, 모든 사람들이 다 알듯이, 진실은 거의 정반대였다. 게다가 상반되는 증거가 내 주변에 널려 있었는데도 나는 애써 보려고 하지 않았다. 실제로 출판되었건 되지 않았건 그때나 지금이나 나를 감동시키고 기쁘게 하는 소설은, 비용이 늘 따르기는 하지만, 바로 우리 모두가 실제로 사는 삶의 좀더 깊고 좀더 공유하는 눈높이로부터 찾아서 취했기 때문에 빛이 나며, 부인할 수 없는 진정성을 가지게 되는 그런 소설이었다. 내가 불완전하게나마 그러한 사실을 이해하지 못했다고 지금 와서 생각하기는 싫다. 어쩌면 내야 하는 방세가 너무 비싸서였는지도 모른다. 아무튼 어리석게도 나는 현란한 발놀림을 더 좋아했다.

아마 그렇게 된 데에는 폐쇄공포증이라는 또다른 요인이 작용했는지도 모른다. 그 당시 몸을 펴고 바깥으로 나가지 않으면 안된다고 느낀 건 나뿐만이 아니었다. 어쩌면 이는 우리가 학교 울타리에 대해 느낀 감정에서 기인한 것인지도 모른다. 그로 인해 우리는 비트 작가들이 먼저 솔선해 보여주었던 미국의 삐까레스끄(picaresque)적인 삶에 크게 감화되었다. 모든 분야와 지역에서 견습생으로 있던 사람들은 전문가가 되느라 정신이 없었다.

「은밀한 통합」을 쓸 무렵 나는 직업작가의 단계로 막 들어서고 있었다. 첫번째 장편소설을 출판하고 나서 이제야 조금 알 것 같은 느낌이었다. 하지만 작가가 되어 처음으로 입을 다물고 내 주위의 미국의 목소리에 귀를 기울였으며, 심지어 인쇄물에서도 눈을 떼고 말에 의하지 않는 미국의 현실을 살펴보기 시작했다. 마침내 길을 따라 이리저리 옮겨다니며, 케루악이 소설[9]에서 썼던 곳들을 찾아다녔다. 여러 도시들, 장거리 그레이하운드 버스에서 만난 사람들의 목소리, 싸구려 호텔들이 이 작품 속으로 찾아들어왔다. 난 이야기가 잘 받쳐주는 것에 매우 만족한다.

그렇다고 이 이야기가 완벽하다는 말은 절대 아니다. 가령 작품에 나오는 아이들은 어떤 면에서 그다지 똑똑해 보이지 않는다. 확실히 1980년대의 아이들과는 비교가 안된다. 또한 미덥지 않은 초현실주의적인 요소가 대폭 줄어든 것도 편안한 마음으로 대할 수 있다. 하지만 내가 썼다고 도저히 믿을 수 없는 부분들도 있다. 지난 이십년 동안 때때로 요정의 무리가 몰래 들어와 장난을 치고 간 게 분명하다. 그러나 내 배움 곡선이 아래위로 기복이 심한 것으로 보아, 내가 이 방향으로 오랫동안 순탄하게 혹은 전업작가로서 계속하리라고 기대하기에는 아무래도 무리가 있는 듯하다. 내가 이다음으로 쓴 이야기는 출판업계에서는 '장편소설'(novel)로 분류하는 『제49호 품목의 경매』(*The Crying of Lot 49*)였다. 그 작품을 보니 내가 그때까지 배웠다고 생각한 것들을 대부분 잊어버린 것 같다.

---

9 잭 케루악의 『길 위에서』를 가리킨다.

아마도 이 소설집의 마지막 작품을 대하는 내 심정의 많은 부분은 내 인생의 그 시절과, 나쁜 습관도 모자라 멍청한 이론을 믿었으며 그나마 가끔 있었던 생산적인 침묵의 순간을 통해 어떻게 하면 되는지 비로소 조금씩 알기 시작한 막 등장한 작가에 대한 평범한 향수에 젖는 것인 듯싶다. 젊은 친구들에게서 가장 매력적인 부분은 결국 변화하리라는 것, 완성된 인물의 스틸사진이 아니라 움직이는 영화, 움직이는 영혼이라는 것이다. 어쩌면 내 과거에 대한 이 작은 첨언은 프랭크 자파(Frank Zappa)의 말처럼 한물간 늙은 이들이 빙 둘러앉아 연주하는 로큰롤과 전혀 다를 바 없을지도 모른다. 하지만 우리 모두가 알고 있듯이, 로큰롤은 결코 죽지 않을 것이며, 교육 역시 헨리 애덤스가 늘 말한 것처럼 영원토록 계속될 것이다.

이슬비
The Small Rain

바깥의 중대中隊 구역은 태양 아래서 천천히 익어갔다. 공기는 축축했고, 바람 한점 없었다. 눈부신 햇빛이 중대 무선통신반 막사 주위의 모래에 반사되어 노랗게 번쩍거렸다. 막사 안에는 벽에 기댄 채 담배를 피우며 졸고 있는 당번병과 피곤에 지쳐 축 늘어진 몸으로 침상에 누워서 페이퍼백을 읽고 있는 사람 외에는 아무도 없었다. 당번병은 하품을 하더니 바깥의 뜨거운 모래 쪽으로 침을 뱉었고, 침상에 누워 있던 러바인은 책장을 넘기고 나서 머리 밑의 베개를 다시 고쳤다. 어딘가에서 커다란 모기가 유리창에다 대고 윙윙거렸고, 다른 어딘가에서는 리즈빌의 로큰롤 방송국에 맞춰진 라디오가 소리를 냈으며, 바깥에서는 지프차와 2.5톤 트럭들이 계속해서 들락날락하거나 시끄럽게 앞뒤로 왔다 갔다 했다. 이곳은 1957년 7월

중순경의 루이지애나 주 로치 요새였다. 특수병과 소속의 상병 네이선 '라대스'[10] 러바인은 지난 13개월 동안 배속되어온 똑같은 대대, 똑같은 중대, 똑같은 침상에서 14개월째를 맞이하는 중이었다. 로치는 군사기지로서는 괜찮을지 몰라도, 주변환경이 아주 평범한 사람들을 자살 또는 적어도 정신이상으로 내몰 정도였다. 실제로 쉬쉬해온 군대 통계에 따르면 그런 일이 종종 발생했다. 하지만 러바인은 아주 평범하지는 않았다. 정신이상에 의한 부적격 제대를 위해 안간힘을 쓰는 병사들을 제외하면 그는 정말로 로치 요새를 좋아하는 몇 안되는 사람 중 한명이었다. 그는 조용히 표나지 않게 현지인처럼 되어갔다. 원래 쓰던 날카로운 브롱크스 악센트는 느린 말투 속에서 무디어지고 부드러워졌다. 대개 스트레이트로 마시든가 아니면 대대의 음료자판기에서 떨어지는 것과 섞어 마시는 싸구려 밀조 위스키는 그에게 그것대로 얼음 넣은 스카치위스키만큼 괜찮았다. 그는 한때 버들랜드 클럽에서 레스터 영이라든가 제리 멀리건의 음악에 푹 빠졌던 것처럼 이제 근처 시내의 술집에서 힐빌리[11] 그룹의 노래를 열심히 들었다. 러바인은 백팔십 쎈티가 넘는 키에 몸이 유연한 편이었지만, 한때 도시의 여학생들이 빼빼 마르고 근육이 탄탄한 농부 체형이라고 했던 그의 몸은 삼년 동안 잡역을 피하다보니 군살이 붙어 있었다. 그래서 지금은 어느정도 자부심까지 느끼는 맥주배가 보기 좋게 불룩 나와 있고, 그렇게 자랑

---

10 원문의 'Lardass'는 '비계 엉덩이'라는 뜻의 속어이며 여기서는 중간이름처럼 사용되고 있다.

11 힐빌리(hillbilly): 미국 중서부의 시골에서 부르는, 향토색이 짙은 민요나 대중 음악.

으로 여기지는 않지만 그것 때문에 별명을 얻은 큼지막한 엉덩이를 가지고 있었다.

당번병이 담배꽁초를 모래 쪽으로 던지며 말했다. "누군가 오고 있어요."

"장군이면 나는 잔다고 말해." 러바인이 말했다. 그러고는 담배에 불을 붙이고 하품을 했다.

"아닌데요." 당번병이 말했다. "트윙클토즈예요." 그는 다시 벽에 기대고 눈을 감았다. 입구에서 아이가 후다닥 달리는 것 같은 소리가 나더니 누군가 버지니아 말투로 말했다. "카푸치, 이 아무짝에도 쓸모없는 녀석 같으니." 당번병이 눈을 떴다. "내버려둬." 그가 말했다. 대대 행정병을 맡고 있는 트윙클토즈 더건이 안으로 들어와 못마땅한 듯 입술을 삐죽 내밀고 있는 러바인에게 다가갔다. "너 다음에 그 책과 씹할 사람은 누구야, 러바인?" 그가 말했다. 러바인은 철모 안에 쓰는 파이버에 담뱃재를 털어넣었다. "누군가 읽겠지." 러바인이 웃으며 말했다. 삐죽 나왔던 입술이 다시 들어갔다. "중위님이 보재." 더건이 말했다. "그러니까 뚱뚱한 엉덩이 그만 뭉개고 중대 사무실로 가라고." 러바인은 페이지를 넘기며 책을 읽기 시작했다. "야!" 행정병이 말했다. 러바인은 희미하게 웃었다. 더건은 징집병이었다. 그는 이년 만에 버지니아 대학을 뛰쳐나왔으며 많은 대대 행정병들처럼 가학적인 면이 있었다. 그러나 더건한테는 근사한 점들이 많았다. 가령 전미유색인지위향상협회는 백인과 흑인 간의 백 퍼센트 결혼을 위해 매진하는 공산주의자 조직이라는 것, 버지니아 신사는 사실 뉴욕 유태인들의 악의적인 음모 때문에

종국에 가서는 자신의 고귀한 운명을 완수하지 못한 '초인'^{Übermensch}
이라는 것을 그는 자명한 진리처럼 여겼다. 주로 후자의 이유 때문
에 그는 러바인과 썩 잘 지내지 못했다.

"중위님이 나를 보자고 하신다?" 러바인이 말했다. "설마 벌써
휴가증이 나온 건 아니겠지. 젠장——" 그는 시계를 보며 말했다.
"이제 고작 열한시 조금 넘었잖아. 축하해, 더건. 다섯시간 반 남았
어." 러바인이 감탄스럽다는 듯 머리를 끄덕였다. 그러자 더건이
능글맞게 웃었다. "아마 휴가 때문에 보자고 하는 건 아닐걸. 사실
넌 좀더 기다려야 될지도 몰라."

러바인은 책을 내려놓고 피우던 담배를 파이버에 비벼 껐다. 그
러고는 천장을 올려다보았다. "이런 제기랄!" 그는 낮은 목소리로
말했다. "내가 뭘 어쨌다고. 설마 다시 영창에 넣으려는 건 아니겠
지. 또 그러진 않겠지."

"지난번 즉결심판이 있은 지 두주밖에 안 지났어, 안 그래?" 행정
병이 말했다. 이는 러바인이 잘 아는 말수작이었다. 그는 더건이 오
래전에 자신에게 겁주는 걸 포기했다고 판단했다. 하지만 그는 그
런 녀석이 결코 포기하지 않으리라는 것을 알고 있었다. "그러니까
침상에서 일어나 얼른 나와. 내가 말하려는 건 그게 다야." 더건이
말했다. 더건은 '얼른 나와'라는 말을 '얼른 나아'처럼 발음했다.¹²
러바인은 이 점이 좀 거슬렸다. 그래서 다시 책을 잡고 읽기 시작
했다. "알았어." 더건이 휙 거수경례를 하면서 말했다. "하던 거나

---

12 원문을 직역하면 "'아웃'을 '웃'처럼 발음했다"이다.

해, 백인 양반." 더건은 그를 쏘아보다가 결국 가버렸다. 나가는 도중에 당번병의 M1 소총에 발이 걸려 넘어진 게 분명했다. 쿵 소리가 들렸고 이내 카푸치가 말했다. "맙소사, 이런 둔한 놈 보게." 러바인은 보던 책을 덮어 반으로 접어 말고는 바지 뒷주머니에 쑤셔넣었다. 그러고는 일분가량 그대로 누운 채 바퀴벌레가 마루를 가로질러 은밀한 미로 같은 길을 따라가는 것을 바라보았다. 마침내 그는 하품을 하며 침상에서 몸을 일으켰고, 파이버에 있는 담배꽁초와 재를 마룻바닥에 버린 후 그것을 머리 위에 쓰며 눈 위로 비스듬히 내리눌렀다. 그는 나가면서 당번병의 머리를 꽉 움켜쥐었다. "무슨 일이야?" 카푸치가 말했다. 러바인은 눈을 가늘게 뜨고 바깥의 환하고 후덥지근한 공기를 내다보았다. "이놈의 국방부." 그가 말했다. "나를 가만히 내버려두지 않는군."

　그는 헬멧 파이버를 통해 햇살을 벌써 느끼면서, 중대 사무실이 있는 건물을 향해 발을 끌며 모래 구역을 걸어갔다. 건물 둘레에는 녹색 잔디가 가장자리를 따라 나 있었다. 그것은 대대 구역에서 유일하게 볼 수 있는 풀이었다. 그의 앞과 왼쪽에는 이른 식사를 기다리는 줄이 벌써 식당 옆으로 늘어서 있었다. 그는 중대 사무실로 향하는 자갈길로 접어들었다. 더건이 중대 사무실 밖 아니면 적어도 창가에서 그를 기다리고 있으리라 예상했는데, 사무실 안으로 들어가니 그는 책상에 앉아 바쁘게 타자를 치고 있었다. 러바인은 선임하사 책상 앞의 칸막이에 몸을 기댄 채 말했다. "선임하사님." 선임하사가 고개를 들고 말했다. "도대체 어디 있었나? 매춘부 같은 책을 읽고 있었다고?" "예, 선임하사님." 러바인이 대답했다.

"하사관이 되기 위해 공부하고 있었습니다." 선임하사가 노려보며 말했다. "중위님이 보자고 하시네."

"그렇게 들었습니다." 러바인이 말했다. "어디 계시죠?"

"휴게실에 병사들과 함께 계셔." 선임하사가 대답했다.

"무슨 일이죠? 특별한 일이라도?"

"들어가서 직접 확인해보게." 선임하사가 짜증스러운 말투로 말했다. "이런 젠장, 러바인, 자네는 이제 아무도 나한테 얘기해주지 않는다는 걸 알 때도 되었잖은가."

러바인은 중대 사무실을 나와서 건물을 돌아 휴게실로 갔다. 중위의 말소리가 스크린도어를 통과해 들려왔다. 그는 문을 열고 들어갔다. 중위와 약 열두명 정도의 이등병, 그리고 브라보 대대에서 온 특과병들이 책상 주위에 앉거나 서서 고리 모양의 커피컵 자국이 나 있는 지도를 보고 있었다. "디그랜디와 씨겔." 중위가 말했다. "리조와 백스터—" 그가 고개를 들고 러바인을 쳐다보았다. "러바인, 자네는 피크닉과 함께 가게." 그는 지도를 대충 접어 뒷주머니에 넣었다. "확실히 정리됐지?" 모두 고개를 끄덕였다. "오케이, 그럼 한시까지 준비하게. 그때까지 수송부에 있는 트럭을 가지고 와서 출발할 것. 레이크찰스에서 보세." 중위는 모자를 쓰고 방에서 나갔다. 스크린도어가 그의 뒤에서 쾅 하고 닫혔다. "콜라 타임." 리조가 말했다. "누구 담배 없어?" 러바인이 책상에 걸터앉으며 말했다. "도대체 무슨 일이야?"

"젠장." 백스터가 말했다. 그는 펜실베이니아 농촌 출신의 키 작은 금발 청년이었다. "클럽에 온 것을 환영해, 러바인. 망할 놈의 케이즌[13]을 다시 만나다니. 그들은 표지판 세우는 걸 되게 좋아해. '개와 군인은 잔디밭에 들어가지 말 것' 하고 내걸 정도야. 하지만 아주 사소한 일이라도 잘못되기만 하면 그들이 누구한테 가서 징징거리는 줄 알아?"

"누구긴 누구야, 제131통신대대겠지." 리조가 말했다.

"한시에 다들 어디로 가는 거야?" 러바인이 물었다. 피크닉이 자리에서 일어나 콜라 자판기로 향했다. "레이크찰스 부근의 어딘가래." 그가 말했다. "폭풍 같은 게 덮쳐서 통신선이 끊겼대." 그가 오 쎈트 동전을 넣었지만 평소처럼 아무 반응이 없었다. "브라보 대대가 구조대로 투입됐고." 그의 목소리는 달래고 어루만지는 투로 바뀌었다. "착하지, 우리 아기." 그는 콜라 자판기를 향해 말하더니 사정없이 발로 걷어찼다. 아무 반응이 없었다. "넘어지지 않게 조심해." 백스터가 말했다. 피크닉이 자판기의 특정 부위를 조심스럽게 두드렸다. 그러자 무언가가 찰칵하더니 두줄기의 탄산수와 콜라 씨럽이 뿜어져나오기 시작했다. 줄기가 멈추기 직전에 빈 컵이 툭 떨어지면서 바깥 면이 씨럽으로 뒤덮이고 말았다. "오 이런, 귀여운 것 같으니라고." 피크닉이 말했다. "과민해서 그래." 리조가 거들었다. "무더위 때문에 제정신이 아니야." 그들은 잠시 케이즌과 군대에 대해 이런저런 얘기를 하며 욕을 했고, 담배를 피우면서 콜라를 마셨다. 그러다가 결국 러바인은 자리에서 일어나 배를 불룩 내민 채 손을 주머니에 넣었다. "그럼, 짐 싸러 가야겠네." 그가 말

13 케이즌(Cajun): 프랑스인 후손으로 프랑스 옛날 말의 한 형태인 케이즌어를 사용하는 미국 루이지애나 사람.

했다.

"잠깐." 피크닉이 말했다. "같이 가." 그들은 스크린도어를 열고 밖으로 나와 아까 걸어왔던 자갈길을 따라 무전반 막사 앞의 모래 구역으로 향했다. 바람 한점 없는 날씨에 뜨거운 노란 태양 아래서 모래 위를 터벅터벅 걸으니 땀이 났다. "한시라도 구름이 가려주는 때가 없군, 베니." 러바인이 말했다. "이런 젠장." 피크닉이 대꾸했다. 그들은 영창 셔플 스텝을 밟으며 막사 안으로 들어갔다. 카푸치가 무슨 일이냐고 물어서 그들은 동시에 그리고 정확하게 보드빌 팀처럼 가운뎃손가락을 세워 보였다.

러바인은 세탁물 자루를 꺼내 작업복, 속옷, 양말을 던져넣기 시작했다. 마지막으로 면도도구를 넣고 난 후 뒤늦게 생각이 나서 낡고 파란 야구모자를 옆에 쑤셔넣었다. 그러고는 일어나서 잠시 얼굴을 찡그리며 말했다. "이봐, 피크닉."

"왜." 막사의 저쪽 끝에서 피크닉이 말했다.

"나는 이번 특수임무를 못하겠어. 네시 반에 휴가 시작이라고."

"그러데 짐은 왜 싸는 거야?" 피크닉이 물었다.

"아무래도 피어스를 찾아가서 만나야겠어."

"그는 필시 밥 먹고 있을 거야."

"그럼 우리도 밥 먹으러 가자. 서둘러."

그들은 다시 햇살을 향해 터벅터벅 걸어서 모래 구역을 거쳐 식당 뒷문 쪽으로 돌아갔다. 피어스 중위는 배식 라인 근처의 빈 식탁에 앉아 있었다. 러바인이 다가갔다.

"생각해봤는데요." 그가 말했다.

중위가 올려다보았다. "트럭에 문제라도 생겼나?" 그가 말했다. 러바인은 배를 긁적이며 파이버를 머리 뒤로 젖혔다. "꼭 그렇지는 않습니다만." 그가 말했다. "제 휴가가 네시 반에 시작되어서 그렇습니다." 피어스 중위는 들고 있던 포크를 내려놓았다. 포크가 식판에 짤랑 소리를 내며 세게 부딪쳤다. "안돼." 그가 말했다. "휴가는 잠시 미루어야 할 거야." 러바인은 덩치 크고 정신 나간 얼간이처럼 웃었다. 그는 그 웃음이 중위의 심기를 건드리리란 걸 알고 있었다. "도대체." 러바인이 말했다. "언제부터 제가 대대에 그렇게 없어서는 안되는 존재가 되었죠?" 피어스 중위가 짜증 섞인 한숨을 내쉬었다. "이봐, 자네는 누구보다도 대대 상황을 잘 알잖나. 게다가 특과병, 특히 일급 특과병을 차출하라는 지시가 내려졌네. 안타깝게도 우리에게는 그런 특과병들이 없어. 자네 같은 게으름뱅이가 우리가 갖고 있는 전부이니 자네라도 도와야 하지 않겠나." 피어스 중위는 MIT를 졸업한 ROTC 장교였다. 이제 막 중위가 된 터라 권위를 내세우지 않으려고 무척 애쓰고 있었다. 중위는 말할 때 정확하고 건조한 비컨힐[14] 말투를 사용했다. "중위님." 러바인이 말했다. "중위님도 한때 젊은 시절이 있으셨겠죠. 전 뉴올리언스에 사귀는 아가씨가 있는데, 그녀가 저를 학수고대하고 있습니다. 젊음도 한때 아니겠습니까. 저보다 뛰어난 특과병이 수백명이나 됩니다." 중위는 굳은 표정으로 웃었다. 이런 일들이 불거질 때마다 두사람 사이에는 암묵적으로 서로의 가치를 인정하는 교감 같은

---

14 비컨힐(Beacon Hill): 미국 보스턴의 부유층 주거 구역.

것이 있었다. 두사람 모두 겉으로는 상대방의 유용성을 인정하지 않았지만, 각자 인정하고 싶어하는 것 이상으로 서로 닮아서 흡사 내심으로는 형제 같다는 막연한 생각을 하고 있었다. 피어스 중위가 로치에 와서 처음 러바인에 관한 이야기를 듣게 되었을 때 그에게 충고해주려고 애를 쓰기도 했다. "러바인, 자넨 지금 자신을 낭비하고 있네." 종종 중위가 말했다. "이봐, 대졸 출신이면서 대대에서 아이큐가 가장 높은 자네 같은 사람이 지금 뭐 하고 있는 건가. 군대 내에서 가장 끔찍한 시궁창 같은 곳에서 달마다 엉덩이에 살이나 찌우면서 말이야. 장교후보생학교에 다니는 건 어때? 자네가 원한다면 육군사관학교에도 들어갈 수 있을 텐데, 왜 만사를 제쳐놓고 군대에 들어온 건가?" 그러면 이 말에 대해 러바인은 변명도 냉소도 아닌 주저하는 듯한 웃음을 지으며 이렇게 대답하곤 했다. "글쎄요, 지원병으로 복무하다가 직업군인이 되고 싶어서인 것 같습니다." 처음엔 그가 이렇게 말할 때마다 중위는 분통을 터트리며 말을 잇지 못했다. 그러다 나중에는 돌아서서 가버렸고, 결국은 아예 포기하고 말도 걸지 않았다. "자네는 현재 군복무 중이야, 러바인. 휴가는 특전이지 권리가 아니라네." 중위가 말했다. 러바인은 뒷주머니에 손을 넣었다. "아, 그렇군요." 그가 말했다. "잘 알겠습니다."

그는 돌아서서 주머니에 손을 넣은 채 식판 선반 쪽으로 천천히 다가갔다. 그는 식판과 식기를 들고 줄을 섰다. 메뉴는 또 스튜였다. 목요일이면 항상 스튜가 나오는 듯했다. 그는 피크닉이 먹고 있는 자리로 가서 말했다. "뭐랬는지 알아맞혀봐."

"난 알지." 피크닉이 말했다. 그들은 식사를 마치고 식당 밖으로 나와서 모래와 콘크리트 위를 일 마일[15]쯤 터벅터벅 아무 말 없이 걸었다. 이글거리는 햇살이 헬멧 파이버와 머리카락을 거쳐 두피까지 스며들었지만 속수무책이었다. 한시 십오분 전에 수송부에 도착하니, 대부분의 동료들은 이미 여섯대의 0.75톤 트럭 뒤칸에 무선통신 장비를 실어놓고 있었다. 러바인과 피크닉은 트럭에 올라탄 뒤 다른 트럭들을 따라 대대로 향했다. 피크닉이 운전을 했다. 막사에 도착한 그들은 자신의 짐을 가져와 트럭 뒤칸에 던져넣었다.

그들은 남서부 방향으로 차를 몰면서 늪과 농지를 지나갔다. 데리더라는 소도시에 가까워졌을 무렵 구름 낀 남쪽 하늘이 눈에 들어왔다. "비가 오려나?" 피크닉이 말했다. "이런 젠장." 러바인이 썬글라스를 낀 채 『늪 처녀』라는 페이퍼백을 다시 읽기 시작했다. "생각하면 할수록." 그가 천천히 말했다. "언제 날 잡아서 그 중위 녀석 주둥이를 한대 갈겨줘야겠단 생각이 드네."

"개자식이지, 맞아." 피크닉이 거들었다.

"나는 말이야." 러바인이 읽던 책을 배 위에 엎어놓고 말했다. "가끔 도시로 돌아갔으면 할 때가 있어. 그런데 막상 가면 별로야."

"왜 별로일까?" 피크닉이 물었다. "난 이런 쓰레기 같은 일을 하느니 차라리 지금이라도 학교로 돌아가는 게 낫겠어."

"아니야." 러바인이 찡그리며 말했다. "돌아가지 않는 게 나아. 그저 한번 돌아가본 일이 기억나. 어떤 계집한테였지. 그런데 역시

---

15 1마일은 1.6킬로미터이다.

별로였어."

"그래." 피크닉이 말했다. "넌 나한테 말한 적이 있어. 돌아가야
했다고. 나도 그럴 수 있으면 좋겠다. 막사에 돌아가 잠이나 자게."

"잠은 어디서든 잘 수 있어." 러바인이 말했다. "난 그래."

데리더에서 그들은 남쪽으로 향했다. 회색 구름이 그들 바로 앞
에 위협적으로 잔뜩 끼어 있었다. 사방으로 펼쳐져 있는 늪은 회색
빛에 이끼가 뒤덮여 있는데다가 악취까지 났다. 그 너머로 황량한
농지가 보였다. "내 다음에 이걸 읽어볼래?" 러바인이 물었다. "이
책 아주 좋아. 늪지대에 관한 모든 게 담겨 있어. 이 계집애도 늪에
서 살아."

"정말?" 피크닉이 그들 앞의 트럭을 험악한 표정으로 바라보며
말했다. "이 늪에서 계집애를 찾을 수 있다면 얼마나 좋을까. 정부
에서 절대 찾지 못할 늪 한가운데에다 판잣집을 짓고 살림을 차릴
텐데."

"물론 그럴 테지." 러바인이 말했다.

"내가 알기로 너야말로 그럴 거다."

"지겨워질 때까지 말이지." 러바인이 말했다.

"그만 정착하지그래, 네이선." 피크닉이 말했다. "차분하고 좋은
아가씨를 만나 북부에 가서 살아."

"내가 사랑하는 건 군대야." 러바인이 대꾸했다.

"서른살 먹은 남자들은 다 비슷해. 피어스 중위는 아직도 재입대
에 관한 헛소리를 모두 믿고 있니?"

"모르겠어. 난 안 믿어. 중위가 믿을까? 하지만 그때 난 진심을

말했는지도 몰라. 때가 될 때까지 그냥 두고 보려고 해."

그들은 이런 식으로 두시간 동안 계속 운전했다. 그들은 트럭이 줄어들어 레이크찰스 외곽에 오직 두대만 남을 때까지 달려서는 로치와 연결되는 계전기繼電器를 설치하기 위해 길가에 멈춰섰다. 앞 트럭에 백스터와 함께 타고 있던 리조가 손짓으로 러바인과 피크닉을 내리게 했다. 하늘은 구름으로 완전히 뒤덮여 있었고, 미풍이 축축한 작업복에 서늘하게 와닿았다. "술집이나 찾아보자고." 리조가 말했다. "중위가 올 때까지 기다려야 하니까." 리조는 하사였다. 그 역시 대대에서 지적인 사람으로 통했다. 그는 침상에 누워 『존재와 무』『현대시의 형식과 가치』 같은 책들을 읽으며, 동료 병사들이 그에게 계속 빌려주려고 하는 서부소설, 섹스소설, 탐정소설 따위는 거들떠보지도 않았다. 종종 피크닉, 러바인과 함께 피엑스나 커피숍에서 밤에 늘어지게 잡담할 때면, 가장 말을 많이 하는 사람은 대체로 리조였다. 그들은 시내로 차를 몰고 들어가 고등학교 근처에서 조용한 술집을 하나 발견했다. 술집은 앉아 있는 두명의 학생을 빼고는 텅 비어 있었다. 그들은 뒤쪽 테이블로 갔다. 리조는 화장실로 향했고, 백스터는 술집 입구로 향했다. "금방 돌아올게." 백스터가 말했다. "신문을 구해오려고." 러바인은 앉아서 맥주를 마시며 생각에 잠겼다. 그는 종종 말린 브랜도처럼 입술을 오므리고 겨드랑이를 긁는 버릇이 있었다. 기분에 따라 가끔은 조용히 원숭이 소리를 내기도 했다. "피크닉, 일어나." 이윽고 그가 말했다. "장군님이 오신다."

"장군 좋아하시네." 피크닉이 말했다.

"너무 그러지 마." 리조가 자리로 돌아오면서 말했다. "나를 본받으라고. 안 그러면 저기 라대스처럼 돼. 천하태평이군."

바로 그때 백스터가 신문을 들고 몹시 흥분된 상태로 뛰어들어왔다. "이것 좀 봐." 그가 말했다. "우리가 신문에 크게 났어." 그는 레이크찰스 신문을 들고 있었다. 테이블 위에 신문을 쫙 펼치자 '허리케인으로 250명 실종'이라는 상단의 커다란 헤드라인이 눈에 들어왔다. "허리케인이라고?" 피크닉이 말했다. "젠장, 아무도 허리케인에 대해 말해주지 않았잖아?"

"아마 해군이 비행기를 띄울 수 없을 테니까." 리조가 말했다. "사람들은 우리가 허리케인의 눈이나 뭔가를 찾아내길 바라는 거 아닐까."

"저 바깥에서 무슨 일이 일어나고 있는지 모르겠네." 백스터가 조심스럽게 말을 꺼냈다. "통신이 끊긴 걸 봐서 상황이 나빠진 게 분명해."

지금까지 확인된 바에 따르면, 허리케인은 섬에 위치한 크리올이라는 작은 마을을 완전히 쓸어버렸거나, 혹은 레이크찰스로부터 약 이십 마일 떨어진 만灣을 따라 형성된 늪지대 내의 고지대를 완전히 쓸어버렸다. 기상국으로서는 모든 일이 완전 엉망진창이 되었다. 주민들이 대피하기 시작한 수요일 오후, 기상국은 허리케인이 목요일 밤이 돼서야 상륙할 거라고 발표하였다. 그러고는 시간이 충분히 있으니 도로로 몰려나오지 말 것을 당부했다. 허리케인은 자정과 목요일 새벽 세시 사이에 크리올을 집중적으로 강타했다. 계속되는 신문기사에 의하면 주 방위군에 이어 적십자, 육군,

해군이 지금 오고 있다고 했다. 빌록시에 있는 공군기지에서 비행기를 보내려고 했으나 비행여건이 아주 나빴다, 한 대형 정유회사는 구조를 돕기 위해 예인선 두 척을 내놓았다, 아마 크리올은 재난 지역으로 선포될 것이다, 기타 등등. 그들은 맥주를 몇 잔 더 마시면서 허리케인에 대해 이야기를 나누었다. 모두들 앞으로 며칠 동안 뼈 빠지게 일하게 될 거란 데에는 전혀 이견이 없었으며, 미국 육군의 본성에 대해 욕설과 불만이 섞인 말들을 이어갔다. "재입대해." 리조가 말했다. "넌 아직 시간이 있어. 여전히 자격이 돼. 나로 말하면 제기랄 382일이나 남았어. 젠장, 난 절대 안돼." 러바인이 웃었다. "이런." 러바인이 말했다. "너무 그러지 마." 그들이 바깥으로 나가보니 비가 내리고 있었고 아까보다 날씨가 선선했다. 그들은 트럭에 올라탄 뒤 피어스 중위가 지정한 집결지를 향해 물을 튀기며 출발했다. 중위가 나타날 조짐은 아직 보이지 않았다. 러바인과 피크닉은 트럭을 주차해놓고 빗방울이 지붕에서 튀는 소리를 듣기 시작했다. 러바인은 주머니에서 『늪 처녀』를 꺼내 다시 읽기 시작했다.

잠시 뒤 리조가 다가와 차창을 두드렸다. "장군이 오고 있어." 그가 길을 가리키며 말했다. 빗줄기 사이로 카키색 군복을 입은 우중충한 사람이 운전하는 지프차가 보였다. 지프차는 리조의 트럭 옆에 멈춰섰고 운전하던 사람이 차에서 나와 리조가 서 있는 곳으로 비틀거리며 뛰어왔다. 얼굴은 면도를 하지 않은 상태였고 눈은 충혈되어 있었다. 군복은 낡고 지저분했으며 말하는 목소리가 약간 불안했다. "주 방위군에서 보낸 병사들인가?" 그가 평소보다 큰 소리로 말했다. "아하!" 리조가 크게 외쳤다. "절대 아닙니다. 그렇게 보일지 몰라도 안 그렇습니다."

"오, 그래." 그가 돌아섰다. 러바인은 그가 양쪽 어깨에 은색 줄을 둘씩이나 달고 있는 것을 보고 약간 놀랐다. 그가 머리를 좌우로 흔들었다. "저쪽은 상황이 좀 안 좋아." 그는 혼자 중얼거리더니 지프차로 다시 향했다.

"유감입니다." 러바인이 그의 뒤에다 대고 말했다. 그러고 나서 좀더 나지막하게 말했다. "맙소사. 리조, 너도 봤지?"

리조는 웃었다. "전쟁은 지옥이야." 그가 거칠게 내뱉었다.

앉아서 삼십분 이상을 기다리고 나서야 중위가 나타났다. 그들은 중위에게 주 방위군을 찾고 있던 대위에 대해 말하고 신문에 난 허리케인 기사를 전했다. "그럼 슬슬 움직여볼까." 피어스 중위가 말했다. "통신이 안된다고 난리법석들이야."

군대는 이미 도시 외곽의 맥니스 주립대학을 작전본부로 사용하려고 잡아둔 상태였다. 어두워지고 나서 그들이 탄 두대의 트럭은 풀로 덮인 커다란 사각형 광장으로 향하는 조용한 캠퍼스 거리에 멈춰섰다. "어이." 피크닉이 백스터에게 큰 소리로 말했다. "누가 먼저 설치하나 내기할까?" 십이 미터 안테나를 세우는 작업에서 백스터와 리조가 이겼다. "젠장." 러바인이 말했다. "이 쓰레기 같은 것을 다 설치하면 맥주 한잔 살게." 피크닉은 TCC-3[16]을 맡았고, 러바인은 AN/GRC-10[17]을 설치하기 시작했다. 자정 무렵 통신

---

16 전술용 전자식 교환기에 쓰이는 접속 장비의 일종.
17 미국 육해군 공용 지상운용 무선통신 장비의 일종.

시설이 마무리되었다.

백스터가 트럭 뒤편에서 머리를 내밀었다. "우리한테 맥주 한잔 사야지." 그가 말했다.

"이 근방에 술집이 어디 있는지 알아?" 러바인이 물었다. "여기서 대학물 먹은 건 너희 둘이잖아." 백스터가 말했다. "너하고 리조 말이야. 곧장 안내하지 않고 뭐 해."

"맞아, 네이선." 피크닉이 TCC-3에서 위를 올려다보며 슬쩍 거들었다. "너는 나이 먹은 졸업생 같은 기분이겠군."

"그래." 러바인이 말했다. "모교방문 주간이 확실하군. 저 주둥이를 한방 먹이는 건데."

"맥주나 한잔 사." 백스터가 말했다.

그들은 몇 블록 떨어진 곳에서 대학생들이 자주 가는 작은 술집을 발견했다. 맥니스 대학은 현재 여름 계절학기 중이었고, 술집 안에는 리듬앤드블루스 노래에 맞춰 춤을 추는 몇쌍의 남녀가 있었다. 또한 선반에는 사람들의 이름이 적힌 큰 맥주잔이 있었다. 그런 부류의 술집이었다. "오, 역시." 백스터가 신이 나서 말했다. "술은 맥주야."

"대학생들이 술 마실 때 부르는 노래를 부르자." 리조가 말했다. 러바인이 그를 바라봤다. "진심이야?" 그가 말했다.

"개인적으로." 백스터가 말했다. "이 대학생 떨거지들 눈 뜨고 못 봐주겠어. 세상 경험이라곤 전혀 없는 놈들이야."

"촌놈 주제에." 리조가 말했다. "넌 지금 부대에서 둘째가라면 서러운 지식인 세명과 같이 있어."

"난 넣지 마." 러바인이 조용히 말했다. "난 직업인이야, 그게 나라고."

"그래, 네이선. 내 말이 바로 그거야." 백스터가 말했다. "너희들이 대학졸업장을 가지고 있어봤자 고등학교도 못 나온 나보다 지금 나을 게 없잖아."

"러바인의 문제는 말이야." 리조가 말했다. "부대에서 가장 게으른 녀석이라는 거야. 그는 일하는 걸 원치 않고 그래서 뿌리내리는 걸 두려워해. 그는 흙이 거의 없는 돌밭에 뿌려진 씨 같아."

"그러다 태양이 솟으면." 러바인이 웃으며 말했다. "난 말라 시들어버리지. 도대체 왜 나는 이렇게 군대에 처박혀 있을까?"

"리조 말이 맞아." 백스터가 말했다. "루이지애나 로치 요새만큼 돌 많은 데도 없어."

"햇살은 또 얼마나 뜨거운데. 정말 끝내줘." 피크닉이 거들었다. 그들은 앉아서 맥주를 마시며 새벽 세시까지 떠들어댔다. 트럭으로 돌아오자 피크닉이 말했다. "야, 저 리조 녀석 정말 말 많네." 러바인이 배 위로 두 손을 모으고 하품을 했다. "누군가는 좀 그래야 하잖아." 그가 말했다.

동이 틀 무렵 러바인은 사각형 광장 한가운데에서 들려오는 머리가 깨질 것 같은 커다란 굉음에 잠이 깼다. "으아." 머리를 두 손으로 감싸쥐며 그가 말했다. "도대체 저게 무슨 소리지?" 비는 이미 그쳤고, 피크닉은 바깥에 있었다. "저것들 좀 봐." 피크닉이 말했다. 러바인은 머리를 치켜들고 바라봤다. 백 미터 너머에서 군용 헬리콥터가 크리올 지역의 살아남은 자들을 살펴보기 위해 거대한 곤충처럼 한대씩 이륙하고 있었다. "빌어먹을." 피크닉이 말했다. "어젯밤에도 할 수 있었을 텐데." 러바인은 눈을 감고 다시 누웠다. "밤에는 너무 어둡잖아." 러바인은 이렇게 말하고 다시 잠이 들었다. 그는 정오에 잠이 깼다. 배가 고팠고 머리가 지끈거렸다. "피크닉." 그가 앓는 소리로 말했다. "이 근처 어딘가에 먹을 만한 곳 없어?" 피크닉은 코를 골고 있었다. "야!" 러바인은 그의 머리를 쥐고 흔들었다. "뭐라고?" 피크닉이 중얼거렸다. "이 근처에 야외 취사장 같은 곳 없냐고?" 러바인이 말했다. 리조가 트럭에서 내려 다가왔다. "이런 게으름뱅이들 같으니라고." 그가 말했다. "우린 열시부터 일어나 있었어." 광장에서는 이륙했던 헬리콥터들이 생존자를 싣고 착륙하는 중이었다. 구급차와 의무병, 봉사대원들이 생존자들을 돕기 위해 대기하고 있었다. 2.5톤 트럭, 지프차, 0.75톤 트럭들이 온 사방에 있었고, 대부분 전투복 차림을 한 온갖 육군 요원들이 이곳저곳에서 카키색과 황동장식을 번뜩이며 돌아다니고 있었다. "세상에." 러바인이 말했다. "이게 무슨 난리래."

"신문사 기자, 『라이프』지 사진사, 그리고 근처의 두 뉴스 방송국에서 온 사람도 있어." 리조가 말했다. "이곳은 공식적으로 재난 지역으로 선포된 거야."

"좋아." 피크닉이 눈을 깜박이며 말했다. "야, 저기 여학생들 좀 봐." 여름 계절학기 중이어서 여러 예쁘장한 여학생들이 올리브색의 우중충한 무리들 사이에서 활보하고 다녔다. 백스터는 좋아서 어쩔 줄 몰라했다. "로치에 오래 죽치고 있으면." 그가 말했다. "언젠가는 좋은 일이 생길 줄 알았지."

"봉급날 밤의 버번 거리에서처럼 말이야." 리조가 말했다.

"나를 들먹이지 마." 러바인이 말했다. 그러고는 다시 생각난 듯 말을 이었다. "지금 여기는 빌어먹을 뉴올리언스라고." 그는 측면에 제131통신대대라고 적힌 2.5톤 트럭 한대가 약 이십 미터 정도 떨어진 곳에 서 있는 것을 보았다. 한쪽 펜더는 떨어져나갔으며 온통 찌그러져 있었다. "어이, 더글러스." 그가 큰 소리로 외쳤다. 앞바퀴에 기대앉아 있던 빨강머리의 비쩍 마른 이등병이 쳐다보았다. "빌어먹을." 더글러스가 대꾸했다. "뭘 하느라 이렇게 오래 걸렸어?" 러바인이 다가갔다. "언제 왔어?" 러바인이 물었다. "젠장." 더글러스가 말했다. "허리케인이 강타한 직후인 지난밤에 나하고 스틸이 파견되었어. 그런데 망할 놈의 허리케인이 이 2.5톤 트럭을 길에서 날려버리지 뭐야." 러바인이 트럭을 바라보았다. "그쪽 상황은 어때?" 러바인이 물었다. "말하기 힘들어." 더글러스가 대답했다. "단 하나 있는 다리마저 무너졌어. 공병들이 부교를 설치하느라 무지 애먹었지. 듣기로는 이렇게까지 엉망이 된 도시는 없대. 2.4미터까지 물이 불어서 유일하게 서 있는 거라곤 콘크리트로 지은 법원뿐이야. 그리고 예인선으로 시체들을 건져서 장작처럼 쌓고 있어. 냄새가 아주 고약해."

"알았어. 그래도 넌 아직 팔팔하구나." 러바인이 말했다. "난 아직 아침도 못 먹었어."

"얼마간은 쌘드위치와 커피로 버텨야 할 거야." 더글러스가 말했다. "온갖 아가씨가 돌아다니며 그걸 나눠주고 있어. 쌘드위치하고 커피 말이야. 다른 것들은 못 봤어, 아직."

"걱정하지 마." 러바인이 말했다. "보게 될 거야. 다 같이 보게 될 거야. 우리는 더 나아질 거야, 내가 아무 이유 없이 휴가를 놓친 게 아니니까 말이야." 그는 트럭으로 돌아갔다. 피크닉과 리조는 펜더에 걸터앉아 커피에 샌드위치를 먹고 있었다.

"그거 어디서 났어?" 러바인이 물었다. "아가씨가 돌아다니던데." 리조가 말했다. "세상에." 러바인이 말했다. "게으른 멍청이 예술가가 이번엔 진실을 말하다니."

"여기에 가만히 있어." 리조가 말했다. "아가씨가 지나갈 거야."

"몰라." 러바인이 말했다. "이러다 굶어죽겠어. 내 행운은 저쪽으로 달려가고 있어." 그는 리조에게 머리로 한 무리의 여대생을 가리키며 말했다. 한동안 잠자고 있던 묘한 호기심이 발동했다. "정말 오랜만이군."

리조가 공허한 웃음을 지으며 말했다. "왜 그래, 향수병이라도 걸린 거야?" 러바인은 머리를 좌우로 흔들었다. "전혀 그렇지 않아. 내 말은 폐쇄회로 같다는 거야. 모든 사람의 주파수는 다 똑같아. 그래서 잠시 뒤 나머지 스펙트럼에 대해서는 잊게 되고 이것만이 중요하고 실재하는 유일한 주파수라고 믿기 시작해. 반면에 바깥에서는 대지의 위아래로 기가 막힌 색깔과 엑스선, 자외선들이 펼쳐지고 있어."

"너는 로치도 폐쇄회로라고 생각하는 거야?" 리조가 물었다. "맥니스 대학이 세계가 아니듯 로치도 스펙트럼은 아니야."

러바인은 머리를 좌우로 흔들며 말했다. "너희들 징집병들은 다 똑같아."

"알았어, 알았어. 정규병 양반. 그래서 뭔데?"

작은 금발 아가씨가 쌘드위치와 종이컵 커피가 가득 담긴 바구니를 들고 다가왔다. 그러자 러바인이 말했다. "딱 맞춰서 왔네, 자기. 하마터면 죽을 뻔했는데." 그 아가씨가 그를 보며 웃었다. "어머, 그렇게 나빠 보이진 않는데요."

러바인은 쌘드위치 서너개와 커피를 집었다. "그쪽도 그런걸." 그가 야릇한 미소를 지으며 말했다. "육중한 쎄인트버나드 개도 살살 녹겠어."

"칭찬치고는 좀 알쏭달쏭하네요." 그녀가 말했다. "하지만 오늘 들었던 어떤 말보다도 달콤한데요."

"이름이 뭐지? 다시 배고플 경우가 있을 것 같아서 말이야." 러바인이 물었다. "사람들이 리틀 버터컵이라고 불러요." 그녀가 웃으며 대답했다. "코미디언 뺨치네." 러바인이 말했다. "리조와 함께해도 되겠는걸. 그는 대학 다니는 친구야. 둘이서 '인용문을 찾아라' 게임을 하면 되겠어."

"그에게 신경 쓰지 마." 리조가 말했다. "시골청년일 뿐이니까."

그녀가 환하게 웃었다. "그럼 밭 가는 일 좋아해요?" 그녀가 말했다.

"이따 말해줄게." 러바인은 커피를 후루룩 소리 내며 마셨다.

"정말 이따 말해줘야 해요." 그녀가 말했다. "광장에서 다시 만나요."

리조는 얼굴에 씁쓸한 미소를 지으며 음정이 맞지 않는 테너 목소리로 「여대생 베티」를 불렀다. "닥쳐." 러바인이 말했다. "안 웃기

거든.""어린 친구, 넌 싸우고 있는 거야, 그렇지 않니?" 리조가 말했다.

"싸우긴 누가 싸워?" 러바인이 말했다. "이봐." 더글러스가 멀리서 소리쳤다. "지금 지프차 타고 부두로 갈 건데 따라가고 싶은 사람 없어?"

"난 통신기 곁을 지킬 거야." 피크닉이 말했다. "먼저 가." 백스터가 거들었다. "난 아가씨들 옆에서 죽치고 있을래." 리조가 웃었다. "난 동생들을 감시할래." 리조가 말했다. "동정童貞을 잃지 않게 말이야." 백스터가 노려보았다. "너나 잃지 마."

러바인이 대대 지프차의 더글러스 옆자리에 올라타자 차는 덜컹거리며 움직였다. 그들은 캠퍼스 모퉁이에서 만灣에 가까워질수록 표면이 거칠어지는 자갈길 포장도로를 만났다. 허리케인이 그쪽으로 지나간 흔적은 별로 보이지 않았다. 단지 나무 몇그루와 몇몇 표지판이 쓰러져 있고, 기와나 판자들이 주위에 흩어져 있을 뿐이었다. 더글러스는 계속 떠들어댔는데 그 대부분은 전해들은 통계수치였다. 러바인은 멍하니 고개를 끄덕였다. 그는 리조가 만년 대학생으로만 있지는 않을 것이며, 하사인 리조 스스로 가끔은 그것을 조금씩 알아차리고 있다는 생각이 서서히 들기 시작했다. 러바인은 또다시 불안해지기 시작했다. 그는 모래, 콘크리트, 태양과 함께 삼년을 보낸 끝에 어떤 근본적인 변화가 생기리라는 예상을 하기에 이르렀다. 어쩌면 지금 이곳은 그가 뉴욕 시립대학을 졸업한 이후 처음으로 발을 들여놓는 대학 캠퍼스에 불과할지도 모른다. 아니면 지금은 그저 전환의 시기일지도 모른다. 로치로 돌아가서 무단이탈을 하거나 사흘 내내 술에 취해서 돌아다니다보면 그저 단조롭다고 인식하고 있던 것을 풀어주는 데 도움이 될지도 모른다.

부두는 캠퍼스 광장처럼 사람들로 붐볐지만, 걸음걸이가 그보다 더 느렸고, 질서는 더 확실하게 잡혀 있었다. 정유회사에서 보낸 예인선이 사체 더미를 싣고 오자 작업반이 배에서 사체들을 내렸다. 이어서 봉사대원들이 썩지 않도록 방부제를 뿌렸고, 또다른 작업반이 2.5톤 트럭에 그것들을 실었으며, 그런 다음 트럭이 다시 실어 날랐다. "시신은 중학교 체육관에 보관하게 돼." 더글러스가 러바인에게 알려주었다. "얼음을 가득 채워서 말이야. 신원을 확인하는 데 시간이 엄청 걸릴 거야. 물에 불어서 얼굴 등이 심하게 상해 있거든." 러바인이 느끼기에 베르무트 포도주를 밤새 마시고 난 뒤처럼 썩는 냄새가 공기 중에 그대로 고여 있는 것 같았다. 사체 작업반은 조립라인처럼 정확하고 효율적으로 일했다. 가끔 배에서 시신을 내리던 작업반원이 얼굴을 돌려 구토를 하기도 했지만, 작업은 물 흐르듯 순조롭게 진행되었다. 러바인과 더글러스는 하늘이 어두워져 보이지 않을 때까지 앉아서 작업반원들을 지켜봤다. 나이 든 상사가 그들이 있는 데로 다가와 지프차 한편에 기댄 채 잠시 말을 건넸다. "한국에 간 적이 있었지"라고 그 상사가 말한 순간 누군가 사체를 잘못 다루어 그중 하나가 분해되었다. "병사들이 서로 쏴 죽이는 건 이해가 되지만, 이건—" 상사가 머리를 좌우로 흔들었다. "세상에 어떻게 이런 일이." 주위에 고위층 인사들이 돌아다녔다. 하지만 그 누구도 러바인이나 더글러스를 신경 쓰지 않았다. 기계처럼 효율적으로 작업이 진행되었지만 어떤 격식에도 얽매이지 않는 분위기였다. 모자를 쓴 사람은 거의 없었으며, 대령이나 소장이 봉사대원들과 수다를 떨기도 했다. "전투에서처럼." 상사가 말했다. "규율은 전혀 지켜지지 않는군. 빌어먹을, 누가 그따위 것을 필요로 하겠어." 그들은 다섯시 반까지 그곳에 머물렀다가 차를 타고 돌아왔다. "어디 샤워실 없어." 러바인이 말했다. 더글러스 이등병이 씩 웃었다. "어젯밤 여학생회관에서 샤워한 친구가 있기는 한데." 그가 말했다. "근처 아무 데나 가면 있지 않을까."

그들이 트럭이 있는 데로 돌아온 뒤 러바인은 피크닉을 찾아갔다. "이봐." 러바인이 말했다. "샤워실 같은 곳을 보면 나한테 알려줘."

"젠장, 그래." 피크닉이 말했다. "지금 칠월이지." 러바인은 앵그리 텐에 주파수를 맞추어놓고 통신기에 잠시 귀를 기울였다. 별다른 소식은 없었다. 삼십분이 지나서 피크닉이 돌아왔다. "도대체 왜들 그러는지." 그가 말했다. "리조도 저쪽에서 뭘 듣고 있더군. 정규병이 되고 싶나봐. 무슨 고생이래. 가는 길 알려줄게. 교회 지나 한 블록쯤 가면 기숙사가 있어. 절대 지나쳐갈 수 없는 곳이야. 온갖 사람들이 다 드나드는 곳이거든."

"고마워." 러바인이 말했다. "다섯시에 돌아올게. 그때 나가서 맥주나 한잔하자." 그는 세탁물 자루에서 새로 갈아입을 속옷과 작업복, 면도도구를 꺼낸 후 바깥의 무덥고 짙은 어둠속으로 걸어갔다. 헬리콥터들은 아직도 이착륙하는 중이었는데, 머리와 꼬리 모양이 SF영화에 나오는 무언가와 비슷해 보였다. 기숙사를 찾은 러바인은 안으로 들어가 샤워와 면도를 하고 옷을 갈아입었다. 돌아와보니 피크닉이 『늦 처녀』를 읽고 있었다. 둘은 밖으로 나가 새 술집을 찾아갔다. 술집은 금요일 밤의 손님들로 어제 갔던 데보다 더 시끄러웠고 붐볐다. 술집 안으로 들어가자 언뜻 백스터가 눈에 띄었다. 그는 어떤 아가씨에게 수작을 거는 중이었는데, 그 아가씨는 싸우고 싶어도 그럴 의욕조차 낼 수 없을 정도로 취한 남자와 데이트를 하고 있었다. "세상에." 러바인이 말했다. 피크닉이 그를 바라보았다. "리조 목소리 같지 않은데." 피크닉이 말했다. "그런데 어쩐 일이야, 네이선? 우리가 좋아하던 빌코우 상사[18]의 모습은 어디 갔어? 역사가 저물기 시작하는 건가, 아니면 네가 이제 지식인의 위기 같은 걸 겪게 되는 건가?"

러바인은 어깨를 으쓱했다. "그냥 내 배가 신호를 보내와서." 러바인이 말했다. "그동안 쭉 이 맥주배를 키우고 보살펴왔을 뿐이야. 그런데 시신들을 봐서 그런지 속이 고장났나봐."

"안됐네." 피크닉이 말했다. "그래." 러바인이 말했다. "다른 얘기나 하자고."

그들은 앉아서 대학생들을 바라보았다. 대학생들의 모습은 뭔가 특이한 것, 이전에 한번도 그래본 적이 없거나 앞으로 그렇게 되고 싶지 않은 어떤 것처럼 보였다. 리틀 버터컵이라고 자신을 소개했던 금발 아가씨가 다가오더니 말을 건넸다. "인용문을 찾아라."

"난 더 좋은 게임을 아는데." 러바인이 말했다.

----

18 빌코우(Earnest Bilko) 상사는 1955~59년 인기리에 방영된 CBS 씨트콤 「필 썰버스 쇼」(The Phil Silvers Show)에서 필 썰버스가 맡았던 역할로, 허풍이 세고 도박꾼에다 거짓말을 일삼는 인물이다.

"호호." 금발 아가씨가 웃으며 앉았다. "데이트 상대가 몸이 안 좋아서." 그녀가 해명하듯 말했다. "먼저 집으로 갔어요."

"천우신조로군." 피크닉이 말했다.

"열심히 일하셨나봐요?" 리틀 버터컵이 환한 미소를 지으며 물었다. 러바인은 몸을 뒤로 기대며 팔을 그녀의 어깨 위에 슬쩍 걸쳤다. "난 목표가 그럴 만한 가치가 있을 때에만 열심히 일하지." 러바인이 그녀를 보고 말했다. 둘은 잠시 서로를 빤히 바라보았다. 이윽고 그는 모종의 작은 승리를 차지한 자의 웃음을 지으며 말을 덧붙였다. "혹은 목표를 손에 넣을 수 있을 때라든가."

그녀는 눈썹을 치켜올렸다. "그러면 아주 열심히 일할 필요가 없을지도 몰라요." 그녀가 말했다.

"내일 밤에 무얼 할지를." 러바인이 말했다. "우리 같이 찾아볼까?" 그때 코르덴 코트를 입은 반항아 같은 청년이 비틀거리며 그들에게 다가와 한쪽 팔로 그녀의 목을 휘감고 피크닉이 마시던 맥주를 엎어버렸다. "어머나 세상에, 돌아왔어?" 그녀가 말했다. 피크닉은 맥주에 젖은 작업복을 쓸쓸하게 내려다보았다. "한판 벌이기에 딱 좋군." 피크닉이 말했다. "시작해볼까, 네이선?" 백스터는 아까부터 엿듣고 있었다. "좋지." 백스터가 말했다. "이제 말 제대로 하네. 바로 그거야, 베니." 백스터는 피크닉의 머리채를 잡고 의자에서 쓰러뜨린 전혀 알지도 못하는 사람을 향해 옆으로 크게 주먹을 휘둘렀다. "맙소사." 러바인이 아래를 내려다보며 말했다. "괜찮아, 베니?" 피크닉은 대답이 없었다. 러바인은 어깨를 으쓱했다. "자, 백스터, 베니 데리고 나가자. 미안해, 리틀 버터컵." 그들은 피크닉을 끌고 트럭으로 돌아왔다.

다음날 아침 러바인은 일곱시에 잠이 깼다. 그는 커피를 찾아 잠깐 캠퍼스를 헤매다녔고, 나중에 생각만 해도 재밌을 충동적인 결단을 아침식사 후에 하기에 이르렀다. "이봐, 리조." 리조 하사를 흔들며 그가 말했다. "누구든 날 찾으면, 장군이건 육군성 장관이건 간에 바쁘다고 말해, 알았지?" 리조는 욕설 같은 것을 중얼거리더니 다시 잠들었다.

러바인은 대대 지프차를 얻어 타고 부두까지 가서 사람들이 시신을 옮기는 것을 지켜보며 근처를 배회했다. 마침내 예인선 한척이 사체 나르는 것을 거의 다 마쳤을 때 그는 부두로 어슬렁어슬렁 걸어가 배에 올라탔다. 그를 알아보는 사람은 아무도 없었다. 여섯명의 육군 병사와 그 수만큼의 민간인들이 아무 말 없이 앉거나 서서 담배를 피우거나 기어가는 듯한 회색 늪을 바라보고 있었다. 그들은 공병들이 거의 설치를 끝낸 부교를 지나 물에 떠다니는 쓰레기와 산산조각 난 나무들 사이를 헤치고 나아갔다. 그리고 법원 건물의 꼭대기 층을 지나서 아직까지 버티고 서 있지만 미처 구조받지 못한 외딴 농가들을 찾아 크리올 쪽으로 배를 통통거리며 나아갔다. 가끔씩 머리 위에서 헬리콥터가 날아가는 소리가 들렸다. 엷은 구름을 뚫고 태양이 희미하게 솟아, 조금의 움직임도 없이 고여 있는 늪지대 위 악취 나는 공기를 달구었다.

러바인이 나중에 기억난 것은 대부분 그런 것으로서, 회색빛 늪 위에 뜬 회색빛 태양의 기이한 대기효과, 공기의 촉감과 냄새 등이었다. 열시간 동안 그들은 시신을 찾아 주위를 수색했다. 그러다가

철조망 울타리에 걸려 있는 시신 하나를 떼어냈다. 그 시신은 바보같이 생긴 풍선이나 유치한 변장처럼 거기에 매달려 있었다. 사람들이 손을 대자 뻥 하고 터지더니 쉬익 소리를 내며 쓰러졌다. 시신은 지붕 위, 나무들 사이에서도 발견되었다. 그리고 물 위를 떠다니거나 주택의 잔해 속에 뒤얽혀 있기도 했다. 러바인은 다른 사람들처럼 말없이 일만 했다. 햇살이 목과 얼굴에 뜨겁게 내리쬐었고, 늪지대와 사체에서 나는 악취가 그의 폐 속으로 들어왔지만 그냥 있을 수밖에 없었다. 그것에 대해 생각하고 싶지 않았고 그럴 여력도 없었다. 그는 지금의 상황이 어떤 생각이나 합리적인 설명을 요구하지 않는다는 것을 어느정도 깨달은 터였다. 그는 시신들을 집어올리고 있었다. 그건 그가 하고 있는 일이었다. 사체들을 내려놓기 위해 예인선이 여섯시경에 부두에 닿자 러바인은 승선했을 때처럼 아무렇지도 않게 배에서 내렸다. 그는 대학교 광장으로 돌아갈 2.5톤 트럭에 껑충 뛰어올랐는데, 자신에게서 나는 냄새에 역겨워하며 지저분하고 녹초가 된 몸으로 뒷자리에 앉았다. 그는 피크닉을 무시한 채 트럭에서 깨끗한 옷을 꺼냈다.『늪 처녀』를 거의 다 읽은 피크닉은 러바인에게 뭐라고 말을 하려다가 그만두었다. 러바인은 기숙사로 가서 샤워기 밑에 오랫동안 서서 물줄기가 마치 비와 같다고, 내내 맞고 다니던 여름비나 봄비 같다고 생각했다. 깨끗한 제복을 입고 기숙사 밖으로 나오니 날이 다시 어두워져 있었다.

트럭으로 다시 돌아온 그는 가방에서 파란 야구모자를 꺼내 썼다. "정장 차림이군." 피크닉이 말했다. "무슨 일 있어?"

"데이트." 러바인이 말했다.

"잘됐군." 피크닉이 말했다. "젊은 사람들이 함께 어울리는 걸 보면 기분이 좋아. 진짜 흥분돼."

러바인은 매우 심각한 표정으로 그를 바라보았다. "아니." 그가 말했다. "나는 '순수한 모멘텀'이 더 낫다고 생각해."

그는 리조가 있는 트럭으로 가서 잠을 자고 있는 리조의 담배 한 갑과 데노빌리 씨가 하나를 슬쩍했다. 그가 자리를 떠나려 하자 리조 하사가 한쪽 눈을 떴다. "아니, 믿을 만한 옛 친구 네이선이잖아." 리조가 말했다. "잠이나 자, 리조." 러바인이 응수했다. 그는 바지 주머니에 손을 넣고 휘파람을 불며 전날밤에 갔던 술집 쪽으로 걸어가기 시작했다. 별은 하나도 보이지 않았고, 공기에서는 비가 느껴졌다. 그는 가로등에 비친 크고 못생긴 소나무 그림자를 지나갔다. 아가씨들의 목소리, 부웅부웅 하는 차 소리에 귀를 기울이면서 로치로 돌아가야 하는 이때에 자신이 여기서 도대체 무엇을 하고 있는 건지 의아스러웠다. 설사 로치로 돌아가더라도 도대체 거기서 무엇을 하고 있을지 궁금할 것이고, 어쩌면 지금부터 어디를 가더라도 이것이 계속 궁금할 것임을 그는 아주 잘 알고 있었다. 그는 순간적으로 자신의 우스꽝스러운 미래상, '방황하는 유태인 라대스 러바인'을 떠올려보았다. 그것은 평일 저녁마다 낯설고 이름없는 도시에서 다른 '방황하는 유태인'과 함께 근본적인 정체성 문제에 대해 논쟁을 벌이는 모습으로, 그 논쟁은 자아에 관해서라기보다는 장소의 정체성, 그리고 어떤 권리로 어떤 장소에 실제로 존재할 것인지에 관한 것이었다. 그는 술집에 도착해 안으로 들어갔다. 리틀 버터컵이 안에서 그를 기다리고 있었다.

"차 준비해놨어요." 그녀가 웃으며 말했다. 그는 그녀가 약간 반항아의 말투로 말하는 것을 곧 알아차렸다. "어이." 그가 말했다. "뭐 마실 거야?"

"탐칼린스요." 그녀가 말했다. 러바인은 스카치를 마셨다. 그녀의 표정이 진지해졌다. "그곳 상황이 안 좋다면서요?" 그녀가 물었다. "아주 나빠." 러바인이 대답했다. 그녀는 다시 환하게 웃었다. "그래도 대학에는 피해가 없잖아요."

"크리올에는 다소 있지." 그가 말했다.

"그렇네요, 크리올." 그녀가 말했다. 러바인이 그녀를 바라보았다.

"넌 대학보다 그들을 더 중요하게 생각하는군." 그가 말했다.

"그럼요." 그녀가 슬쩍 웃었다. 그는 손가락으로 테이블을 톡톡 두드렸다. "'아웃' 하고 말해봐." 그가 말했다.

"웃." 그녀가 말했다.

"아." 러바인이 말했다. 그들은 잠깐 동안 술을 마시며 주로 대학에 관해 이야기를 나누었다. 그러다 마침내 러바인이 별이 뜨지 않은 늪지대는 어떤 모습일지 보고 싶다고 했다. 그들은 자리에서 일어나 러바인이 운전하는 차를 타고 만으로 향했다. 밤이 그들 주위에서 소리를 죽였다. 그녀는 그의 옆에 다가앉아 몸이 달아오르자 조바심치며 그를 더듬었다. 그는 그녀가 늪으로 접어드는 비포장도로를 알려줄 때까지 말없이 있었다. "여기서 들어가면 돼요." 그녀가 속삭이듯 말했다. "저기에 오두막이 있어요."

"궁금하던 참이었어." 그가 말했다. 사방에서 수천마리의 개구리들이 설명할 수 없는 화음의 조합을 써가며 어떤 눈에 보이지 않

는 원리를 찬미하고 있었다. 맹그로브 나무와 이끼가 그들을 에워
쌌다. 일 마일가량 차를 몰고 가자 어딘지 모르는 곳에 다 허물어
져가는 건물이 나왔다. 건물 안에는 매트리스가 놓여 있었다. "대
단한 건 아니에요." 그녀가 숨을 가쁘게 쉬며 말했다. "하지만 집처
럼 편해요." 그녀는 어둠속에서 그에게 기댄 채 몸을 떨었다. 러바
인은 리조의 씨가를 꺼내 불을 붙였다. 그녀의 얼굴이 불빛 속에서
혼들렸다. 그리고 어떤 계절의 변화라든가 의심스러운 출산보다
더 심각한 무언가가 이 특별한 시골청년을 위태롭게 한다는 것을
당혹해하며 뒤늦게 알았을 때의 표정 같은 것이 그녀의 두 눈에 담
겨 있었다. 그는 그녀가 줄 수 있는 것으로 가위, 시계, 칼, 리본, 레
이스 같은 물품 이상은 없다는 사실을 일찍이 알아차린 터였다. 그
래서 그는 그녀에 대해 섹스소설의 여주인공이라든가, 열정을 다
소진해 무기력하긴 하지만 마음만은 착한 서부소설의 목장주에 대
해 느끼는 것과 같은 냉담한 연민만을 느낄 뿐이었다. 그는 그녀가
저만치 떨어진 채 혼자 옷을 벗게 놔두었다. 얼마 후 티셔츠와 야
구모자만 착용한 그는 서서 씨가를 차분하게 뻐끔뻐끔 피우며, 그
녀가 매트리스에서 훌쩍이는 소리를 들었다.

　사방의 개구리들은 갈수록 야만적인 합창을 주문 외우듯 읊조
렸다. 간헐적이기는 했지만, 그 합창은 전혀 보이지 않으면서도 묘
하게 작은 손가락들의 뒤얽힘, 큰 맥주잔들의 부딪침,『매콜스』[19]
지의 단란함과 거의 다르지 않게 다가왔다. 개구리의 울음은 작

19『매콜스』(*McCall's*): 미국의 여성·가정 월간지.

은 숨소리와 외침으로 이루어진 거장의 이중주를 위한 건반 베이스로 바뀌었다. 그는 연주가 진행되는 동안 야구모자를 뒤로 젖힌 채 씨가를 이따금 뻐끔거렸다. 그녀는 완전히 유린당하지 않은 파시파이Pasiphae[20]처럼 보호감정 같은 것을 유발했다. 마침내 마음이 진정된 두사람은 바보 같은 개구리 울음소리에 계속 시달린 끝에 서로 떨어져 누웠다. "커다란 죽음의 한가운데에." 러바인이 말했다. "작은 죽음이 있다." 그러고는 조금 있다가 말했다. "하,『라이프』지의 사진 설명 같네. '삶'의 한가운데.[21] 우리는 죽음 속에 있다. 오, 맙소사."

그들은 차를 몰아 돌아왔다. 트럭 앞에서 러바인이 말했다. "학교 광장에서 또 만나." 그녀가 희미하게 웃었다. "근처에 있다가 떠날 때 들러요." 이렇게 말하고 그녀는 차를 몰고 가버렸다. 피크닉과 백스터는 헤드라이트 밑에서 블랙잭 게임을 하고 있었다. "어이 러바인." 백스터가 말했다. "나 오늘밤에 여자애하고 한번 했어."

"아." 러바인이 말했다. "축하해."

다음날 중위가 와서 말했다. "러바인, 자네가 원한다면 휴가를 떠나도 되네. 모든 일이 다 처리됐네. 자넨 이제 없어도 돼."

"알겠습니다." 러바인은 어깨를 으쓱하며 말했다. 비가 내리고 있었다. 트럭으로 돌아오자 피크닉이 말했다. "이런 젠장 난 비가 싫어."

---

20 그리스 신화에 나오는 크레타의 왕 미노스의 아내. 미노스가 포세이돈의 명을 어기고 황소를 제물로 바치지 않고 살려두자 포세이돈은 파시파이를 황소와 사랑에 빠지게 해 머리는 소, 몸은 인간인 미노타우로스를 낳게 만든다.
21 잡지의 제목 '라이프'(Life)를 가지고 반어적으로 표현한 것.

"너하고 헤밍웨이는 같아." 리조가 말했다. "재밌지, 그렇지? T. S. 엘리엇은 비를 좋아해."

러바인은 한쪽 어깨에 가방을 둘러멨다. "이런 식이면 비는 아주 섬뜩해." 그가 말했다. "이런 비라면 둔한 뿌리를 흔들다 못해 갈기갈기 찢어놓을 수도 있고, 쓸어버릴 수도 있어. 뉴올리언스에서 햇볕 쬐고 물장구치면서 너희를 생각할게."

"그래, 어서 가." 피크닉이 말했다. "어서 썩 가라고."

"그런데." 리조가 말했다. "피어스 중위가 어제 너를 찾기에 내가 TCC에 필요한 부품을 찾는 중이라고 거짓말을 했어. 네가 어디 갔을까 생각해봤지만 잘 몰라서 말이야." "그래, 알게 되거든 나에게도 좀 알려줘." 러바인이 조용히 말했다. "계속 알아내려고 하는 중이야." 리조가 씩 웃었다. "또 보자고." 러바인이 말했다. 그는 로치로 돌아가는 2.5톤 트럭을 얻어 탔다. 도시로부터 이 마일쯤 벗어나자 운전하던 이등병이 말했다. "돌아가면 한숨 돌리겠어요."

"돌아간다고?" 러바인이 말했다. "아, 그래, 그렇지." 그는 트럭 앞유리의 와이퍼가 비를 옆으로 닦아내는 것을 보면서 지붕 위에 세차게 떨어지는 빗소리를 들었다. 그러고는 얼마 후 잠이 들었다.

로우랜드
Low-lands

오후 다섯시 반이 되었는데도 데니스 플랜지는 여전히 청소부를 대접하고 있었다. 청소부의 이름은 로코 스콰르초네였다. 아침 아홉시경에 정해진 작업구역을 다 청소하자마자 그는 무명 덩거리 셔츠에 오렌지 껍질이 아직 달라붙은 채로, 집에서 담근 3.78리터짜리 무스카텔 포도주를 커피 가루가 묻은 커다란 손으로 달랑달랑 들고서 플랜지네 집에 당도했었다. "어이, 친구." 그가 거실에서 큰 소리로 외쳤다. "술 가져왔어. 내려와봐."

　"그래, 알았어." 플랜지가 큰 소리로 대답했다. 결국 그는 일을 나가지 않기로 마음먹었다. 그는 '와스프 앤드 윈섬' 변호사 사무실에 전화를 걸어 어떤 비서와 통화를 했다. "나 플랜지인데." 그가 말하려 하자 "안돼요" 하며 비서가 단호하게 거절했다. "나중에 보자고." 그는 그렇게 말하며 전화를 끊고는 로코와 하루 종일 앉아서 무스카텔 포도주를 마시며, 씬디가 사자고 해놓고는 플랜지가 기억하기에 기껏 전채요리 접시나 칵테일 쟁반을 올려놓는 장소로 밖에는 사용하지 않는 천 달러짜리 스테레오 장비를 틀어 들었다. 씬디는 플랜지의 아내였는데 두말할 필요도 없이 이 무스카텔 일을 못마땅해했다. 그녀는 로코 스콰르초네도 못마땅해했다. 사실 그녀는 남편의 친구들이라면 죄다 못마땅해했다. "당신 저 괴상한 작자를 지하실 방으로 데려가도록 해요." 그녀는 칵테일 셰이커를 휘두르며 소리치곤 했다. "당신은 빌어먹을 미국동물애호협회 회원이죠, 그렇죠. 당신이 집으로 데리고 온 동물들을 거기서 받아들일지조차 의심스럽네요." 플랜지는 아내에게 이렇게 대답하고 싶었지만 차마 하지 못했다. "로코 스콰르초네는 동물이 아니야. 다른 여러가지 중에서도 비발디를 좋아하는 청소부라고." 그들이 지금 듣고 있는 곡은 바로 비발디의 「바이올린을 위한 협주곡 제6번」 '기쁨'이었다. 그들이 음악을 듣는 동안 씬디는 위층에서 발을 쿵쿵 굴렀다. 플랜지는 그녀가 물건을 집어던지는 듯한 느낌도 받았다. 때때로 플랜지는 2층 없는 집에서 살면 어떨지, 그리고 일년에 한번씩 길길이 날뛰지 못하게 목장 스타일의 단층집이나 1, 2층 사이에 중간층이 있는 집에서 살면 어떨지 궁금했다. 플랜지의 집은 싸운드 만灣의 어귀가 내려다보이는 절벽 위에 자리잡고 있었다. 부업으로 캐나다에서 밀주를 들여와 몰래 판매하던 성공회 목사가 영국식 오두막을 대충 흉내 내어 1920년대에 지은 집이었다. 당시 롱아일랜드 북쪽 기슭에 살던 사람들은 모두 조금씩은 밀수에 가담하곤 했다. 그럴 수 있었던 것은 연방정부가 그때까지 그 존재를 전혀 알지 못한 온갖 종류의 작은 갑, 만, 해협, 어귀들이 있었기 때문이다. 목사가 밀수 전반에 대해 낭만적인 태도를 취했던 게 분명한 이유는, 그가 지은 집이 이끼로 뒤덮인 커다란 고분이 땅에서 솟은 것 같고, 그 색깔이 선사시대의 텁수룩한 짐승의 색을 띠고 있었기 때문이다. 집 안에는 사제의 은신처와 비밀통로, 그리고 특이한 각도의 방들이 있었고, 지하실에는 오락실을 비롯해 셀 수 없을 만큼의 터널이 있었는데, 막다른 길, 빗물 배수관, 폐기된 하수관, 그리고 더러는 비밀스러운 포도주 저장실 등으로 연결된 그 터널은 그 모습이 꼭 경련을 일으킨 문어의 촉수 같았다. 데니스와 씬디 플랜지 부부는 결혼해서 칠년 동안 지붕이 이끼로 뒤덮인 얼추 자연 그대로인 별난 흙더미 속에서 살았다. 지금도 플랜지는 이끼, 떼, 가시금작화로 엮은 탯줄에 의해 그곳과 연결되어 있는 듯한 느낌이 들곤 했다. 그래서 그는 그곳을 자신의 자궁이라 불렀고, 어쩌다가 애정이 북받치는 순간이 오면 씬디에게 노엘 카워드의 노래를 불러주었다. 이는 한편으로 둘이 함께 지냈던 처음 몇달을 회상하기 위한 시도였고, 다른 한편으로는 이 집을 향한 사랑 노래였다.[22]

우리는 행복하고 기분 좋을 거야

----

[22] 노엘 카워드(Noël Coward, 1899~1973)는 영국의 극작가이자 감독 겸 배우이면서 동시에 작곡가이자 가수이며 본문에 등장하는 노래는 포스터(E. M. Foster)의 소설 제목에서 노래 제목을 가져온 「전망 좋은 방」(A Room with a View, 1928)의 일부분이다.

나무 위의 새들처럼,

저 산과 바다 위에 높이 있는……

그러나 노엘 카워드의 노래는 현실과 관련이 없는 경우가 종종 있다. 플랜지가 이것을 진작 알아차리지 못하고 칠년이 지나서야 자신이 나무 위의 새가 아니라 굴속의 두더지에 불과함을 알았다면, 그 책임은 바로 집보다는 씬디에게 있다. 그가 찾아가는 정신분석 전문의인 제로니모 디아스라는 흥분 잘하고 늘 술에 젖어 사는 멕시코 의사는 이 점에 대해 당연히 할 말이 많았다. 매주 오십분 동안 플랜지는 마티니를 마시며 그의 어머니 문제로 제로니모에게 야단을 맞곤 했다. 그러한 상담을 위해 지불한 돈으로 의사 사무실 창문으로 내려다보이는 파크 애비뉴의 웬만한 자동차나 족보 있는 개, 그리고 아가씨를 살 수 있을지도 모른다는 생각이 들어 플랜지는 지금 속고 있는 게 아닌가 하는 어렴풋한 의심까지는 아니더라도 불안한 마음이 들곤 했다. 아마도 그는 자기 세대의 적자嫡子라고 생각했을 것이다. 그리고 프로이트는 그의 세대에게는 어머니의 젖과도 같아서 다른 새로운 것을 배울 필요가 없다고 그는 생각했다. 그러나 가끔 코네티컷에서 불어오는 눈이 싸운드 만을 가로질러 침실 창문을 때리며 결국 자신이 태아의 자세로 누워 있음을 상기시키는 밤이면, 그는 '두더지 인간으로 살기'Molemanship의 현행범이 되고는 했다. 이것은 행동유형이라기보다는 눈 오는 소리가 전혀 들리지 않는 정신상태여서, 이 상태가 되면 아내의 코 고는 소리는 이불 바깥의 어딘가에서 양수가 조금씩 흐르는 소리 같고, 심지어 들릴 듯 말 듯한 사람의 맥박소리는 그저 집의 심장박동 소리가 될 뿐이었다.

제로니모 디아스는 분명 제정신이 아니었다. 그러나 그의 정신은 지금까지 알려진 어떤 모형이나 유형에도 맞지 않는 종잡을 수 없는 기이한 종류의 광기에 속하며, 망상의 불안정한 상태 속에 떠다니고 있다고, 예컨대 자신이 빠가니니[23]여서 악마에게 영혼을 팔았다고, 전적으로 믿고 있었다. 그의 책상에는 아주 비싼 스트라디바리우스 바이올린이 한대 있었는데, 그는 플랜지에게 자신의 환상이 사실임을 입증하려고 바이올린을 켜다 소름 끼칠 만큼 거슬리는 소리가 나자 결국 활을 내던지며 말하길, "보다시피 그때 악마와 거래한 뒤로는 연주를 할 수가 없어"라고 했다. 그러고는 상담시간 내내 난수표나 에빙하우스[24]의 무의미 음절 목록을 보며 혼자 큰 소리로 떠들었고, 플랜지가 하려고 하는 말들을 모두 무시했다. 상담은 터무니없었다. 사춘기 성행위의 고백에 쉴새없이 "잽. 모그. 퍼드. 나프. 보브" 하며 장단을 맞췄고, 가끔은 마티니 셰이커를 찰랑찰랑 흔들었다. 그럼에도 불구하고 플랜지는 처음으로 되돌아가 말하곤 했다. 포기하지 않고 계속해서 다시 말했다. 남은 일생 동안 오직 자궁과 아내라는 냉혹한 합리성에만 복종해 살아야 한다면 그로서는 도저히 버텨낼 자신이 없음을 깨달았다. 그나마 계속해서 견딜 수 있는 것은 모두 제로니모의 미친 짓 덕분이었다.

---

23 빠가니니(Niccolo Paganini, 1782~1840): 이딸리아의 바이올린 연주가이자 작곡가.
24 에빙하우스(Hermann Ebbinghaus, 1850~1909): 독일의 심리학자이자 실험심리학의 선구자. '에빙하우스의 망각곡선'으로 유명하다.

게다가 마티니는 공짜였다.

정신분석 전문의 외에 플랜지가 갖고 있는 유일한 다른 위안처는 바다였으니, 그가 기억하는 요동치는 회색 이미지에 종종 근접하는 롱아일랜드 싸운드 만의 바다가 바로 그곳이다. 사춘기가 되기 전에 그는 바다는 여자라고 어딘가에서 읽었거나 들은 적이 있는데, 그때 이후로 그 비유는 그의 삶을 대체로 결정지을 만큼 그를 사로잡았다. 한가지 예를 든다면, 그 영향으로 그는 한국의 연안에서 밤낮으로 늘 모래시계 모양의 초계정을 가동하는 것 외에는 아무 하는 일이 없는 구축함에서 장장 삼년 동안을 통신장교로 보냈다. 그러다가 마침내 바다에서 나와 씬디를 잭슨하이츠의 그녀 어머니 집에서 끌어내 바닷가 절벽 위에 세워진 절반은 흙덩어리인 이 집에서 살림을 차리게 되었다. 제로니모는 꽤 박식한 체하며 모든 생명체는 바다에 사는 원생동물에서 시작되었으므로, 그리고 생명체의 형태가 점점 더 복잡해졌고, 바닷물이 혈구 및 다른 많은 쓸모없는 것들이 합쳐져 오늘날 우리가 아는 빨간 물질을 만들어낼 때까지 혈액의 기능을 했으므로, 무엇보다 이것은 사실인데, 바다는 말 그대로 우리의 혈액 속에 있으며, 더욱 중요하게는 일반적으로 사람들이 흔히 주장하는 것처럼 흙이 아니라 바다야말로 우리의 진정한 어머니상像임을 강조했다. 이 대목에서 플랜지는 스트라디바리우스 바이올린으로 그 정신과 의사의 머리를 내리치려고 했다. "바다가 어머니라고 말한 건 바로 당신이잖소." 제로니모가 따지면서 책상 위로 뛰어올랐다. "엄마는 빌어먹을." 플랜지가 몹시 화가 나서 소리쳤다. "아하." 제로니모가 활짝 웃으며 말했다. "당신도 알고 있군.”

　그래서 침실 창문 삼십 미터 아래서 산산이 부서지거나 신음소리를 내거나 그저 찰랑거리거나 간에, 바다는 필요할 때에 플랜지 옆에 늘 있었고 그럴 필요는 점점 더 증가했다. 상상도 할 수 없는 너울이 몰려와 그의 기억을 항상 삼십도 각도로 기울게 하는 태평양이 축소된 크기로 반복되는 게 바다였다. 행운의 여신이 달의 이쪽 편에 있는 모든 것을 다스린다면, 플랜지는 달이 지구로부터 떨어져나갈 때 남겨진 커다란 협곡이라고 사람들이 말하는 오묘하고 부드러운 영토 혹은 그네 같은 것이 태평양 주위에 분명히 있다고 믿었다. 이 기억의 경사면에 있는 유일한 거주자는 그와 꼭 닮은 유별난 존재였다. 그는 행운의 여신이 몰래 바꿔치기한 아이답게 젊고 혈기왕성했으며, 그 어떤 인간이 생각할 수 있는 것 이상의 호쾌한 일등 선원이었다. 그는 길이 잘든 브라이어 담배 파이프를 번쩍이는 강인한 치아로 물고서 육십 노트의 강풍을 탄탄한 근육과 꼿꼿이 치켜든 턱으로 맞섰다. 밤에는 망명자처럼 쫓겨난 달과 그것이 바다 위로 지나는 행로를 벗 삼아, 꾸벅꾸벅 조는 병참장교, 믿음직한 조타수, 입이 거친 통신병, 그리고 수중 음파탐지기에 잡힌 목표물과 함께 자정이 훨씬 넘도록 함교艦橋 위에서 당번장교로서 불침번을 섰다. 육십 노트의 강풍이 몰아치는 동안 달이 저 너머에서 무슨 일을 하는지 알 수 없었지만 말이다. 하지만 그가 기억하는 것은 그런 것이었다. 가장 잘나가던 때의 데니스 플랜지는 중년에 접어들 조짐이라곤 전혀 없었으며, 가장 중요한 사실은 이틀 밤마다 씬디에게 편지를 쓰기는 했지만 어떤 사람보다도 잭슨하이츠에서 멀리 떨어져 있었다는 것이다. 그의 결혼생활에서 가장 좋았던 때는 그 당시였다. 하지만 지금은 슬슬 맥주배가 나오기 시작했으며 머리카락도 빠지기 시작했다. 플랜지는 하필이면 비발디가 기쁨에 관해서 논하고 로코 스콰르초네가 무스카텔 포도주를 요란하게 마시는 와중에 꼭 그 일이 일어나야 했는지 막연하게나마 여전히 의아스러웠다.

두번째 악장이 한창 흐르던 중간에 초인종이 울렸다. 씬디는 작은 금발의 테리어 개처럼 갑자기 고함을 지르며 아래층으로 내려오더니, 플랜지와 로코에게 오만상을 찌푸리면서 문을 열었다. 문을 여니 바깥엔 해군 제복을 입은 원숭이처럼 생긴 자가 쭈그리고 앉아서 음흉하게 웃고 있었다. 그녀는 깜짝 놀라 그를 빤히 쳐다보았다. "안돼." 그녀가 비명을 질렀다. "이 나쁜 놈아."

"누군데." 플랜지가 말했다.

"피그 보딘이지 누구겠어." 씬디가 몸서리치며 대답했다. "바보처럼 멍청하게 입 벌리고 다니는 당신의 옛 친구 피그 보딘, 칠년만이군."

"안녕." 피그 보딘이 말했다.

"어이 친구." 플랜지가 껑충껑충 뛰며 소리쳤다. "와서 술 한잔 해. 로코, 피그 보딘이야. 피그에 관해서 내가 말했었지."

"이건 안돼." 씬디가 문을 쾅 하고 닫았다. 결혼생활에 시달리는 플랜지에게는 간질을 겪는 사람처럼 그만이 감지하는 경고신호가 있었다. 지금 그 신호가 온 것이다. "안돼." 그의 아내가 고함을 질렀다. "나가, 나가라고. 밖으로 꺼져, 당신들. 어서."

"나 말이야?" 플랜지가 말했다.

"그래." 씬디가 말했다. "당신하고 로코와 피그, 삼총사 모두 당장 밖으로 꺼져."

"와우." 플랜지가 말했다. 전에도 이런 적이 있었고, 매번 같은 식으로 끝났다. 바깥마당에는 나소 카운티의 경찰들이 25A 도로에서 속도위반 차량을 잡을 때 사용했던 버려진 초소가 있다. 씬디는 이 초소가 너무나 마음에 든 나머지 그곳을 집처럼 꾸미고, 담쟁이 덩굴을 심고, 안에 몬드리안 그림을 걸어놓았는데, 부부싸움을 할 때마다 플랜지는 거기서 잠을 자곤 했다. 그런데 재미있는 것은 아늑함을 느끼기는 씬디와 별 차이가 없다는 사실이다. 초소는 자궁 같았고, 몬드리안과 씬디가 둘 다 금욕적이면서 논리적인 남매지간이 아닐까 여겨질 정도였다.

"알았어." 그가 말했다. "이불 가지고 초소에서 잘게."

"아니." 씬디가 말했다. "밖으로라고 했어. 밖으로 나가라고. 내 인생 바깥으로 꺼져버리라고. 하루 종일 청소부하고 술 처먹는 것도 모자라 피그 보딘까지 끌어들이다니 이제 지긋지긋해."

"에이, 왜 그래요." 피그가 끼어들었다. "다 잊은 줄 알았는데. 당신 남편 좀 봐요. 날 만나 반가워하잖아요." 피그는 퇴근 인파로 한창 붐비는 다섯시와 여섯시 사이에 롱아일랜드 맨해싯 역에서 내렸었다. 서류가방과 『타임』지를 손에 든 사람들에게 밀려 열차 밖으로 내몰리다시피 한 그는 주차장에서 1951년식 MG 승용차를 훔쳐 타고, 한국전쟁 때 그가 속한 사단의 장교였던 플랜지를 찾아 나섰다. 그는 노픽에 정박한 해군 소해정 '이매큘리트호'를 벗어나

아흐레째 무단이탈 중이었는데, 자신의 옛 친구가 어떻게 지내는지 보고 싶었던 것이다. 씬디가 그를 마지막으로 본 것은 결혼식날 밤 노픽에서였다. 자신의 배가 7함대로 재배치되기에 앞서 플랜지는 신혼여행을 위해 삼십일 휴가를 막 시작하려던 참이었다. 하지만 사병들이 플랜지를 위해 총각파티를 열어줄 기회를 갖지 못한 것에 화가 난 피그는 대여섯 친구들과 함께 신임 소위로 변장하고서 고급장교 클럽을 찾아가 플랜지를 데리고 나와 이스트메인 가에 가서 맥주를 몇잔 마셨다. 여기서 '몇잔'이란 어림잡아 그렇다는 것이다. 두주 후 씬디는 아이오와 주 씨더래피즈에서 날아온 전보 한통을 받게 되었다. 플랜지한테서 온 전보였는데, 현재 돈이 다 떨어졌으며 숙취가 말도 못하게 심하다는 내용이었다. 이틀 동안 곰곰이 생각한 끝에 씬디는 피그를 자신의 눈에 다시는 띄지 않게 한다는 조건을 달면서 플랜지에게 집으로 오는 버스비를 송금해주었다. 그녀는 피그를 보지 않았다. 적어도 오늘까지는 그랬다. 그러나 피그가 세상에서 가장 역겨운 존재라고 여기는 그녀의 생각만큼은 칠년 동안 조금도 수그러들지 않았으며, 지금 당장이라도 그것을 입증해 보일 준비가 되어 있었다. "저 문밖으로 당장 나가라고." 그녀가 손가락으로 가리키며 말했다. "아주 멀리 산 너머로 가버려. 절벽 너머라도 상관없어. 당신하고 당신 술친구, 그리고 해군 군복 입은 저 더러운 원숭이, 썩 꺼지란 말이야."

플랜지는 머리를 긁적이며 잠시 씬디를 보면서 눈을 껌뻑거렸다. '안돼. 이건 아닌데' 하고 그는 생각했다. 만약 그들에게 아이가 있었더라면…… 그가 생각해도 해군이 자신을 능력있는 통신장교로 만든 것은 기가 막힌 아이러니였다. "그래." 그는 천천히 말했다. "알았어."

"폴크스바겐 차를 타고 가요." 씬디가 말했다. "면도도구하고 갈아입을 셔츠도 챙겨서."

"아냐." 뒷마당에서 포도주 병을 들고 뒤뚱거리는 로코를 위해 문을 열어주면서 플랜지가 말했다. "아냐, 난 로코랑 트럭을 타고 갈게." 씬디가 어깨를 으쓱했다. "수염도 그냥 기르지 뭐." 그는 맥없이 말을 이었다. 집을 나올 때 피그는 어리둥절해했고, 로코는 혼자서 노래를 흥얼거렸다. 그리고 플랜지는 덩굴손 같은 첫번째 희미한 메스꺼움이 복부 주위로 스멀스멀 퍼지는 것을 느꼈다. 그들은 트럭에 우르르 올라타며 고함을 질러댔다. 플랜지가 고개를 돌려서 보니 아내가 그들을 지켜보며 문간에 서 있었다. 그들은 주택 진입로에서 나와 좁은 쇄석포장도로로 들어섰다. "어디로 가지?" 로코가 말했다.

"글쎄." 플랜지가 말했다. "뉴욕에 가서 호텔 같은 곳을 알아볼까. 그러니 날 기차역에 내려주는 게 좋겠어. 어디 있을 만한 데 없어, 피그?"

"난 MG 차에서 자도 돼." 피그가 말했다. "그런데 지금쯤 아마 짭새가 알아냈을 거야."

"실은 말이야." 로코가 말했다. "나는 쓰레기 폐기장에 가서 트럭에 실은 걸 비워야 해. 거기 가면 경비 보는 친구가 있어. 거기서 사는 친구지. 그는 온갖 방을 다 갖고 있어. 거기에 가 있어도 돼."

"좋아." 플랜지가 말했다. "안될 게 뭐겠어." 그의 기분에 어울리는 제안이었다. 그들은 남쪽으로 차를 돌려 주택단지와 쇼핑센터, 그리고 소규모의 다양한 경공업 공장들이 밀집한 롱아일랜드 쪽으로 향했다. 삼십분 후 그들은 도시의 쓰레기 폐기장에 들어가 섰다. "문이 닫혀 있지만." 로코가 말했다. "그 친구가 열어줄 거야." 그는 벽돌 벽과 기와지붕으로 된 쓰레기 소각로 뒤편의 비포장도로로 차를 꺾었다. 소각로는 공공사업촉진국의 어떤 정신 나간 건축가가 1930년대에 설계하여 지은 것으로 높은 굴뚝이 있는 멕시코의 대농장처럼 생겼다. 약 백 미터 정도를 덜컹거리며 앞으로 나아가자 입구가 나왔다. "볼링브로크." 로코가 크게 소리쳤다. "들여보내줘. 술 가져왔어."

"알았어." 황혼이 지는 쪽에서 목소리가 들려왔다. 일분 뒤 납작한 중절모를 쓴 뚱뚱한 검둥이가 헤드라이트 불빛 속에 모습을 드러내며 문의 자물쇠를 열더니 자동차 발판에 껑충 뛰어올라왔다. 그들은 긴 나선형 길을 따라 쓰레기 폐기장으로 향했다. "이쪽은 볼링브로크야." 로코가 말했다. "자네들을 재워줄 거야." 그들은 넓고 긴 커브길로 내려갔다. 플랜지가 보기에 나선형의 정중앙, 제일 낮은 지점을 향해 가고 있는 것이 분명했다. "이 친구들에게 잠잘 곳이 필요하다고?" 볼링브로크가 물었다. 로코가 상황을 설명했다. 볼링브로크는 알았다는 듯이 고개를 끄덕였다. "마누라가 골칫거리일 때가 종종 있지." 그가 말했다. "난 여기저기에 마누라가 서너명쯤 있는데 그들한테서 벗어나니까 정말 좋아. 자네들은 아직도 그걸 모르다니."

쓰레기 폐기장은 대략 정사각형 모양으로, 각 면이 각각 반마일

정도 되었고, 사방을 둘러싸고 있는 주택개발단지 거리에서 아래로 십오 미터쯤 내려온 곳에 있었다. 로코의 말에 따르면, 북부 해안에서 가져온 쓰레기를 하루 종일 두대의 D-8 불도저로 평평하게 묻으면 표면이 매일 몇분의 일 쎈티쯤 높아진다고 한다. 로코가 트럭의 쓰레기를 버리는 동안 흐릿한 불빛 속을 가만히 응시하던 플랜지의 뇌리에 이곳의 기이한 앞날이 떠올랐다. 지금으로부터 오십년쯤 후의 어느날, 어쩌면 그보다 더 먼 훗날에, 더이상 메울 구멍이 없게 될 것이고, 바닥은 주택개발단지 거리와 수평이 될 것이며, 그 위에도 집이 세워질 거라고 그는 생각했다. 그것은 이미 결정된 문제와 피할 수 없는 대면을 하기 위해 미칠 정도로 느린 엘리베이터를 타고 이미 정해져 있는 층으로 가는 것과 같은 느낌이었다. 그런데 이뿐만이 아니다. 이곳 나선형의 끝에서 그가 또다른 통신문에 사로잡혀 검색 끝에 어떤 음악과 노래 가사를 만날 때까지는 그것을 알아낼 수 없을 것 같은 그런 느낌마저 들었다. 제트기, 미사일, 핵 잠수함을 갖춘 현대식 해군에서 아직도 뱃노래라든가 민요를 부른다고 생각하기란 힘들 것이다. 하지만 플랜지는 델가도라는 이름의 필리핀 남자 승무원이 밤늦게 기타를 들고 무선통신실로 올라와서 몇시간 동안 노래했던 일이 기억났다. 바다 이야기를 하는 많은 방법이 있지만, 아마도 음악 때문에 그리고 노래 가사가 개인의 지난 일과 아무 관련이 없어서, 델가도의 방식은 뭔가 특별한 진실의 색깔을 지니는 것처럼 보였다. 사실 전통적인 민요라고 해봐야 거짓말 아니면 허풍스러운 이야기에 불과하다. 그것은 기껏해야 갑판장실에서 커피를 마시거나 식당에서 월급내기

포커게임을 하는 동안, 혹은 선미의 수중 폭뢰에 앉아 저녁 영화의
스토리가 좀더 명백해질 때까지 기다리는 동안, 부른다기보다는
차라리 중얼거리는 그런 것이었다. 그래도 델가도는 노래 부르는
것을 좋아했고 플랜지는 그것에 경의를 표했다. 그가 가장 좋아한
노래는 이러했다.

  북쪽 나라에 배가 한척 있다네
  '골든배너티'Golden Vanity라는 이름으로 다닌다네,
  오, 스페인 '적함'에 붙잡힐까봐 두렵네,
  로우랜드Low-lands 옆을 천천히 지나는 동안.

  로우랜드가 스코틀랜드 남동부를 가리킨다라고 아는 척하며 말
하는 것은 쉬운 일이다. 분명 이 노래는 스코틀랜드에서 유래했지
만, 늘 기이하고 말도 안되는 연상을 플랜지에게 불러일으켰다. 특
별한 종류의 불빛 아래서 혹은 비유에 빠지기 쉬운 분위기에서 망
망대해를 본 적이 있는 사람이라면, 묘한 환상에 대해 잘 알 것이
다. 바다는 물결치긴 하지만 어떤 견고함을 갖고 있어서, 수평선으
로 쭉 펼쳐진 회색 혹은 연한 청록색 사막과 황무지가 되곤 한다.
그래서 구명줄을 따라 표면 위로 걸어나갈 수 있을 것 같고, 텐트
와 충분한 식량만 있다면 그 길을 따라 이 도시 저 도시를 여행할
수도 있을 것 같다. 제로니모는 이것을 메시아 콤플렉스의 특이한
변형으로 간주해, 플랜지더러 그러한 시도를 하지 말라고 아버지
처럼 충고했다. 하지만 플랜지에게 그 광활한 흐린 유리 같은 평원

은 단 한명의 인물만이 완전성을 향해 성큼성큼 가로질러 가도록 되어 있는 일종의 로우랜드였다. 해수면에 도달하는 것은 무차원의 최소점, 위도와 경도의 유일무이한 교차점, 완벽하고 차가운 균일성의 확고한 지점을 발견하는 것과 같았다. 그것은 로코의 트럭이 나선형으로 내려간 뒤 마침내 도착해 휴식을 취할 이 지점이 바로 정중앙이라는 것, 저지대 전체를 시사하는 단일 지점이라는 것을 깨달을 때의 느낌과 같은 것이었다. 씬디에게서 벗어나 생각이란 걸 할 때마다 플랜지는 자신의 삶을 변화과정에 있는 표면으로 상상하곤 했는데, 그것은 오목하거나 안으로 움푹 들어간 모양에서 지금 그가 서 있는 데처럼 평평한 곳으로 바뀌는 쓰레기 폐기장의 바닥과 매우 흡사했다. 걱정이 되는 것은 궁극의 볼록면, 즉 지구 표면이 눈에 확연히 보이는 만곡彎曲으로 쪼그라들어서, 그가 투사한 반경처럼 혼자 삐죽 나와 자신이 속한 빈 초승달 모양의 작은 구체 주위를 정처 없이 비틀거리며 다니는 것이었다.

로코는 좌석 밑에서 찾은 3.78리터짜리 무스카텔 포도주 한병을 그들에게 건네주고는 짙어져가는 어둠속으로 투덜거리며 뛰어갔다. 볼링브로크가 마개를 따고 마셨다. 그들은 술병을 한차례 돌렸다. 볼링브로크가 말했다. "자, 그만 가서 매트리스를 찾아볼까." 그는 그들을 이끌고 비탈 위로 올라가서 탑처럼 생긴 쓰레기 더미를 돌았다. 버려진 냉장고, 자전거, 유모차, 세탁기, 씽크대, 변기, 침대 스프링, 텔레비전 세트, 냄비, 프라이팬, 스토브, 에어컨 등이 이천 평방미터에 걸쳐 쌓여 있는 곳을 지나 마침내 매트리스가 있는 언덕으로 갔다. "세상에서 가장 큰 침대지." 볼링브로크가 말했다. "어디 골라봐." 수천개나 되는 매트리스가 있었다. 플랜지는 스리쿼터 너비의 스프링침대를 찾았다. 피그는 아마도 민간인 생활에 전혀 익숙하지 않아서인지 두께가 오 쎈티, 너비가 구십 쎈티 되는 매트를 골랐다. "안 그러면 편안하지가 않아서." 피그가 말했다.

"서둘러." 볼링브로크가 조심스러우면서도 초조하게 외쳤다. 그러고는 언덕 꼭대기로 올라가서 그들이 온 방향을 돌아보았다. "서둘러. 더 어두워지기 전에."

"왜 그러는데?" 플랜지가 비탈 위로 매트리스를 끌고 올라와 그의 옆에 서서 쓰레기 더미 너머를 유심히 바라보았다. "밤도둑이라도 있어?"

"그 비슷한 게 있어." 볼링브로크가 불편해하며 말했다. "자, 가자고." 그들은 오던 길로 터덜터덜 되돌아갔다. 가는 동안 아무도 말을 하지 않았다. 트럭을 세워둔 곳에서 그들은 왼쪽으로 비스듬하게 꺾어 들어갔다. 위로는 소각로가 높이 솟아 있었고, 높고 검은 굴뚝 뒤로 마지막 노을이 보였다. 세사람은 양옆으로 쓰레기가 육 미터가량 쌓여 있는 좁은 계곡 같은 곳으로 들어섰다. 플랜지가 느끼기에 이 폐기장은 황량한 나라에 둘러싸인 섬 혹은 고립지역으로, 볼링브로크가 무적의 통치자로 군림하는 은밀한 왕국 같았다. 계곡은 백 미터쯤 가파르게 꼬불꼬불 이어지다가 마침내 자동차, 트럭, 트랙터, 비행기 등에서 나온 폐타이어로 온통 꽉 찬 작은 계곡이 나왔다. 한가운데의 살짝 솟아오른 곳에는 볼링브로크의 오두막이 서 있었는데, 그것은 타르 종이, 냉장고 옆면, 우연히 구한 나무기둥, 파이프, 널빤지를 가지고 임시로 지은 집이었다. "집에 다 왔어." 볼링브로크가 말했다. "자, 그럼 대장 따라하기 놀이를 해볼까." 그것은 마치 미로게임 같았다. 때때로 플랜지의 키보다 두배나 더 높은 타이어 더미들이 작은 충격에도 무너질 것 같았다. 고무 냄새가 공기 중에 진동했다. "매트리스 조심해." 볼링브로크가 작은 목소리로 말했다. "대열에서 흩어지면 안돼. 내가 부비트랩을 설치해놓았으니까."

"무엇 때문에?" 피그가 물었다. 하지만 볼링브로크는 피그의 말을 듣지 못했는지 무시하고 걸었다. 오두막에 도착하자 볼링브로크는 큼지막한 통자물쇠가 단단히 걸린 두꺼운 포장 케이스로 만든 문을 열었다. 안쪽은 칠흑같이 어두웠다. 창문은 하나도 없었다. 볼링브로크는 등유 램프를 켰다. 깜빡거리는 노란 불빛 속에서 플랜지는 대공황 시대 이후 나온 모든 출판물에서 오린 듯한 사진이 뒤덮고 있는 벽을 볼 수 있었다. 환한 색상의 브리지뜨 바르도의 핀업사진 양옆에는 퇴임연설을 하는 윈저 공작과 화염에 불타는 '힌덴부르크호' 신문사진이 붙어 있었다. 루비 킬러, 후버, 매카서도 있었다. 그리고 잭 샤키, 휠러웨이, 로렌 바콜, 그리고 타블로이드 신문처럼 덧없고 잠시 관심을 가졌다가 금세 잊어버리는 인간의 일반적인 속성처럼 흐리멍텅한, 색바랜 감흥을 줄 뿐인 범죄자 사진대장 속의 수많은 얼굴들이 있었다.

볼링브로크는 문을 걸어잠갔다. 그들은 침구를 바닥에 던지고 앉아서 술을 마셨다. 바깥에서 부는 약한 바람에 타르 종이 덮개가 덜렁거렸다. 바람은 모서리가 튀어나오고 모양이 울퉁불퉁한 오두막에 부딪혀 잠잠했다가는 다시 거세게 휘감아돌았다. 어쨌든 그들은 바다 이야기를 하기 시작했다. 피그는 바르셀로나에서 피니라는 이름의 수측원水測員과 함께 말이 끄는 택시를 훔쳤던 이야기를 했다. 당시 두사람은 그 누구도 말에 대해 전혀 알지 못했던 터라, 최소한 소대 규모의 해군 헌병들한테 쫓겨 함대 선착장 끝에서 전속력으로 바다에 뛰어들게 되었다. 그들은 물에 빠져 허우적거리는 동안 항공모함 '인트레피드호'까지 헤엄쳐가면 경찰견들로부터 벗어날 수 있겠다는 생각이 불현듯 떠올랐다. '인트레피드호'의 소형 보트가 이삼백 미터 떨어진 곳에서 그들을 발견하지 않았더라면, 실제로 그렇게 되었을지도 모른다. 피니가 쾌재를 부르며 활 모양의 갈고리를 배 측면으로 던지려는 순간 어떤 재수 없는 해군 소위 녀석이 45구경 권총으로 피니의 어깨를 정통으로 맞춰 완전히 흥을 깨고 말았다. 플랜지는 대학에 다닐 때 어느 봄 주말에 두 친구와 함께 인근의 시체보관실에서 여자 시체를 슬쩍 훔친 이야기를 했다. 그들은 새벽 세시에 시체를 남학생 동호회 방으로 가져가 술에 취해 침대에 누워 있던 동호회 회장 옆에 두고 나왔다. 날이 환하게 밝은 이른 아침이 되자 거동할 수 있는 모든 회원들이 단체로 회장이 자는 방으로 가서 문을 두들겼다. "그래, 잠깐만." 안에서 앓는 소리가 들렸다. "곧 나갈게. 오, 이런 맙소사." "왜 그래, 빈센트?" 누군가가 외쳤다. "안에 여자애라도 있어?" 그러고는 모두들 흐뭇해하며 웃었다. 약 십오분 뒤에 얼굴이 잿빛이 된 빈센트가 부들부들 떨며 방문을 열자 모두 떼를 지어 요란스럽게 안으로 들어갔다. 그들은 침대 밑을 들여다보고 가구를 옮기고 벽장을 열어보았으나 어디에도 시체는 없었다. 당황해하며 옷장 서랍을 하나하나 열어 보려 하는데, 바깥에서 날카로운 비명소리가 들렸다. 그들은 황급히 창문으로 뛰어가 밖을 내려다보았다. 한 여학생이 기절해 쓰러져 있었다. 알고 보니 빈센트가 자신의 최고급 넥타이 세개를 엮어서 시체를 창문 밖에 매달아놓았던 것이다. 피그는 고개를 좌우로 저었다. "잠깐." 그가 말했다. "바다 이야기를 할 줄 알았는데." 이 무렵 그들은 3.78리터의 포도주를 다 비운 상태였다. 볼링브로크는 침대 밑에서 집에서 담근 끼안띠 포도주 한병을 꺼내가지고 왔다. "그러려 했는데." 플랜지가 말했다. "곧바로 생각이 안 나서." 그러나 알면서도 말할 수 없었던 진짜 이유는 그가 다른 그 누구도 아닌 데니스 플랜지이기 때문이고, 바다의 조수가 자신의 혈관을 따라 흐를 뿐만 아니라 환상 속으로도 굽이쳐 흐른다면, 그때는 바다에 관한 이야기를 하는 대신 그냥 귀 기울여 듣는 편이 옳기 때문이었다. 왜냐하면 그 자신과 진정한 거짓말의 진실은 근처의 기이한 곳으로 이미 오래전에 던져졌기 때문이다. 그대로 가만히 있으면 진실의 범위를 알아차릴 수 있지만 활동적으로 움직이는 순간, 원자보다 작은 입자를 관찰하는 사람이 관찰행위 자체로 인해 작업, 데이터, 확률에 변화를 가져오게 되는 것처럼, 관습을 완전히 위반하지는 않더라도 최소한 사물에 대한 관점을 엉망으로 만들 수는 있다. 그래서 그는 다른 이야기를, 그것도 제멋대로 했다. 혹은 그런 것처럼 보였다. 그는 제로니모가 이에 대해 뭐라고 할지 궁금했다.

그런데 볼링브로크는 바다 이야기를 했다. 그는 평판이 모두 어딘가는 안 좋은 다양한 종류의 상선을 타고 이 항구 저 항구를 돌아다니며 시간을 흘려보냈다. 그 가운데 1차대전 직후의 두달 동안은 싸바레스라는 친구와 베네수엘라 까라까스의 해안에서 지냈다. 이에 앞서 두사람은 화물선 '데어드레이 오툴호'에서 뛰어내렸었는데, 그 당시는 빠나마에 등록된 선원으로 있던 때였다. 볼링브로크는 이 부분에 대해 사과했지만 그것은 사실이라고 했다. 당시에는 물 위에 떠다니는 것이라면 노 젓는 배, 원양 창녀촌, 전함 가릴 것 없이 뭐든 빠나마에 등록할 수 있었다. 그들이 뛰어내렸던 이유는 과대망상에 사로잡혀 있던 일등항해사 뽀르까치오로부터 달아나기 위해서였다. 아이띠 뽀르또프랭스를 떠난 지 사흘 후에 뽀르까치오는 베리식 신호 권총을 들고 선장실로 뛰어들어가 배를 돌려 꾸바로 향하지 않으면 인간 신호탄으로 만들어버리겠다고 협박했다. 선반에는 인근의 미국 세력권을 무너뜨릴 목적으로 최근에 결성된 과떼말라의 바나나 수확 노동자 조직에 가는 여러상자의 소총과 여러 무기가 있었다. 뽀르까치오의 계획은 배를 장악한 뒤 꾸바를 공격하여, 콜럼버스가 발견한 이후로 정당하게 이딸리아에 속하는 그 섬을 요구하는 것이었다. 반란을 위해 그는 중국 청소부 두명과 간질 발작에 시달리는 갑판원 한명을 규합했다. 선장은 웃으며 뽀르까치오에게 안으로 들어와 술이나 한잔하자고 제안했다. 이틀 뒤 두사람은 술에 취해 어깨동무를 하고 갑판 위를 비틀거리며 돌아다녔다. 그동안 둘 다 잠을 한숨도 자지 않았다. 그러다 배가 심한 돌풍을 만났다. 선원들은 모두 활대를 고정하고 짐을 옮기느라 정신이 없었고, 그렇게 혼란스러운 동안 선장은 사라지고 말았다. 이렇게 해서 뽀르까치오는 '데어드레이 오툴호'의 선장이 되었다. 그런데 술이 다 떨어지자 뽀르까치오는 까라까스로 가서 술을 가득 채우기로 마음먹었다. 선원들에게 꾸바 아바나를 손에 넣는 날에는 대형 샴페인을 한사람 앞에 한병씩 주겠다고 약속했다. 볼링브로크와 싸바레스는 꾸바를 공격하는 데 관심이 없었다. 배가 까라까스에 정박하자마자 두사람은 멀리 달아났는데, 제노비아라는 이름의 아르메니아 난민 출신의 술집여자와 두달 동안 매일밤 서로 번갈아 자며 그녀에게 빌붙어 살았다. 그러다가 마침내 바다에 대한 향수 때문이었는지 양심의 가책 때문이었는지, 아니면 그들을 돌봐주던 여성 후원자의 예측할 수 없는 사나운 성질 때문이었는지 볼링브로크로서는 전혀 알 수 없었지만, 무언가가 그들로 하여금 이딸리아 영사를 찾아가 자수하게 만들었다. 영사는 매우 이해심이 많아 그들을 제노바로 향하는 이딸리아 상선에 타게 해주었고, 그 덕에 두사람은 석탄을 지옥불 속으로 던져넣듯 삽으로 퍼넣으며 대서양을 쭉 항해해갔다.

이 무렵 밤은 깊어졌고 모두들 술에 잔뜩 취해 있었다. 볼링브로크가 하품을 했다. "잘 자게." 그가 말했다. "아침 일찍 말짱한 정신으로 일어나야 하거든. 자다가 이상한 소리가 들려도 신경 쓰지 말게. 자물쇠 하나는 튼튼하니까."

"왜." 피그가 말했다. "누가 오기라도 해?" 플랜지는 왠지 꺼림칙해졌다.

"아니." 볼링브로크가 말했다. "그들 말고는. 그들이 가끔 들어오려고 하는데, 그러나 아직은 아니야. 혹시 그러면 파이프가 있으니까 그걸 쓰면 돼." 그는 램프를 끄고 휘청거리며 침대로 갔다.

"알았어." 피그가 말했다. "그런데 그들이 누구야?"

"집시들." 볼링브로크가 하품을 하며 말했다. 곧 잠이 들 것 같은 목소리였다. "여기서 살아. 이곳 쓰레기 폐기장에서 말이야. 밤에만 돌아다니지." 그는 조용해지더니 잠시 후 코를 골기 시작했다.

플랜지가 어깨를 으쓱했다. '이런 젠장. 그래, 주위에 집시들이 있다 이거지.' 어린 시절에 본 북부 해안의 바닷가 외딴곳에서 야영생활을 하던 집시들이 떠올랐다. 지금쯤 다 사라졌겠구나 했는데, 여하튼 사라진 것이 아니라니 다행이다. 그것은 비몽사몽의 느낌과도 어울렸다. 쓰레기 폐기장에 사는 집시들이 존재한다고 해서 안될 게 없는 것이다. 그것은 마치 볼링브로크의 이야기에 나온 바다의 공정성, 즉 바다가 말이 끄는 택시와 포르카치오를 위한 지속적인 플라스마 혹은 매개체를 수용할 수 있다고 믿는 것과 같은 이치였다. 젊은 부랑자 플랜지는 말할 것도 없고, 오늘의 플랜지도 커다란 변화를 겪었다고 그는 이따금씩 느끼곤 했지만 그렇다고 그렇게까지 희귀하거나 낯선 것은 아니었다. 그는 양옆에 있는 볼링브로크와 피그 보딘이 서로 화음을 맞춰 코 고는 소리를 들으며 어수선한 선잠에 빠져들었다.

얼마나 잤을까, 그는 완전한 어둠속에서 잠이 깼다. 지금은 새벽 두세시쯤일 거라고, 혹은 적어도 인간보다는 차라리 고양이, 올빼미, 지저귀는 새, 그리고 밤에 소리를 내는 그밖의 모든 존재들의 본능적인 시간일 뿐이라고 느끼는 그런 어둠이었다. 바깥에서는 아직도 바람이 불고 있었다. 플랜지는 자기를 잠에서 깨게 한 소리를 찾아보았다. 일분 동안 아무 소리도 들리지 않았다. 그러다가 마침내 어떤 소리가 들려왔다. 소녀의 목소리가 바람을 타고 들려왔다.

"앵글로." 소녀가 말했다. "금발의 앵글로, 밖으로 나와요. 비밀 통로로 나와서 나를 찾아요."

"우아." 플랜지가 말했다. 그는 잠자는 피그를 흔들었다. "이봐." 플랜지가 말했다. "저기 바깥에 아가씨가 있어."

피그는 초점이 맞지 않는 한쪽 눈을 떴다. "잘됐네." 그가 중얼거렸다. "안으로 데리고 와. 잠깐 같이 놀게."

"그게 아니라." 플랜지가 말했다. "내 생각에 볼링브로크가 말한 집시 중 한명인 것 같아."

피그는 코를 골았다. 플랜지는 손으로 길을 더듬어 볼링브로크에게 갔다. "이봐." 플랜지가 말했다. "여자 집시가 저기 바깥에 있어." 볼링브로크는 아무런 반응을 보이지 않았다. 플랜지가 더 세게 흔들었다. "저기 **바깥**에 있다고." 반복해서 말했다. 갑작스레 공포가 밀려오기 시작했다. 볼링브로크는 등을 돌리더니 알아들을 수 없는 말을 중얼거렸다. 플랜지는 두 손을 들고 말았다. "우아." 플랜지가 말했다.

"앵글로." 소녀가 계속해서 말했다. "내게로 와요. 와서 나를 찾아요. 안 그러면 영원히 가버릴 거예요. 밖으로 나와요, 금발머리에 이가 반짝반짝 빛나는 키 큰 앵글로 아저씨."

"이봐." 플랜지는 딱히 누구랄 것 없이 말했다. "그건 내가 아니야, 안 그래." 완전히 그렇다고 할 수는 없지만 갑자기 그런 생각이 들었다. 원기왕성하면서 암울했던 태평양 시절의 바로 그 노련한 선원, 즉 자신의 '도플갱어'에 좀더 가까운 것 같았다. 그는 피그를 발로 찼다. "나더러 밖으로 나오래." 플랜지가 말했다. "이봐, 어떻게 하면 좋지?"

피그가 두 눈을 모두 떴다. "장교님." 그가 말했다. "나가서 상황 보고를 받고 오실 것을 권합니다. 아까 말씀드린 것처럼 아가씨가 괜찮다 싶으면 데리고 들어와서 사병들과 한번씩 하게 하시면 좋겠습니다."

"그래, 그러지." 플랜지는 아무 생각 없이 말했다. 그는 문 쪽으로 가서 빗장을 열고 바깥으로 나갔다. "오, 앵글로." 소녀의 목소리가 들렸다. "오셨군요. 나를 따라오세요."

"알았어." 플랜지가 말했다. 그는 볼링브로크가 설치한 부비트랩을 건드리지 않기를 기원하며 타이어 더미 사이를 헤치고 나아가기 시작했다. 기적적으로 공터까지 거의 빠져나왔으나 뭔가 잘못되어갔다. 발을 잘못 디뎠는지 정확하게 알 수는 없었지만 멍청한 실수를 저질렀다는 것을 직감한 바로 그 순간, 고개를 드니 거대한 스노우타이어 더미가 한쪽으로 휘청하며 기울면서 하늘의 별을 배경으로 잠시 멈췄다가 그의 머리 위로 무너지는 것이 보였다. 이것이 잠시나마 기억한 마지막 순간이었다.

그는 이마를 만지는 서늘한 손가락 감촉과 구슬리는 목소리에 눈을 떴다. "일어나요, 앵글로. 눈을 떠봐요. 당신은 괜찮아요." 눈을 떠서 보니 소녀의 얼굴이 둥둥 떠다니고 있었다. 소녀는 눈이 휘둥그레져서 근심스레 그를 내려다보고 있었다. 소녀의 머리카락 사이로 별이 보였다. 그는 협곡의 어귀에 누워 있었다. "자." 그녀가 웃었다. "일어나요."

"그래." 플랜지가 말했다. 머리가 아팠고 온몸이 욱신거렸다. 그는 가까스로 일어났는데 그제서야 소녀를 제대로 바라볼 수 있었다. 별빛에 비친 그녀의 모습은 아름다웠다. 그녀는 검은 드레스를 입고 있었고, 다리와 팔은 맨살에 가녀렸다. 목선이 부드러우면서 우아했고, 몸매는 너무 가늘어서 거의 그림자 같았다. 검은 머리카락이 그녀의 얼굴 주위와 등 아래로 검은 성운처럼 나부꼈다. 커다란 두 눈에 위로 살짝 젖혀진 코, 작은 윗입술, 고른 치아, 그리고 아름다운 턱. 그녀는 꿈에서나 가능한 완벽한 소녀였고 천사였다. 또한 키는 대략 일 미터 남짓 되었다. 플랜지는 머리를 긁적거렸다. "안녕." 그가 말했다. "내 이름은 데니스 플랜지야. 구해줘서 고마워."

"저는 네리사예요." 소녀가 그를 바라보며 말했다.

그는 그다음에 뭐라고 말해야 할지 전혀 생각이 나지 않았다. 대화의 소재가 갑자기 막혀버린 것이다. 미친 듯이 떠오른 생각이라고 해봐야 난쟁이 문제를 토론하는 것이었다.

소녀가 그의 손을 잡았다. "자, 가요." 그녀가 말했다. 그리고 그의 손을 끌어당기며 협곡으로 향했다. "어디로 가는데?" 플랜지가 물었다. "저희 집으로요." 그녀가 대답했다. "곧 날이 밝을 거예요." 플랜지는 잠시 생각해보았다. "잠깐만 기다려봐." 그가 말했다. "저 뒤에 있는 내 친구들은 어떡해? 볼링브로크의 환대를 내가 저버리는 것 같아." 그녀는 아무 대답도 하지 않았다. 그는 어깨를 으쓱했다. '젠장.' 그녀는 협곡을 거쳐 비탈 위로 그를 안내했다. 언덕 위의 뾰족탑 꼭대기에 사람으로 보이는 누군가가 그들을 지켜보며 서 있었다. 다른 형상들이 어둠속에서 맴돌며 휙휙 스쳐 지나갔다. 어딘가에서 기타소리, 노랫소리, 그리고 한창 싸우는 소리가 들려왔다. 그들은 매트리스를 가지러 가는 길에 지나쳤던 쓰레기 더미 안으로 들어가서, 어지럽게 내버려진 채 별빛에 빛나는 금속과 도자기들 사이로 난 길로 접어들기 시작했다. 마침내 그녀는 바닥에 뉘어놓은 제너럴일렉트릭 냉장고 앞에서 멈추더니 문을 열었다. "문이 당신에게 맞기를 바랄게요." 그렇게 말하고는 문 안으로 기어들어가 자취를 감췄다. '오, 세상에.' 플랜지는 생각했다. '난 살이 쪘잖아.' 그도 안으로 기어들어갔다. 냉장고는 뒷면이 없었다. "들어오셨으면 문을 닫으세요." 그녀가 아래쪽 어딘가에서 외치자 그는 뭔가에 홀린 듯 순순히 따랐다. 환한 불빛이 그녀가 들고 있는 손전등에서 갑자기 뿜어져 나오더니 길을 비추었다. 그는 쓰레기 더미가 그렇게 깊숙이 뻗어 있는 줄은 전혀 몰랐다. 아주 비좁은 곳이 몇군데 있었지만, 그는 약 구 미터가량 엉성하게 쌓여 있는 다양한 가전제품 사이를 간신히 뚫고 그 주위를 돌아서 헤쳐나온 끝에 백이십 쎈티 콘크리트 파이프 앞에 도달했다. 소녀는 그곳에서 기다리고 있었다. "여기서부터는 쉬워요." 그녀가 말했다. 사백 미터는 족히 되고도 남을 완만한 경사를 그는 네발로 기어서, 그녀는 걸어서 내려갔다. 손전등 불빛을 아래위로 비추니 흔들거리는 그림자 사이로 이쪽에서부터 갈라져 있는 다른 터널들이 눈에 들어왔다. 그녀는 그가 신기해하는 것을 알아챘다. "만드는 데 시간이 꽤 걸렸대요." 그녀가 말했다. 그리고 그에게 쓰레기 폐기장 전체에 '붉은 묵시록의 아들들'이라는 테러리스트 집단이 혁명을 준비하기 위해 1930년대에 그물망처럼 연결된 터널과 지하방들을 어떻게 만들었는지 말해주었다. 연방정부의 수사관들이 그들을 모두 잡아가고 난 뒤 일년쯤 지나서 집시들이 들어와 살기 시작했다고 한다.

마침내 그들은 자갈투성이의 흙 위에 작은 문이 나 있는 막다른 길에 도착했다. 그녀가 문을 열었고 그들은 들어갔다. 그녀가 촛불을 켜자 아라스 직물과 그림이 걸려 있는 방, 비단 시트가 깔린 커다란 더블침대, 장식장, 테이블, 냉장고가 모습을 드러냈다. 플랜지는 묻고 싶은 게 한둘이 아니었다. 그녀는 환기와 하수, 배관, 그리고 그동안 롱아일랜드 전기회사로부터 전혀 의심을 받지 않고 사용해온 전력선에 대해 말해주었다. 그리고 볼링브로크가 낮에 트럭을 사용하고 나면 밤에 집시들이 그것을 몰고 나가 식품과 생필품을 훔쳐온다는 사실, 또 볼링브로크가 그들에 대해 미신에 가까운 두려움을 갖고 있으며 알코올중독이나 그보다 더 나쁜 짓으로 일자리를 잃게 될까봐 이 모든 일들을 그 어떤 당국자에게도 알리지 않는다는 사실을 알려주었다.

그 순간 플랜지는 회색 털로 뒤덮인 쥐가 아까부터 침대 위에 앉아 호기심 가득한 눈빛으로 그들을 빤히 쳐다보고 있는 것을 발견했다. "이봐." 그가 말했다. "저기 침대 위에 쥐가 있어."

"이름이 히아신스예요." 네리사가 말했다. "당신이 오기 전까지는 유일한 친구였지요." 히아신스는 흐리멍덩한 표정으로 눈을 깜빡였다. "괜찮군." 플랜지가 쥐를 쓰다듬으려고 손을 뻗으면서 말했다. 히아신스는 찍찍 소리를 내며 뒷걸음질 쳤다. "수줍음이 많아요." 네리사가 말했다. "하지만 당신과 친구가 될 거예요. 시간이 좀 걸리겠지만요."

"아." 플랜지가 말했다. "지금 생각한 것인데, 내가 여기에 얼마나 있기를 바라지? 나를 왜 데리고 온 거야?"

"눈에 안대를 한 비올레타라고 하는 노파가 몇년 전에 제 운세를 봐주었어요." 네리사가 말했다. "키 큰 앵글로가 내 남편이 될 것인데 그는 금발에 강인한 팔을 갖고 있다고 말해주었어요. 그리고 또—"

"물론." 플랜지가 말했다. "맞아. 하지만 우리 앵글로들은 모두 그렇게 생겼어. 주위에 돌아다니는 많은 앵글로들은 키가 크고 머리가 금발이지."

그녀는 입을 삐죽거리며 눈물을 흘리기 시작했다. "내가 당신의 아내가 되는 게 싫으세요."

"글쎄." 플랜지가 당황해하며 말했다. "사실 난 이미 아내가 있어. 난 결혼했다고."

그녀는 잠시 칼에 찔린 듯한 표정을 짓더니 격렬하게 소리를 지르기 시작했다.

"내가 할 수 있는 말은 난 결혼했다는 거야." 플랜지가 항변했다. "결혼생활에 특별히 만족한다는 말은 아니지만 말이야."

"나한테 화내지 마요, 데니스." 그녀가 소리나게 울었다. "날 버리지 마요. 여기 있겠다고 말해줘요."

플랜지는 잠시 말없이 생각해보았다. 히아신스가 침대 위에서 뒤로 공중제비를 돌며 맹렬하게 몸부림치는 바람에 갑자기 침묵이 깨졌다. 소녀는 안타까운 마음에 숨 막혀하다가 손으로 쥐를 들어 올려 가슴에 안고 쓰다듬으며 작은 소리로 노래를 부르기 시작했다. 그녀가 어린아이 같다고 플랜지는 혼자 생각했다. 그리고 쥐는 그녀의 자식 같다고.

그런 다음 플랜지는 '씬디와 나는 왜 아이를 안 가진 걸까' 하고 생각했다.

그리고 또 생각했다. '아이만 있으면 모든 게 다 해결될 텐데. 세상이 보치[25] 공처럼 작아질 테고.'

물론 그는 알고 있었다.

"그래." 그가 말했다. "좋아. 여기 있을게." 잠깐이나마 그는 생각에 잠겼다. 그녀가 진지하게 위를 올려다보았다. 흰 파도가 그녀의 두 눈에서 춤을 췄다. 그는 알았다. 바다 생물들이 녹색 바다 같은 그녀의 가슴속에서 이리저리 헤엄쳐 다니리라는 것을.

---

25 보치(boccie): 이딸리아에서 하는 볼링 비슷한 경기.

엔트로피
Entropy

보리스는 이제 막 나에게 자신의 견해를 요약해주었다. 그는 일기예보관이다. 날씨가 계속 나쁠 거야, 하고 그는 말한다. 더 많은 재앙과 더 많은 죽음과 더 많은 절망이 있게 될 것이다. 어디에도 일말의 변화의 조짐은 없다…… 우리는 죽음의 감옥을 향해 일렬로 늘어서서 걸어가야만 한다. 피할 방법이 없다. 날씨는 바뀌지 않을 것이다.

—『북회귀선』

아래층에는 미트볼 멀리건이 개최한 임대차 계약을 깨는 파티가 마흔시간째 접어들고 있었다. 다 비운 750밀리리터 샴페인병이 잔뜩 널브러져 있는 부엌 바닥 위에서는 싼도르 로하스와 세명의 친구가 하이직 샴페인과 벤제드린 각성제를 먹고 정신이 말똥말

똥한 채 포커게임을 하고 있었다. 거실에서는 듀크, 빈센트, 크링클스와 파코가 휴지통 뚜껑에 볼트로 고정시켜놓은 삼십팔 쎈티 스피커 위에 웅크리고 앉아서 27와트의 볼륨으로 「끼예프의 대문」을 듣고 있었다. 그들은 모두 뿔테 썬글라스를 쓰고 넋 나간 표정으로, 아니나 다를까, 담뱃잎이 아니라 불량 '대마초'가 들어간 괴상하게 생긴 담배를 피우고 있었다. 이 그룹은 '듀크 디 안젤리스' 사중주단이었다. 이들은 '탐부'라는 이름의 지역 음반회사와 음반작업을 했으며 자신들의 명의로 「외계의 노래」라는 이십오 쎈티 LP판을 내기도 했다. 그들 중 한명은 가끔씩 담뱃재를 스피커 콘에 털고서 재가 사방으로 춤추는 모습을 지켜보았다. 정작 미트볼 자신은 커다란 술병을 테디 곰인형이라도 되는 양 가슴에 안고 창가에서 자고 있었다. 국무부와 국가안보국 같은 곳에서 일하는 공무원 아가씨들이 소파와 의자, 어떤 경우에는 욕조에서 정신을 잃고 뻗어 있었다.

때는 1957년 2월 초였다. 그때 당시 워싱턴 DC 주위에는 언젠가 유럽으로 실제로 돌아갈 예정인데 지금 당장은 정부를 위해 일하고 있다고 만날 때마다 말하곤 하는 미국인 국외거주자들이 꽤 많았다. 여기에는 누구나 다 아는 흥미로운 아이러니가 있다. 가령, 그들은 새로 들어온 사람이 서너 외국어를 동시에 구사하지 못하면 무시당하게 되는 다국어 파티를 열고는 했다. 또한 그들은 몇주 동안 아르메니아 식품가게를 뒤져서 구한 쩌서 말린 밀가루와 양고기를 벽이 투우 포스터로 뒤덮인 조그만 주방에 차려놓고 사람들을 초대하고는 했다. 그리고 그들은 조지타운 대학에서 경제학을 공부하는 안달루시아나 프랑스 남부 출신의 정열적인 여학생들과 관계를 맺기도 했다. 그들이 대성당처럼 자주 찾아간 곳은 올드 하이델베르크라고 불리는 위스콘신 애비뉴의 대학생 전용 독일식 지하식당인데, 봄이 되면 라임나무 대신 벚꽃나무에 만족해야 했다. 하지만 그들의 삶은 굼뜨기는 했지만 그들 말마따나 나름의 스릴이 있었다.

그 순간 미트볼이 개최한 파티는 다시 활기를 띠는 것 같았다. 바깥에는 비가 내리고 있었다. 빗방울이 타르 종이를 입힌 지붕 위에 후드득 쏟아지며 가느다란 물보라로 부서져 처마 밑 목제 괴물상의 코, 눈썹, 입술에 튀기더니 유리창을 따라 침처럼 흘러내렸다. 어제는 눈이 내렸고 그제는 강풍이 불었으며 그 전날은 달력이 분명 2월 초를 가리키는데도, 태양이 도시를 4월처럼 환하게 비추었다. 워싱턴의 이때는 가짜 봄 같고 희한하다. 이 2월에는 링컨의 탄생일과 중국의 설날이 있다. 그리고 벚꽃이 피려면 아직 몇주는 있어야 하기에 거리는 쓸쓸했다. 쎄라 본이 노래했듯이 올봄은 좀 늦게 올 것이다. 평일 오후에 뷔르츠부르거 맥주를 마시며 (「시그마 카이의 애인」은 말할 것도 없고) 「릴리 마를렌」을 부르기 위해 올드 하이델베르크에 모이는 부류의 사람들은 필연적으로 구제 불능의 낭만주의자이다. 그리고 훌륭한 낭만주의자라면 누구나 알고 있듯이, 영혼(라틴어로 '스피리투스', 히브리어로 '루아흐', 그리스어로 '프네우마')이란 실제로 다른 것이 아닌 공기일 뿐이다. 대기 중의 작은 흔들림이 그것을 마시는 사람 안에서 재현되는 것은 지극히 자연스러운 일이다. 그래서 공휴일이나 관광명소 같은 공적인 장치 외에도, 한해를 푸가에 비유한다면 '스뜨레또' 악절처럼 기후와 연관된 사적인 굴곡이 존재하는데, 우연한 날씨, 정처 없는 사랑, 예기치 않은 이끌림이 그것이다. 푸가 안에서 몇달을 쉽게 보낼 수 있다. 왜냐하면 바람, 비, 2월과 3월의 열정은 이상하게도 결코 없었다는 듯이 나중에 전혀 기억나지 않기 때문이다.

「끼예프의 대문」의 마지막 베이스 파트가 아래층에서 쿵쿵거리며 울리는 바람에 칼리스토는 선잠에서 깼다. 제일 먼저 생각난 것은 두 손으로 가슴에 살짝 안고 있는 작은 새였다. 그는 베개에서 옆으로 머리를 돌려 새의 구부린 파란 머리와 아파서 반쯤 감고 있는 두 눈을 웃으며 내려다보았다. 얼마나 많은 밤을 더 따뜻하게 해주어야 좋아질지 걱정이 됐다. 그는 사흘 동안 새를 그렇게 안고 있었다. 이것만이 새의 건강을 되찾게 할 유일한 방법이라고 그는 생각했다. 그 옆에는 소녀가 팔로 얼굴을 감싼 채 몸을 들썩이며 훌쩍이고 있었다. 필로덴드론 이파리와 작은 부채꼴 야자수에 숨어 목을 푸는 새들의 시끄러운 아침 울음소리가 빗소리에 섞여 들려왔다. 루소의 그림 같은 이 환상적 공간, 옷을 짜듯 꾸미는 데 칠년이 걸린 이 온실의 정글 사이사이로 주홍색, 노란색, 파란색 식물들이 천조각처럼 촘촘히 뒤섞여 있었다. 밀폐되어 있는 이곳은 도시의 혼돈 속에서 규칙을 수호하는 작은 요새로서 날씨, 국가의 정치, 시민 불복종 등 변덕스러운 것들과는 동떨어져 있었다. 여러 시행착오를 거친 끝에 칼리스토는 예술적 조화로움을 가진 소녀의 도움으로 온실의 생태적 균형을 완성할 수 있었다. 그 결과 식물의 변화, 새와 인간 거주자들의 움직임은 완벽하게 작동되는 모빌의 리듬처럼 모두 하나가 되었다. 물론 그와 소녀도 이 거룩한 성지에서 더이상 예외는 아니었다. 그들은 통일성을 위해 반드시 필요한 존재들이었다. 필요한 것은 외부에서 배달되었다. 그들은 밖으로 나가지 않았다.

"새는 괜찮나요?" 소녀가 작은 소리로 물었다. 그녀는 황갈색 물음표처럼 그를 마주하고 누웠다. 그녀의 짙은 두 눈이 갑자기 커지더니 천천히 깜빡였다. 칼리스토는 새의 목 밑에 있는 깃털 사이에 손가락을 집어넣고 부드럽게 쓰다듬었다. "좋아질 거야. 봐, 이 새가 자기 친구들이 깨어나는 소리를 듣고 있잖아." 소녀는 잠이 완전히 깨기도 전에 빗소리와 새소리를 들었다. 그녀의 이름은 오바드인데, 프랑스인과 베트남인 사이에서 태어난 혼혈로, 자기만의 유별나고 외로운 세계에 살고 있었다. 그 세계는 구름과 포인시아나 꽃향기, 포도주의 쓴맛과 허리의 잘록한 부분 또는 가슴을 우연히 스치는 손가락이 항상 소리로, 즉 울부짖는 불협화음의 어둠속에서 가끔씩 들려오는 음악소리로 환원되는 곳이었다. "오바드, 가서 확인해봐." 그가 말하자 소녀는 순순히 자리에서 일어나 창가로 조용히 걸어가더니 휘장을 옆으로 젖혔다. 잠시 후 그녀가 말했다. "37도예요. 여전히 37도예요." 칼리스토가 얼굴을 찌푸렸다. "그렇다면 화요일 이후로." 그가 말했다. "아무 변화가 없다는 거네." 그보다 세 세대 앞선 헨리 애덤스가 엔진 동력을 보고 겁에 질린 적이 있는데,[26] 그 힘의 내적 원리인 열역학을 대하면서 칼

---

26 미국의 역사학자이자 사상가인 헨리 애덤스(Henry Adams, 1838~1928)가 빠리에서 열린 1900년 만국박람회에서 받은 충격을 두고 하는 말. 박람회장의 '기계

리스토는 자신도 그와 똑같은 상태에 처했음을 깨달았다. 그는 그의 전임자처럼 성모와 발전기는 힘을 상징하는 것만큼이나 사랑도 상징하며, 그 둘은 사실 동일한 것이기에 사랑은 세상을 돌아가게 할 뿐만 아니라 보치 공도 돌리고, 성운도 전진시킨다는 것을 깨달았다. 그중에서 그를 혼란스럽게 만든 것은 후자 혹은 별과 관련된 부분이었다. 우주론자들은 궁극적으로 우주에 열역학적 죽음이 있을 것이라고 예측한다. (그것은 림보 같은 것으로서, 형태와 동작은 완전히 소멸되고, 열에너지는 모든 지점에서 균일하게 된다.) 반면에 기상학자들은 다양한 온도들의 배열을 들어 안심시키고 반박함으로써 그것을 매일매일 물리쳐왔다.

그러나 지난 사흘 동안, 불안정한 날씨에도 불구하고 수은주는 화씨 37도에 계속 머물렀다. 파국의 징후를 경계하면서 칼리스토는 이불 밑으로 자리를 옮겼다. 그는 맥박을 누르거나 고통을 줘서 온도를 빠르게 변화시킬 수 있다는 듯이 손가락으로 새를 세게 눌렀다.

그것을 해낸 것은 그때 막 들려온 요란한 씸벌즈 소리였다. 미트볼은 휴지통 위에서 동시에 흔들어대던 머리통들이 동작을 멈추자 움찔하며 정신을 차렸다. 스피커에서 나는 마지막 쉬익 소리가 일순간 방 안을 흐르더니 바깥의 빗소리 속으로 곧 사라졌다. "아아아." 미트볼이 빈 술병을 보면서 침묵 속에서 큰 소리로 외쳤다. 크

전시실'에서 발전기 등 새로운 기계장치들을 본 애덤스는 중세 이후 서양문명에서 힘의 원천이었던 성모마리아 대신, 발전기로 대변되는 과학기술에 의한 새로운 힘의 시대가 도래했음을 저서 『헨리 애덤스의 교육』에서 피력한 바 있다.

링클스는 천천히 돌아서서 웃으며 담배를 꺼내들었다. "티타임." 그가 말했다. "안돼, 안된다고." 미트볼이 말했다. "몇번이나 말해야 알아듣겠어. 내 집에선 안돼. 워싱턴에는 연방수사관들이 득실거려." 크링클스가 아쉬워하는 표정을 지었다. "에이, 미트볼, 완전 의욕상실인가보네." 크링클스가 말했다. "해장술이나 마시자." 미트볼이 말했다. "그렇다면야 더 바랄 것도 없지. 어디 술 남은 거 없나?" 크링클스가 부엌으로 엉금엉금 기어가기 시작했다. "샴페인은 다 떨어졌을 거야." 듀크가 말했다. "아이스박스 뒤에 떼낄라 상자가 있던데." 그들은 얼 보스틱의 음반을 틀었다. 미트볼은 부엌 문 앞에 멈춰서서 싼도르 로하스를 뚫어지게 쳐다보았다. "레몬이 필요해." 미트볼이 잠시 생각한 끝에 말했다. 그러고는 냉장고로 천천히 다가가 레몬 세알과 얼음을 꺼내고 떼낄라를 찾은 다음 정신을 차리려고 애썼다. 그는 레몬을 자르면서 피를 흘리는 바람에 레몬을 두 손으로 간신히 짰다. 그리고 냉장고의 제빙그릇을 발로 찼다. 하지만 십분쯤 지나자 어떤 기적이 생겨 그는 강력한 떼낄라 싸워sour를 환한 얼굴로 들여다보았다. "맛있겠는데." 싼도르 로하스가 말했다. "내게도 한잔 만들어줘." 미트볼이 그를 보며 눈을 깜박거렸다. "이런 말 뼈다귀 같은 놈." 미트볼은 반사적으로 대꾸하고는 목욕탕으로 어슬렁어슬렁 걸어갔다. "아이고." 잠시 후 그는 특별히 누구를 향해 그런 것은 아니지만 큰 소리로 외쳤다. "아이고, 욕조에 여자인지 뭔지가 자고 있는 것 같아." 그는 여자의 어깨를 잡고 흔들었다. "왜 그래?" 그녀가 말했다. "그렇게 편안해 보이지가 않아서." 미트볼이 말했다. "맞아." 여자도 같은 생각이었다. 그녀는 샤워기가 있는 곳으로 비틀거리며 가더니 찬물을 틀고 그 아래에 책상다리로 앉았다. "이제 좀 낫네." 그녀가 웃으며 말했다.

"미트볼, 누가 창문으로 들어오려고 해. 도둑인가봐. 아니 이층 남자군." 부엌에서 싼도르 로하스가 소리쳤다. "무슨 걱정이래." 미트볼이 말했다. "우린 삼층이야." 그가 부엌으로 성큼성큼 걸어갔다. 털이 덥수룩하고 수심에 찬 모습의 어떤 사람이 화재 대피용 비상계단에 서서 손톱으로 창유리를 긁고 있었다. "쏠." 미트볼이 창문을 열며 말했다.

"좀 젖었어." 쏠이 말했다. 그는 물을 뚝뚝 떨어뜨리며 넘어 들어왔다. "아마 자네도 들었을 거야."

"미리엄이 떠났다면서요." 미트볼이 말했다. "제가 들은 말은 그게 다예요."

갑자기 현관문을 요란하게 두드리는 소리가 났다. "들어와요." 싼도르 로하스가 큰 소리로 말했다. 문이 열리자 조지워싱턴 대학에서 철학을 전공하는 세 여학생이 있었다. 세명 모두 3.78리터 끼안띠 포도주를 한병씩 들고 있었다. 싼도르는 껑충껑충 뛰면서 거실로 갔다. "파티가 있다고 들었어요." 금발 아가씨가 말했다. "젊은 피가 왔어." 싼도르가 외쳤다. 그는 컬럼비아 구역의 중산층 비평가들이 돈 조바니즘이라고 부르는 최악의 만성질환을 가진 헝가리 출신의 자유 투사였다. "치마만 두르면, 상관하지 않는답니다." 빠블로프의 개처럼 꼰뜨랄또 목소리나 아르뻬지오가 슬쩍 들리기만 하면 싼도르는 침을 흘리기 시작했다. 미트볼은 세 여자가 줄지어 부엌으로 들어가는 모습을 게슴츠레 바라보았다. "포도주는 아이스

박스에 넣어요." 그가 어깨를 으쓱이며 말했다. "그리고 좋은 아침이에요."

오바드가 담배연기 자욱한 방에서 커다란 종이 위에 몸을 구부리고 글을 써나갈 때 그녀의 목은 금빛 활처럼 휘어졌다. "젊어서 프린스턴 대학에 다닐 때." 칼리스토는 회색 털이 무성한 그의 가슴에 새를 꼭 껴안고 그녀에게 받아쓰게 했다. "칼리스토는 열역학 법칙을 기억하기 위해 연상기억법을 배웠다. 우리는 이길 수 없다. 상황은 나아지기는커녕 더 나빠질 것이다. 더 나아질 거라고 누가 말할 수 있는가. 그는 쉰네살에 기브스의 우주 개념에 직면하자 대학생 때 유행어처럼 했던 말이 결국 예언이었음을 불현듯 깨달았다. 막대기처럼 생긴 미로 같은 방정식은 궁극에 가서 나타날 우주의 열역학적 죽음을 그에게 미리 알려준 것이었다. 오직 이론상의 엔진이나 씨스템만이 백 퍼센트의 효율이 있다는 것을 그는 익히 알고 있었다. 그리고 고립된 씨스템의 엔트로피는 항상 지속적으로 증가한다고 말한 클라우지우스의 정리定理에 관해서도 그는 잘 알고 있었다. 그러나 기브스와 볼츠만이 통계역학의 방법을 이 원리에 적용하기 전까지는 그것의 무시무시한 의미가 그에게 전혀 분명해지지 않았다. 그제서야 그는 고립된 씨스템이 은하수든 엔진이든 인간이든 문화든 그 무엇이든 간에, 좀더 확률이 높은 상태를 향해 자발적으로 나아가게 되어 있다는 것을 알았다. 그러므로 애처롭게 저물어가는 중년의 가을에 그는 이때까지 배워온 모든 것을 근본적으로 재평가하지 않으면 안되었다. 그가 살아온 모든 도시, 계절, 일상의 열정을 이제 새롭고 복잡한 시각에서 바라봐야만 했다. 그는 자신이 과연 그 일을 해낼 능력이 있는지 알 수 없었다. 하지만 그는 환원주의의 오류가 안고 있는 위험을 알고 있었고, 무기력한 숙명론의 우아한 퇴폐에 빠지지 않을 만큼 강하기를 바랐다. 그에게 숙명론 같은 게 있다면 그것은 항상 강건한 이딸리아식 비관론이었다. 마끼아벨리처럼 그는 '비르뚜'와 '포르뚜나'가 각각 절반씩 차지하는 게 옳다고 보았다.[27] 그러나 이제 방정식은 그 자신도 계산하기 두려워하는 비율, 즉 말로 표현할 수 없는 불확실한 비율로까지 가능성을 높이는 임의의 요소를 도입하였다." 칼리스토의 주위로 희미한 온실의 형상들이 흐릿하게 보였다. 가엾을 정도로 작은 가슴이 그의 가슴 위에서 팔딱거렸다. 오바드는 새들이 칼리스토의 말에 맞장구치듯 지저귀는 소리를 들었다. 차들이 변덕스럽게 눌러대는 경적 소리가 비에 젖은 아침과, 이따금씩 마룻바닥을 흔들며 높아져가는 얼 보스틱의 알또 쌕소폰 소리를 따라 흩어졌다. 그녀만의 세계가 지닌 건축학적인 순수성은 무질서의 징후들로 인해 끊임없이 위협받았다. 그 징후는 전체 구조가 제각각으로 분리된 무의미한 신호의 무질서한 조각들로 부서지지 않도록 그녀가 계속해서 다시 순응해야만 하는 균열, 보기 흉한 물질, 비뚤어진 직선들, 평면들의 변화 혹은 기울어짐 등이었다. 칼리스토는 이러한 과정을 한때 일종의 '피드백'이라고 묘사한 적

---

27 마끼아벨리(Niccolo Machiavelli, 1469~1527)는 『군주론』과 『로마사 평론』에서 훌륭한 군주라면 변덕스러운 운명의 여신 '포르뚜나'(fortuna)에 맞서 '비르뚜' (virtù), 즉 미덕이나 용기뿐 아니라 탁월함, 지략, 임기응변 등의 여러 '능력'을 갖추어야 한다고 했다.

이 있었다. 매일 밤 그녀는 고갈된 상태에서, 그리고 경계심을 절대 늦추지 않겠다는 필사적인 결심을 하고서야 가까스로 잠자리에 들었다. 심지어 칼리스토가 그녀와 섹스를 하는 짧은 순간에도, 그녀가 팽팽한 신경이라는 활을 들어올려 아무렇게나 두 줄을 동시에 켜서 중복음을 낼 때 고조되는 부분은 한쪽 줄에서 나는 그녀의 결연함이었다.

"그럼에도 불구하고." 칼리스토는 말을 계속 이어나갔다. "그는 엔트로피 혹은 닫힌 씨스템을 향한 무질서의 척도에서 그가 사는 세계의 어떤 현상들에 적용할 수 있는 비유를 발견했다. 예컨대 그는 어린 세대들이 그의 세대가 월스트리트에 대해 가지고 있던 것과 똑같은 분노를 가지고 매디슨 가[28]를 상대하는 것을 보았다. 그리고 미국의 '소비지상주의' 안에서 그는 가장 낮은 확률에서 가장 높은 확률로, 차별화에서 균일화로, 질서 잡힌 개성에서 일종의 무질서로 변하는 유사한 경향을 발견했다. 요약하면 그는 기브스의 예측을 사회적인 용어로 바꿔서, 인간의 생각이 열에너지처럼 더 이상 이동하지 않는 일종의 열역학적 죽음이 그의 문화에 나타나리라고 내다보았던 것이다. 그런 일이 초래되는 이유는 생각의 각 지점들이 궁극적으로 동일한 양의 에너지를 갖게 되고, 그리하여 지적인 움직임이 중단되기 때문이다." 칼리스토가 갑자기 위를 올려다보았다. "지금은 어떤지 확인해봐." 그가 말했다. 그녀는 다시 자리에서 일어나 온도계를 자세히 보았다. "37도예요." 그녀가 말

---

28 매디슨 가(Madison Avenue)는 뉴욕에서 광고회사 사무실이 밀집해 있는 곳이다.

했다. "비가 멈췄네요." 그가 재빨리 머리를 숙이며 떨고 있는 새의 한쪽 날개에 입술을 갖다 댔다. "이러면 곧 변화가 있을 거야." 그는 목소리를 애써 가다듬고 말했다.

스토브 위에 앉아 있는 쏠은 어떤 아이가 이해할 수 없는 분노로 인해 내놓은 커다란 봉제인형 같았다. "무슨 일인가요." 미트볼이 말했다. "말할 기분이면 해봐요."

"물론 말할 기분이지." 쏠이 말했다. "내가 사고를 쳤어. 그녀를 주먹으로 때렸거든."

"규율을 유지하려면 어쩔 수 없죠."

"하하, 자네가 그 자리에 있었어야 했는데. 오 미트볼, 멋진 싸움 이었어. 끝에 가서 그녀는 나한테 『화학과 물리학 핸드북』을 집어 던졌는데, 살짝 빗나가 유리창을 뚫고 나갔어. 유리가 깨질 때 그녀 안의 무언가도 같이 깨졌겠구나 생각했지. 그녀는 울면서 비 오는 바깥으로 뛰쳐나갔어. 우비 같은 것도 없이 말이야."

"돌아올 거예요."

"아니야."

"그럼." 곧 미트볼이 말했다. "세상을 깜짝 놀라게 할 만한 거라 도 있었나보죠. 쌀 미네오와 리키 넬슨[29] 중 누가 더 나은지 싸울 때 처럼 말이에요."

"사실은." 쏠이 말했다. "커뮤니케이션 이론 때문이었어. 생각만 해도 재밌군."

---

29 쌀 미네오(Sal Mineo, 1939~76)는 영화 「이유 없는 반항」 등에 출연한 미국 배 우이며, 리키 넬슨(Ricky Nelson, 1940~85)도 미국의 가수이자 배우이다.

"커뮤니케이션 이론에 대해선 아는 게 하나도 없어요."

"내 아내도 마찬가지야. 솔직히 말해 누가 알겠어? 농담이야."

입가에 뜬 쏠의 미소를 보자 미트볼이 말했다. "떼낄라나 다른 것 좀 마실래요?"

"아니. 미안해. 이건 한번 발을 들여놓으면 끝까지 빠지게 되는 분야야. 우리는 늘 보안경찰이 있는지 살펴보게 되지. 덤불 뒤나 모퉁이 같은 데 숨어서 말이야. 머펫MUFFET은 일급비밀이야."

"와."

"그건 다수자 계승 필드 전자 도표작성장치Multi-unit factorial field electronic tabulator야."

"그것 때문에 싸웠군요."

"미리엄이 과학소설을 다시 읽기 시작했어. 그것과 『과학적인 미국인』을 말이야. 그런데 컴퓨터가 사람처럼 행동한다는 발상이 그렇게 짜증나나봐. 내가 실수로 '당신의 말을 바꿔서 인간의 행동은 IBM 기계에 입력된 프로그램과 같다고 하면 되겠냐'고 했지."

"말이 되는데요." 미트볼이 말했다.

"그럼, 되고말고. 사실 그 점은 정보이론은 말할 것도 없고 커뮤니케이션 이론에서 아주 중요한 부분이거든. 아무튼 내가 그 말을 하기가 무섭게 그녀가 벌컥 화를 내지 않겠어. 그러면서 일이 커지고 말았지. 도대체 왜 그러는지 이해가 안돼. 이유라도 알면 좋겠는데. 세금을 쏠 크고 좋은 일들이 널려 있는데 정부가 굳이 나를 위해 세금을 쏠 거라고 믿지는 않아."

미트볼이 얼굴을 찡그렸다. "어쩌면 차갑고 비인간적인 과학자처럼 행동하셔서 그녀가 그런 거 아닐까요."

"맙소사." 쏠이 손사래를 쳤다. "비인간적이라니. 내가 얼마나 더 인간적이어야 될까? 미트볼, 난 내가 너무 인간적이어서 걱정이야. 요즈음 자기 혀가 틀린 말을 했다는 이유로 머리에서 혀를 제거하고 북아프리카 주위를 방랑하는 유럽인들이 있어. 올바른 말이 있다고 생각하는 건 그 유럽인들밖에 없어."

"언어장벽 아닐까요." 미트볼이 넌지시 말했다.

쏠이 스토브에서 뛰어내렸다. 그러고는 화를 내며 말했다. "올해 역겨운 농담의 좋은 후보로군. 아니, 그건 장벽이 아니야. 오히려 일종의 누출이야. 젊은 아가씨한테 '나는 당신을 사랑합니다' 하고 말해봐. 그 말의 삼분의 이는 아무 문제가 없어. 폐쇄회로와 같으니까. 자네 그리고 그 아가씨도 문제가 없어. 하지만 문장 중앙에 있는 그 고약한 네 글자로 된 단어,[30] 그걸 조심해야 해. 모호함, 환원, 심지어 부적절까지. 누출. 이 모든 건 소음이야. 소음은 신호를 엉망으로 만들고, 회로 내의 무질서를 증대시키지."

미트볼이 발을 이리저리 움직였다. "그런데, 쏠." 그가 중얼거렸다. "잘은 모르겠지만 사람들한테 너무 많은 걸 기대하는 것 같아요. 당신도 알다시피 우리가 하는 말의 대부분은 소음이 아닐까 하는데요."

"하! 예컨대 자네가 지금 한 말의 절반은 그렇지."

"또 그러시군요."

---

30 "나는 당신을 사랑합니다"의 원문인 "I love you"에서 'love'를 가리킴.

"알겠어." 쏠이 씩 웃었다. "개 같은 년이지 않아?"

"그래야 이혼전문 변호사들도 먹고 살죠. 어이쿠, 그러니까 제 말은."

"괜찮아. 나 그렇게 속이 좁지 않아. 그리고—" 쏠은 얼굴을 찡 그리고 말했다. "자네가 옳아. 자네도 알고 있듯 가장 '성공적인' 결혼생활은—미리엄과 나는 적어도 어젯밤까진 그랬지만—타 협에 기반을 둔다고 생각해. 그건 효율성이 떨어지고, 대개는 일을 수행하는 데 필요한 최소의 요건만을 제공할 뿐이지만 말이야. 여 기에 어울리는 표현은 유대감이라고 생각해."

"아아아."

"바로 그거야. 자네한테는 그게 좀 소음 같을지 몰라, 안 그래. 하 지만 자넨 총각이고 난 아니니 소음의 내용이 서로 다르지. 총각이 아니었나. 아무튼."

"그야 그렇죠." 미트볼은 도움이 되었으면 하는 마음에서 말했 다. "그런데 아까는 다른 단어를 쓰셨어요. '인간'을 컴퓨터인 양 당신이 바라볼 수 있는 어떤 것으로 쓰셨죠. 일할 때 생각이 더 잘 돌아가게 도움을 주는 무언가로 말이에요. 하지만 미리엄이 원했 던 건 전혀 다른—"

"빌어먹을."

미트볼은 입을 다물었다. "저 술 내가 마실게." 잠시 후 쏠이 말 했다.

카드게임은 아무도 거들떠보는 사람이 없었다. 쌴도르 친구들은 떼낄라를 마시고 서서히 취해갔다. 거실 안락의자 위에서 한 여대

생과 크링클스가 열심히 사랑의 대화를 나누고 있었다. "아니." 크링클스가 말했다. "아니, 난 데이브를 깎아내릴 수 없어. 사실 난 데이브를 신뢰해. 특히 그가 당한 사고를 생각하면 더 그래." 여학생의 미소가 서서히 사라졌다. "어머나 세상에, 어떤 사고인데요?" 그녀가 말했다. "못 들었어?" 크링클스가 말했다. "데이브가 군대에서 이병으로 있을 때, 특수임무를 띠고 오크리지로 파견을 나갔어. 맨해튼 프로젝트와 관련된 일이었는데, 어느날 뜨거운 물질을 다루다가 방사능에 과다노출이 되고 말았어. 그래서 지금도 항상 납장갑을 끼고 다녀야 해." 그녀는 안타까운 마음에 머리를 저었다. "피아노 연주자한테 그렇게 끔찍한 사고가 생기다니."

미트볼은 쏠에게 떼낄라병을 맡기고 벽장에서 막 잠을 자려던 참이었다. 그때 현관문이 활짝 열리더니 가지각색의 가증스러움을 다 보이며 미 해군 사병 다섯명이 들이닥쳤다. "여기다." 흰 모자를 잃어버린 여드름투성이의 뚱뚱한 해군 일병이 외쳤다. "기관사가 말한 사창굴이 여기 있었네." 건장하게 생긴 상병 갑판장 조수가 그를 옆으로 밀치고 거실 안을 살폈다. "네 말이 맞아, 슬래브." 그가 말했다. "그런데 본토인데도 물이 별로 안 좋군. 이딸리아 나뽈리 애들이 더 나아 보이는데." "어이, 얼마면 돼." 목이 굵고 덩치 큰 수병이 싸구려 위스키가 가득 든 커다란 유리병을 들고 쩡쩡 울리는 목소리로 말했다. "오, 세상에." 미트볼이 말했다.

바깥 온도는 계속해서 화씨 37도를 유지하고 있었다. 오바드는 온실에 서서 어린 미모사 줄기를 어루만지며 봄의 활기를 주제로 한 음악을 듣고 있었다. 그 음악은 번식을 보장한다고 하는 연약한 분홍 꽃들의, 아직 결말이 지어지지 않은 미완성의 때 이른 테마였다. 음악은 서로 뒤얽힌 격자무늬 장식처럼 울려퍼졌다. 질서정연한 아라베스끄풍의 음악은, 뾰족하고 둥근 소음 부분에서 가끔씩 절정에 이르는 아래층 파티의 즉흥적인 불협화음과 푸가풍으로 경합을 벌였다. 신호 대^對 소음의 진귀한 비율은 그 미묘한 균형을 지키기 위해 그녀의 모든 칼로리를 다 써야 했으며, 새를 보호하는 칼리스토를 그녀가 지켜보는 동안에도 작고 가냘픈 두개골 안에서 오르락내리락했다. 지금 칼리스토는 손에 든 깃털 덩어리에 입을 맞추면서 열역학적 죽음이라는 개념과 씨름하는 중이었다. 그는 관련된 것들을 떠올려보았다. 당연히 싸드^{Sade}를 떠올렸고, 『성역』^{Sanctuary 31}의 끝부분에서 수척해진 절망적인 모습으로 빠리의 작은 공원에 서 있는 템플 드레이크, 마지막 균형, 『나이트우드』^{Nightwood 32}그리고 탱고도 떠올렸다. 어떤 탱고든 상관없으나, 스뜨라빈스끼의 「병사의 이야기」에 등장하는 슬프고 힘없는 춤보다는 나은 탱고였다. 칼리스토는 전쟁이 끝난 후 그들에게 탱고음악이 무엇인지, '댄스 까페'에서 자동인형처럼 춤추던 위풍당당한 짝들에게서, 혹은 파트너의 뒤에서 째깍거리던 메트로놈에서 그가 놓친 것이 무엇인지 돌이켜보았다. 변함없이 맑은 스위스의 공기마저도 스뜨라빈스끼를 비롯해 그들 모두가 걸렸던 '스페인 독감'을 낫게 해주지는 못했다. 그리고 얼마나 많은 연주자들이 빠스샹달 이후, 마른

---

31 윌리엄 포크너(William Faulkner, 1897~1962)가 쓴 다소 선정적이고 폭력적인 내용의 소설.

32 주나 반스(Djuna Barnes, 1892~1982)가 쓴 여성 동성애를 그린 소설.

이후에 살아남았는가?[33] 이번 경우에는 일곱이었다. 바이올린, 콘트라베이스, 클라리넷, 바순, 코넷, 트롬본, 띰빠니. 거리의 악사들로 구성된 소규모 악단일지라도 오케스트라 박스의 정식 연주자들만큼 음악을 잘 전달할 수 있을 것만 같았다. 당시 유럽에서는 오케스트라의 전체 정원을 채우기란 거의 불가능했다. 하지만 바이올린과 띰빠니만 가지고도 스뜨라빈스끼는 버넌 카슬[34]의 춤을 흉내내려고 애쓰는 머리에 기름 바른 청년들과, 그러든 말든 아무 신경도 쓰지 않는 그들의 애인들이 보인 것과 같은 열정의 분출과 꾸밈없음을 탱고를 통해 어떻게든 전달해내었다. '나의 애인', 쎌레스트. 2차대전이 끝난 후에 프랑스 니스로 돌아간 칼리스토는 댄스까페가 미국 관광객을 상대로 하는 향수가게로 바뀐 것을 보았다. 그리고 그것과 더불어 자갈길이나 옆집의 오래된 펜션에서 그녀의 은밀한 자취가 없어졌다. 어떤 향수도 늘 마시던 달콤한 스페인 포도주의 향기로 가득했던 그녀의 입김을 따라갈 수 없었다. 그래서 그는 헨리 밀러의 소설을 한권 사서 빠리로 향했다. 기차 안에서 그 책을 읽었는데 도착할 무렵 적어도 조그만 사전경고 같은 것을 받았다. 그리고 쎌레스트와 다른 사람들, 그리고 심지어 템플 드레이크까지 단지 변하기만 한 게 아니라는 사실을 알았다. "오바드." 칼리스토가 말했다. "머리가 너무 아파." 그의 목소리에 소녀는 간

---

33 벨기에의 빠스샹달(Paschendaele)과 프랑스의 마른(Marne)은 모두 1차 세계대전 때 격렬한 전투가 벌어졌던 곳이다.

34 영국의 버넌 카슬(Vernon Castle, 1886~1918)은 근대 사교댄스를 창시한 이로서, 미국 출신인 아내 아이린 카슬(Irene Castle, 1892~1969)과 함께 모던댄스를 유행시켰다.

결한 멜로디처럼 자동으로 움직였다. 부엌, 타월, 냉수로 향하는 그녀의 움직임과 그녀를 좇는 그의 두 눈은 기괴하면서 복잡한 카논 곡 같았다. 그녀가 그의 이마에 젖은 수건을 올려놓았을 때 그가 내쉰 감사의 한숨은 새로운 주제, 또다른 조바꿈을 예고하는 듯 보였다.

"아니야." 미트볼이 계속해 말했다. "아니라고. 여기는 그런 이상한 데가 아니야. 미안해, 진짜로." 슬래브는 꿈쩍도 하지 않았다. "기관사가 분명 그렇게 얘기했는데." 그는 반복해 말했다. 수병은 자기가 가져온 술하고 괜찮은 아가씨랑 맞바꾸자고 제안했다. 미트볼은 도움을 청하려고 미친 듯이 주위를 둘러보았다. 방 한가운데에서 듀크 디 안젤리스 사중주단이 역사적인 순간에 몰두하고 있었다. 빈센트는 자리에 앉아 있었고 다른 사람들은 서 있었다. 그들은 그룹연주 동작을 취하고 있었는데, 다만 악기가 없었다. "있잖아." 미트볼이 말했다. 듀크는 머리를 몇번 흔들고는 슬쩍 웃으며 담배에 불을 붙이고서야 마침내 미트볼을 흘끗 쳐다보았다. "조용." 미트볼이 작은 목소리로 말했다. 빈센트는 주먹을 불끈 쥐고 두 팔을 휘두르기 시작했다. 그런 다음 갑자기 가만히 있다가 공연을 다시 재개했다. 이런 식으로 공연은 몇분간 지속되었고 그동안 미트볼은 혼자서 우울하게 술을 질금질금 마셨다. 해군 병사들은 부엌으로 물러났다. 마침내 어떤 보이지 않는 신호에 의해 사중주단은 발로 톡톡 두드리던 동작을 멈추었다. 듀크가 씩 웃으며 말했다. "어쨌든 마지막은 잘 맞는군."

"있잖아." 미트볼이 그를 노려보며 말했다. "새로운 구상이 떠올랐어." 듀크가 말했다. "너랑 성이 같은 연주자 기억하지. 제리라고 기억하지."

"아니." 미트볼이 말했다. "차라리 에이프릴을 기억한다고 해둘게, 도움이 될지는 모르지만."

"사실은." 듀크가 말했다. "「러브 포 쎄일Love for Sale」이었어. 네가 얼마나 아는지 보려고 그런 거야. 그러니까 내 말은 멀리건, 쳇 베이커, 그리고 그 동료들이 그때 거기서 연주했었다는 거야. 어때 알겠어?"

"바리톤 쌕소폰이었던가." 미트볼이 말했다. "아마 바리톤 쌕소폰이었던가 그랬지."

"그래. 하지만 피아노는 없었어. 기타도 없었고 아코디언도 없었지. 넌 그게 무슨 말인지 알 거야."

"글쎄, 전혀." 미트볼이 말했다.

"그럼 먼저 이렇게 말해줄게. 난 밍거스도, 존 루이스도 아니야.[35] 이론은 결코 내 강점이 아니야. 독서 같은 일은 나한테 늘 버겁단 말이야—"

"알아." 미트볼이 냉담하게 말했다. 넌 키와니스 클럽[36] 소풍 때 생일 축하곡의 키를 바꾸는 바람에 잘렸었지."

"로터리 클럽이었거든. 그런데 나의 이 번뜩이는 통찰력으로 문득 떠오르는 게 하나 있어. 그때 멀리건의 첫번째 사중주에 피아노

---

35 밍거스(Charles Mingus, 1922~79)와 존 루이스(John Lewis, 1920~2001)는 모두 재즈 작곡가이자 연주자이다.
36 키와니스 클럽(Kiwanis Club): 미국과 캐나다의 사업가들로 구성된 봉사단체.

가 없었다면, 그게 의미하는 건 딱 하나야."

"화음이 없다는 거겠지." 앳된 얼굴의 베이스 연주자 파코가 말했다.

"내가 말하려는 건." 듀크가 말했다. "기본화음이 없다는 거야. 수평으로 그은 선처럼 악기를 불면 어떤 것도 들리지 않게 돼. 그 경우 사람들이 무엇을 하냐면, 바탕음을 생각하게 된다는 거야."

미트볼은 뭔가를 깨달은 듯 소스라치게 놀란 표정을 지었다. "그럼 그것을 논리적으로 확장하면 그다음은." 그가 말했다.

"모든 것을 생각하게 되지 않을까." 듀크가 아주 근엄하게 선언했다. "바탕, 선, 그리고 모든 것."

미트볼은 믿을 수 없다는 듯 듀크를 바라보았다. "하지만……" 그가 말했다.

"음." 듀크가 조심스럽게 말했다. "몇 가지 해결해야 할 문제가 있어."

"하지만……" 미트볼이 말했다.

"잠깐만 들어봐." 듀크가 말했다. "들어보면 알게 될 거야." 그리고 그들은 다시 궤도로 진입해서 소행성대 주위 어딘가를 맴돌았다. 잠시 후 크링클스가 입으로 관악기 부는 흉내를 내며 손가락을 움직이기 시작했다. 그러자 듀크가 손으로 자신의 이마를 쳤다. "이렇게 멍청할 수가!" 그가 큰 소리로 말했다. "우리가 쓰고 있는 새 도입부, 기억해? 어젯밤에 내가 만들었던 거." "그럼." 크링클스가 대답했다. "새 도입부 기억하지. 내가 간주를 하잖아. 네가 만든 도입부에서 난 늘 간주 담당이야." "그래." 듀크가 말했다. "그래서 말인데—" "세상에." 크링클스가 말했다. "열여섯 마디나 기다렸다가 들어가는군—" "열여섯 마디라고?" 듀크가 말했다. "아니야. 아니라고, 크링클스. 여덟 마디야. 내가 한번 불러볼까? '립스틱 자국이 있는 담배, 낭만적인 곳으로 떠나는 비행기 티켓.'" 크링클스가 머리를 긁적거렸다. 「디즈 풀리시 싱스These Foolish Things」를 말하는 거네." "그래." 듀크가 말했다. "그거야, 크링클스. 브라보." "「아이 윌 리멤버 에이프릴I Will Remember April」이 아니었군." 크링클스가 말했다. "내가 졌어." 듀크가 말했다. "난 우리가 좀 느리게 연주하고 있다고 생각했는데." 크링클스가 말했다. 미트볼이 낄낄대며 웃었다. "원래 하던 대로 그냥 해." 그가 말했다. "아니야." 듀크가 말했다. "멜로디가 없는 상태로 다시 가보자고." 이윽고 그들은 다시 연주를 하기 시작했다. 다른 사람들은 모두 E플랫으로 연주하는데, 오직 파코만 G샤프로 연주하는 것 같았다. 그래서 그들은 처음부터 다시 시작해야 했다.

부엌에서는 조지워싱턴 대학에 다니는 두 아가씨와 해군 병사들이 「레츠 올 고 다운Let's All Go Down」과 「피스 온 더 포리스털Piss on the Forrestal」을 부르고 있었다. 저쪽 아이스박스 옆에서는 양손과 2개 국어를 쓰는 '모라' 게임이 한창이었다. 솔은 여러개의 종이봉지에 물을 가득 채운 다음 비상계단에 앉아서 길 가는 사람들을 향해 그것을 떨어뜨렸다. 항공모함 포리스털호 소속의 해군 소위와 최근에 약혼한, 베닝턴 스웨터 차림의 뚱뚱한 공무원 아가씨가 머리를 낮추고 부엌으로 돌진해 슬래브의 배를 들이받았다. 그러자 드디어 싸움 평계를 찾았다고 생각한 슬래브의 친구들이 우르르 모여 들었다. '모라' 게임을 하던 사람들은 서로 얼굴을 맞댄 채 허파가 터져라 '트루아' '쎄떼'[37]를 외쳐댔다. 미트볼이 씽크대에서 끌어냈던 아가씨가 지금 물에 빠져죽을 것 같다고 샤워실에서 비명을 질러댔다. 샤워하면서 배수구 구멍에 앉는 바람에 물이 목까지 찬 게 분명했다. 미트볼의 아파트에서 나오는 소음은 지속적으로 점점 더 커져 상상도 못할 정도로 심해졌다.

미트볼은 서서 배를 천천히 긁으며 지켜보았다. 생각건대 그가 대처할 수 있는 방법은 딱 두가지뿐이었다. (a) 벽장에 문을 잠그고 틀어박힌다. 그러면 결국에 가서는 모두 가버릴 것이다. (b) 그들을 한사람씩 진정시킨다. 확실히 (a)가 좀더 매력적인 방안이었다. 하지만 벽장이란 곳을 생각해보지 않을 수 없었다. 그곳은 어둡고 숨이 막히고 외로웠다. 혼자 있는 건 생각하고 싶지 않았다. 게다가 롤리팝인지 뭔지 하는 배에서 왔다는 이 패거리들이 장난삼아 벽장문을 발로 걷어찰지도 모를 일이다. 만약에 그런 일이 발생하다면 그는 적어도 당황은 하게 될 것이다. 그렇다면 목이 좀 아프겠지만, 다른 방법이 길게 봐서는 아마 더 나을 것이다.

그래서 그는 이 임대차 계약을 깨는 파티가 완전한 혼란에 빠지지 않도록 하기로 결정했다. 해군들에게 술을 주고 '모라' 게임을 하는 사람들을 서로 떼어놓았다. 뚱뚱한 공무원 아가씨를 싼도르 로하스에게 소개하여 그녀를 싸움에서 벗어나게 해주었다. 샤워실에 있는 아가씨는 물기를 닦은 후 침대로 데려다주었다. 쏠과는 대

---

37 트루아(trois)는 '셋'을 뜻하는 프랑스어이고, 쎄떼(sette)는 '일곱'을 뜻하는 이딸리아어이다.

화를 한번 더 나누었다. 누군가가 작동이 잘 안된다고 말한 냉장고를 위해 수선공을 불렀다. 이것이 해 질 녘까지 그가 한 일이었다. 그 무렵 술 마시고 흥청대던 사람들은 대부분 정신을 잃고 잠들었으며 파티는 이제 막 사흘째로 접어들고 있었다.

과거에 취해 있던 위층의 칼리스토는 희미한 새의 박동이 서서히 느려지며 멈추려 하는 것을 아직 느끼지 못했다. 오바드는 창가에서 그녀만의 사랑스러운 세계의 잿더미 속을 거닐고 있었다. 온도는 계속 변화가 없었고, 하늘은 온통 회색빛으로 어두워져갔다. 그때 아래층에서 무언가—젊은 여자의 비명, 내던져지는 의자, 마룻바닥에 떨어지는 유리잔, 정체를 정확하게 알 수 없는 무언가—가 비밀스러운 시간왜곡을 뚫고 지나갔다. 그는 자신의 근육이 떨리고 죄어오는 것을, 그리고 새의 머리가 뒤로 젖혀져 있는 것을 알았다. 그리고 그의 맥박은 꺼져가는 새의 맥박을 보충하려는 듯 점점 더 거세게 뛰기 시작했다. "오바드." 칼리스토가 힘없이 불렀다. "새가 죽어가." 자기만의 세계를 물 흐르듯 거니느라 넋이 나가 있던 소녀는 온실을 가로질러 가서 칼리스토의 두 손을 내려다보았다. 둘은 그렇게 가만히 일분, 그리고 이분을 꼼짝도 않고 있었다. 그러는 사이 새의 심장박동은 끝까지 우아함을 유지하며 점점 약해지다 마침내 정적에 이르렀다. 칼리스토는 천천히 머리를 들었다. "계속 안고 있었어." 그 믿을 수 없는 일에 무력감을 느끼며 그가 큰 목소리로 말했다. "내 몸의 온기를 나눠주려고 말이야. 생명을, 혹은 살아 있다는 느낌을 새에게 전달해주려 했어. 그런데 무슨 일이 일어난 거지? 열 전달이 중단되기라도 했나? 더이상……"

그는 말을 맺지 못했다.

"저는 그저 창가에 있었어요." 그녀가 말했다. 칼리스토는 두려움에 주저앉았다. 그녀가 잠시 우물쭈물하며 서 있었다. 그녀는 오래전에 그의 강박증을 눈치챘으며, 그 37도의 항온이 이제 확고해졌음을 깨달았다. 갑자기 그때, 이 모든 것에 단 하나뿐인 피할 수 없는 결론을 내리려는 듯, 그녀는 칼리스토가 뭐라고 말하기도 전에 창가로 신속하게 움직였다. 그런 다음 커튼을 찢고 고운 두 손으로 창문을 깼다. 피가 흘러나와 유리조각과 함께 반짝였다. 그리고 그녀는 침대에 누워 있는 그를 마주 보며 평형의 순간에 도달할 때까지 기다렸다. 화씨 37도가 안과 밖으로 영원히 퍼져나가고, 세상과 분리되어 공중에서 맴돌며 기이하게 군림해온 그들의 삶이 어둠의 메아리 속으로, 모든 움직임의 최종적인 부재 속으로 녹아내리게 될 순간을 그녀는 기다렸다.

언더 더 로즈
Under the Rose

오후가 지날수록, 누런 구름이 덩굴손 같은 것을 리비아 사막 쪽으로 하나둘 흩뿌리면서 플레이스 무함마드 알리 상공에 모이기 시작했다. 남서쪽에서 불어온 바람은 이브라힘 거리와 광장을 조용히 휩쓸며 사막의 냉기를 도시로 가져왔다.

그렇다면 비가 오리라고 포펜타인은 생각했다. 그것도 당장. 그는 얼스터 외투를 옆 의자의 등받이에 걸쳐놓고 까페 앞의 작은 철제 테이블에 앉아 커피를 세잔째 마시며 터키 담배를 피우고 있었다. 오늘은 가벼운 트위드옷 차림에 햇볕으로부터 목을 보호하기 위해 모슬린을 두른 중절모를 쓰고 있었다. 그는 햇볕을 경계했다. 지금은 구름이 밀려와 태양을 가려주고 있었다. 포펜타인은 자세를 바꾸더니 조끼 주머니에서 시계를 꺼내 보고는 다시 집어넣었다. 그런 다음 광장을 돌아다니는 유럽인들을 찬찬히 한번 더 둘러보았다. 몇몇은 임페리알 오토만 은행으로 뛰어들어갔고, 다른 몇몇은 쇼윈도우 근처를 어슬렁거리거나 까페에 자리를 잡고 앉아 있었다. 그는 조심스럽게 얼굴 표정을 가다듬었다. 사냥감이라도 기다리는 듯한 냉정한 표정이었다. 그는 그곳에서 여인을 만나려 하는 것 같았다.

그래봤자 이 모든 게 신경을 쓰는 사람한테나 중요한 문제였다. 지금 몇명이나 깔려 있는지는 오직 신만이 알고 있다. 실제로는 모두 베떼랑 스파이 몰드웝을 위해 일하는 자들이었다. 사람들은 항상 '베떼랑 스파이'에 대해 말들을 한다. 어쩌면 그러한 호칭이 영웅적 자질이나 남자다움의 증거에 대한 보상이었던 예전 시절로 되돌아가고 싶은 마음에서 그러는 것인지도 모른다. 혹은 파국으로 치닫는 한세기와 함께 모든 것이 신사다움의 기초 위에서 소리 없이 이루어지고, 이튼학교 운동장에서의 교육이 (굳이 말하자면) 입대 전의 품행을 좌우하던 첩보의 전통도 끝나면서, 그러한 호칭이 개인으로서든 집단으로서든 죽음에 의해 영원한 침묵 속으로 사라지기 전에 스스로의 정체성을 이 특별한 상류사회 안에 마련해 놓는 하나의 방법이었기 때문에 그러는 것인지도 모른다. 포펜타인 본인에 대해 말하자면, 그는 관심을 보이던 사람들에 의해 '단순한 영국인'으로 불렸다.

지난주 이딸리아 브린디시에서 그들의 동정심은 언제나처럼 가차없었다. 그들은 도덕적으로 유리했는데, 어쨌거나 포펜타인이 그 동정심에 대해 갚아줄 능력이 없다는 것을 그들은 익히 알고 있었다. 그래서 그들은 그의 경로를 마음대로 가로지르며 부드러우면서도 소심하게 자신들의 경로를 짰다. 또한 그만의 은밀한 전략, 즉 사람들이 가장 많이 찾는 호텔에 묵으면서 관광객들이 주로 드나드는 까페에서 차를 마시고 항상 꽤 괜찮은 공식 노선으로만 여행하는 것을 거울 보듯이 들여다보고 있었다. 이 점이 특히 그의 마음을 몹시 상하게 했다. 한때 포펜타인은 정말로 그런 순진한 행위들을 전략적으로 시도했지만, 다른 사람들, 그것도 몰드웝의 첩보원들이 그것을 함부로 사용하는 것은 특허권을 침해하는 것이나 다를 바 없었다. 그들은 할 수만 있다면 그의 아이 같은 시선이나 포동포동한 천사의 웃음까지 빼앗아 쓸 사람들이었다. 1883년 어느 겨울 저녁 나뽈리 브리스똘 호텔 로비에서 만난 이후로 거의 십오 년 동안, 그는 그들의 동정심을 피해왔다. 그 당시 스파이계에 발을 담그고 있는 사람이라면 누구나 수단 하르툼이 몰락하기를, 아프가니스탄의 위기가 고조되기를, 그래서 그것이 확실한 파국의 징표로서 받아들여지기를 기다리고 있었다. 적절한 때가 되면 모습을 드러내야 한다고 평소 생각해오던 포펜타인은 그 당시 호텔 로비로 가서 스파이계의 일인자이자 대가인 몰드웝의 이미 노년에 접어든 얼굴과 마주했다. 노년의 그는 배려의 손을 그의 어깨에 얹으며 작은 소리로 진지하게 말했다. "상황이 위기로 치닫고 있네. 우리는 곧 위기를 맞이하게 될 걸세. 우리 모두 말이야. 부디 조심하게." 여기에 뭐라고 대꾸해야 할까? 이 상황에서 할 수 있는 게 과연 무엇일까? 어떤 불성실의 흔적이라도 있는지 그는 거의 필사적으로 되짚어보았다. 물론 그는 어떤 흔적도 찾을 수 없었다. 그래

서 이내 난감함을 숨기지 못하고 얼굴을 붉혔다. 이후의 만남에서
도 자기 꾀에 자기가 넘어가는 식으로 계속 같은 생각에서 벗어나
지 못했던 포펜타인은 1898년의 삼복더위 무렵에는 오히려 냉정했
고 모질어졌다. 그들은 결코 그의 목숨을 노리거나 규칙을 깨거나
자신들에게 흥밋거리가 되는 일을 자제하는 일 없이, 계속해서 요
행을 좇을 게 분명했다.

　그는 브린디시에서 보았던 두사람 가운데 한명이 자기를 좇아
알렉산드리아까지 따라왔는지 궁금해하며 앉아 있었다. 여러 가능
성을 검토해보았지만 베네찌아에서 출발한 배에서 그들을 보지 못
했음은 확실했다. 뜨리에스떼에서 출발한 오스트리아 증기선 로이
드호도 브린디시에 들어와 있었으니, 그들이 탔을 법한 배는 그 배
밖에 없었다. 오늘은 월요일이고, 포펜타인이 떠난 날은 금요일이
었다. 뜨리에스떼에서 온 배는 목요일에 출항하여 일요일 늦게 도
착했다. 따라서 (a) 두번째로 안 좋은 것은 그에게 주어진 시간이
엿새뿐이라는 점이고, (b) 가장 안 좋은 것은 그들이 이미 그 사실
을 알고 있다는 점이다. 후자의 경우라면 그들은 포펜타인이 떠나
기 전날에 미리 출발해서 먼저 여기에 와 있는 것이다.

　그는 날이 어두워지면서 플레이스 무함마드 알리 주위의 아카시
아 잎사귀들이 바람에 흔들리는 것을 지켜보았다. 멀리서 누군가
가 그의 이름을 불렀다. 돌아보니 금발의 쾌활한 굿펠로우가 야회
복 차림에 두 치수는 커 보이는 차양모자를 쓰고서 그를 향해 셰리
프 파샤 거리를 뚜벅뚜벅 걸어오고 있었다. "저 있잖아요." 굿펠로
우가 외쳤다. "포펜타인, 아주 근사한 아가씨를 만났어요." 포펜타

인은 담배를 꺼내 불을 붙이고 눈을 지그시 감았다. 굿펠로우의 젊은 아가씨들은 모두 근사했다. 이년 반을 굿펠로우와 파트너로 지내면서 사귄 지 얼마 되지 않은 여성을 오른팔에 끼고 다니는 그의 모습에 익숙해지지 않을 수 없었다. 마치 유럽의 모든 수도가 영국의 마게이트쯤 되고 산책길이 대륙만큼 길기라도 한 것처럼 말이다. 굿펠로우는 자신이 받는 봉급의 절반이 리버풀에 있는 아내한테 매달 송금되는 것을 알면서도 그것을 절대 드러내지 않은 채, 흐트러지지 않고 의기양양한 모습으로 유쾌하게 다녔다. 파트너의 모든 서류를 들여다본 적이 있는 포펜타인은 언젠가부터 자기가 그의 아내를 상관할 바는 아니라고 결론 내렸다. 그는 굿펠로우가 의자를 끌고 온 뒤 형편없는 아랍말로 웨이터 부르는 소리를 잠자코 들었다. "어이, 웨이터, 설탕 넣은 커피 한잔 갖다줘."

"굿펠로우." 포펜타인이 말했다. "굳이 아랍말로 하지 않아도—"

"어이, 웨이터, 어이, 웨이터." 굿펠로우가 크게 소리쳤다. 웨이터는 프랑스 사람이어서 아랍말을 알아듣지 못했다. "아." 굿펠로우가 말했다. "그럼 커피. 프랑스어로 까페, 알지?"

"방은 어때?" 포펜타인이 물었다.

"일등급이에요." 굿펠로우는 일곱 블록 떨어진 케디발 호텔에 묵고 있었다. 일시적으로 재정상의 문제가 생겨서 한사람만 일반 숙소에서 지낼 수 있었다. 포펜타인은 터키인 구역에서 친구와 함께 지내고 있었다. "이 아가씨 있잖아요." 굿펠로우가 말했다. "오늘밤 오스트리아 영사관에서 파티가 있대요. 제가 그녀의 에스코트를 맡았어요. 굿펠로우는 곧 언어학자, 탐험가, 외교관……"

"이름은?" 포펜타인이 물었다.

"빅토리아 렌이에요. 가족과 여행 중인데, 좀더 말하자면 아버지
는 앨러스테어 렌 경으로 왕립오르간연주자협회 회원이고, 여동생
은 밀드레드예요. 어머니는 돌아가셨어요. 내일 카이로로 떠날 예
정. 쿡스 여행사 통해 나일 강 관광 중." 포펜타인은 잠자코 들었다.
"정신 나간 고고학자." 굿펠로우가 못마땅한 표정을 지었다. "봉
고-새프츠베리, 젊고 정신이 없음. 무해함."

"아하."

"쯧쯧. 너무 긴장하셨군요. 진한 커피를 너무 많이 마셔서 그래
요."

"그럴지도 모르지." 포펜타인이 말했다. 굿펠로우가 주문한 커
피가 나왔다. 포펜타인은 계속해서 말했다. "어쨌든 끝까지 한번
해보는 거야. 늘 그래왔잖아." 굿펠로우는 멍청히 씩 웃으며 커피
를 저었다.

"제가 이미 조치를 취했어요. 봉고-새프츠베리와 저는 젊은 아
가씨의 관심을 끌려고 한판 세게 붙었거든요. 그 친구 정말 바보예
요. 룩소르에 있는 테베 유적지를 보고 싶어서 아주 난리예요."

"물론 그럴 테지." 포펜타인이 말했다. 그는 일어서서 얼스터 외
투를 어깨에 걸쳤다. 비가 내리기 시작했다. 굿펠로우는 그에게 뒤
에 오스트리아의 봉인이 찍힌 작고 흰 봉투를 건넸다.

"여덟시라고 했나." 포펜타인이 말했다.

"맞아요. 그 아가씨를 꼭 보셔야 해요."

그때 종종 있는 발작증세가 포펜타인에게 찾아왔다. 스파이라는 직업이 외로운데다 언제나 그런 건 아니지만 반복적으로 아주 진지하게 임한 탓이었다. 그래서 규칙적으로 익살스러운 장난을 해줘야만 했다. 그는 그것을 '악의 없는 장난'이라고 불렀다. 그는 그것을 통해 좀더 인간적인 사람으로 된다고 믿었다. "나는 가짜 수염을 달고 갈 걸세." 그는 굿펠로우에게 귀띔을 해주었다. "이딸리아 백작으로 분장하고서." 그는 유쾌하게 차렷 자세를 하고 가상으로 상대의 손을 잡으며 말했다. "안녕, 아가씨." 그는 허리를 굽혀 인사를 하면서 허공에다 키스를 했다.

"제정신이 아니시군요." 굿펠로우가 웃으며 말했다.

"나는 미쳤어요!" 포펜타인이 떨리는 테너 목소리로 노래하기 시작했다. "나를 봐주세요, 이렇게 한숨을 쉬며 애원합니다……" 그의 이딸리아어는 완벽하지 않았다. 런던 억양이 내내 춤을 추었다. 비를 피해 뛰어들어온 한 무리의 영국 관광객이 신기한 듯 그를 힐끗 돌아보았다.

"그 정도면 됐어요." 굿펠로우는 움찔했다. "제 기억으로는 뛰랭이었어요. 또리노 말이에요. 1893년 아니었나요? 등에 사마귀가 있는 어린 후작 딸을 데리고 갔었는데 끄레모니니가 데 그리외[38] 역을 맡아 노래했었죠. 포펜타인, 그 기억을 훼손하지 마요."

하지만 익살맞은 포펜타인은 공중으로 뛰어오르더니 찰칵 소리를 내며 발을 맞부딪쳤다. 그는 자세를 취하고 서서, 한쪽 주먹을

---

38 데 그리외(Des Grieux): 1893년 2월 1일 또리노의 왕립극장에서 초연된 뿌치니의 오페라 「마농 레스꼬」의 남자 주인공.

가슴에 대고 다른 쪽 팔을 쭉 내밀었다. "당신의 자비를 바랍니다!" 웨이터는 짜증 섞인 웃음을 지으며 바라보았다. 비는 더 세게 내리기 시작했다. 굿펠로우는 커피를 마시며 빗속에 앉아 있었다. 빗방울이 차양모자에 후두두 떨어졌다. "여동생도 나쁘지 않아요." 그는 포펜타인이 광장에서 즐겁게 뛰노는 모습을 지켜보았다. "밀드레드는 당신도 알다시피 열한살밖에 되지 않았어요." 끝내 그의 옷은 비에 흠뻑 젖어버렸다. 그는 자리에서 일어나 테이블 위에 지폐와 동전을 놓고, 자기를 지켜보며 서 있는 포펜타인에게 고개를 끄덕였다. 광장은 무함마드 알리의 기마상 빼고는 텅 비어 있었다. 그들은 그동안 얼마나 많이 이런 식으로, 광장의 늦은 오후 햇살에 가로와 세로가 왜소해진 모습으로 서로를 마주 보았던가. 디자인의 관점에서 이 순간에만 근거하여 논하자면, 두사람은 체스의 말처럼 유럽이라고 하는 체스판 어디에 옮겨놓아도 무방했을 것임이 틀림없다. (상사에 대한 존경의 표현으로 다른 한명은 대각선으로 물러나 있지만) 둘 다 같은 마음으로 반대세력의 징후를 찾아 어느 대사관 마룻바닥의 널조각을 샅샅이 살피거나, 자신이 첩보원임을 (어쩌면 불행하게도 자신이 인간임을) 다시 확인하고자 어느 동상의 얼굴을 샅샅이 살피는 동안에도, 그들은 모든 도시의 광장이 그것을 어떻게 구획하느냐와는 상관없이 결국엔 활기가 없어진다는 것을 애써 기억하지 않으려 했다. 이윽고 두사람은 거의 기계적으로 등을 돌리고 반대방향으로 걸어갔다. 굿펠로우는 다시 호텔로 향했고, 포펜타인은 라스에틴 거리와 터키인 구역 안으로 들어갔다. 여덟시까지 그는 상황을 곰곰이 생각해보고 싶었다.

그 무렵 상황은 어디에서나 안 좋았다. 최근 하르툼에서의 승리로 영국의 새로운 식민지 영웅이 된 키치너 사령관은 백[□]나일 강을 따라 아래로 약 사백 마일 떨어진 곳에 있으면서 밀림을 뒤지고 다녔다. 마르샹 장군이란 자도 그 근처에 있다는 소문이 돌았다. 영국은 프랑스가 나일 계곡에 조금이라도 끼어드는 것을 원치 않았다. 새로 구성된 프랑스 내각에서 외무장관을 맡고 있는 델까세 씨는 영국과 프랑스의 파견부대가 서로 충돌하여 어떤 문제가 발생하면 기꺼이 전쟁도 불사할 생각을 하고 있었다. 지금까지 모든 사람들은 두 군대가 충돌할 줄 알았다. 키치너는 먼저 공세를 취하거나 도발하지 말라는 지시를 받았다. 전쟁이 나면 프랑스는 러시아의 지원을 받기로 되어 있는 반면, 영국은 독일을 비롯해 이딸리아, 오스트리아와 잠정적인 화해관계만 맺어놓은 상태였다.

포펜타인이 생각하기에 몰드웝의 주요 관심사는 항상 공격으로 괴롭히는 것이었다. 오로지 그가 원하는 건 궁극적으로 전쟁이 있어야 한다는 것이었다. 아프리카를 쪼개어 가지기 위해 벌이는 고만고만한 우발적인 충돌이 아니라, 삐삐 호호 하며 아주 떠들썩하게 한바탕 난리를 벌이는 유럽의 아마겟돈을 그는 원했다. 한때 포펜타인은 상대가 그렇게 열정적으로 전쟁을 원하는 것에 의아해했던 것 같다. 하지만 토끼몰이 놀이를 해온 지난 십오년의 어느 순간에 그는 아마겟돈을 피하는 게 바로 자신의 비밀임무라고 여기게 되었으며, 지금은 그것을 당연하게 받아들이고 있었다. 그가 느끼기에 이러한 재조정은 첩보활동이 점차 개인보다는 집단의 기획이 되어가고 있는 서구세계에서만 벌어질 수 있는 일이었다. 대륙 전체로 확산되었던 1848년의 사건과 무정부주의자와 급진파들의 활동은 역사가 더이상 단일 군주의 '비르뚜'[39]에 의해서가 아니라 군중 속의 인간에 의해서, 그리고 모눈종이의 엷은 청색선 위에 표시된 동향, 경향, 비인격적 곡선에 의해 이루어진다는 것을 선언하는 듯이 보였다. 그래서 불가피하게 베떼랑 스파이와 '단순한 영국인' 사이의 일대일 결투가 벌어질 수밖에 없게 되었다. 두사람은 아무도 모르는 텅 빈 투기장에 단둘이 서 있었다. 굿펠로우는 그 비밀 결투를 알고 있었고, 몰드웹의 부하들도 분명히 알고 있었다. 그들은 모두 자신들의 상관이 서로 손이 닿지 않는 위치에서 빙빙 돌며 방어하는 동안 코너에서 염려하며 지켜보는 입회인의 역할을 맡았다. 명목상으로 포펜타인은 영국을 위해, 몰드웹은 독일을 위해 일했지만, 이것은 우연일 뿐이었다. 그들은 고용하는 측이 뒤바뀐다 하더라도 아마 지금과 똑같은 입장을 취했을 것이다. 포펜타인은 자신과 몰드웹이 똑같은 형태로 빚어졌다는 사실을 잘 알고 있었다. 그들은 그들보다 커져버린 세계에서 여전히 르네상스 이딸리아의 정치게임을 하는 마끼아벨리 같은 동료들이었다. 그들이 자임한 역할은 일종의 자부심의 주장일 뿐이었다. 무엇보다도 그들은 직업적으로 파머스턴 경[40]의 날렵한 약탈행위를 아직까지도 기억했다. 포펜타인으로서는 운 좋게도 외무부가 과거의 정신을 계속 유지해온 덕에 자신이 재량껏 판단할 수 있는 자유를 갖고 있었

39「엔트로피」118면의 각주 참조.

40 파머스턴 경(Lord Palmerston)으로 알려진 헨리 존 템플(Henry John Temple, 1784~1865)을 가리킨다. 그는 영국의 외상과 수상을 맡아 외교정책을 주도했으며 끄림전쟁, 제2차 아편전쟁에서 승리를 거두어 영국의 이권을 확대했다.

다. 그들이 의심한다 해도 그로서는 알 길이 없었다. 자신의 개인적인 임무와 외교정책이 일치할 경우, 포펜타인은 보고서를 런던으로 되돌려 보냈는데, 아무도 불평을 하는 것 같지 않았다.

지금 포펜타인이 보기에 중심인물은 카이로에 있는 영국 총영사 크로머 경 같았다. 그는 수완이 매우 뛰어나 전쟁과 같은 경솔한 짓을 벌이지 않을 신중한 자였다. 몰드웝은 암살 계획을 세워놓고 있는 걸까? 카이로 여행은 정상적으로 보였다. 누가 봐도 문제될 게 없는 것처럼 보였다. 그것은 말할 필요도 없었다.

오스트리아 영사관은 별스럽지는 않은 축제가 진행 중인 케디발 호텔의 길 건너편에 있었다. 굿펠로우는 폭이 넓은 대리석 계단의 맨 아랫부분에 열여덟살 이상으로는 절대 보이지 않는 소녀와 함께 앉아 있었다. 소녀는 입고 있는 긴 가운 때문인지 몸이 보기 거북할 정도로 불룩했고 시골티가 났다. 굿펠로우의 정장은 비에 젖어 쭈글쭈글했고, 코트는 겨드랑이와 배 부분이 꽉 끼어 보였다. 그리고 사막에서 불어오는 바람에 의해 금발 머리가 헝클어져 있었고, 붉게 달아오른 얼굴은 불편해 보였다. 그의 옷을 훑어보면서 포펜타인은 자신의 외모에 신경이 쓰였다. 그는 고든 장군이 마흐디에 의해 죽던[41] 해에 구입한 특이하고 파격적인 야회복을 입고

---

41 1883년 이슬람 구세주를 뜻하는 '마흐디'(Mahdi)를 자처하며 수단에 독립국가를 세운 무함마드 아흐마드(1844~85)가 4만명의 병력으로 영국 장교의 지휘를 받던 1만여명의 이집트·수단 혼성군을 궤멸시키는데, 이에 영국 정부는 중국에서 태평천국의 난을 진압한 고든 장군(1833~85)을 수단에 파견한다. 고든 장군은 하르툼에 입성하여 1년 가까이 하르툼 공방전을 지휘하나 결국 영국 구원군이 도착하기 직전 하르툼의 함락과 동시에 참수되고 만다.

있었다. 그는 이러한 모임에서는 형편없고 한물간 처지이기에 종종 자신이 머리가 없는 죽은 자의 세계에서 되돌아온 고든 장군이라고 농담하곤 했다. 최소한 이는 눈부신 별 계급장, 리본 훈장, 이국적인 명령 사이에서는 기이해 보였다. 이는 확실히 시대에 뒤떨어진 시도였다. 키치너 사령관은 하르툼을 재탈환하여 잔악무도함에 대한 복수를 했으나, 사람들은 그것을 이미 잊어버렸다. 포펜타인은 그레이브젠드의 성벽 위에 올라서서 중국전쟁의 전설적인 영웅을 본 적이 있었다. 그때 그는 열살가량의 현혹되기 쉬운 나이였는데, 실제로도 그러했다. 그러나 그레이브젠드와 브리스톨 호텔 사이에 어떤 일이 일어났다. 그는 그날밤의 몰드웹과 파국의 가능성에 대해 생각해보았다. 그리고 그 자신이 느끼는 낯섦에 대해서도 약간 생각해보았다. 하지만 어린 시절 템스 강 어귀에서 수수께끼 같은 존재로 외롭게 지냈던 중국에서의 고든이나, 포위된 하르툼 시에서 죽음을 기다리는 동안 하루 사이에 머리가 하얗게 변했다는 그 고든에 대해서는 전혀 생각하지 않았다.

포펜타인은 외무부 인사들을 하나하나 확인해가며 영사관 주위를 둘러보았다. 찰스 쿡슨 경, 미스터 휴왓, 지라르 씨, 헤르 폰 하르트만, 기사 로마노, 드 조그헵 백작 등이 모두 참석했고 그 사실을 그는 확인했다. 러시아 부영사 데 빌리에르스 씨는 보이지 않았다. 그리고 희한하게도 행사를 주최한 케벤휠러-메치 백작도 보이지 않았다. 그들은 함께 있는 걸까?

그는 굿펠로우가 있지도 않는 남아프리카에서의 모험에 관해 필사적으로 허풍을 치며 앉아 있는 계단 쪽으로 걸음을 옮겼다. 옆에 앉아 있는 소녀는 숨죽인 채 웃으면서 그를 바라보았다. 포펜타인은 브라이턴에서 함께 있는 걸 본 적이 있는 그 아가씨가 아닌데 하고 슬쩍 말해버릴까 망설였다. 옆에 있는 숙녀분은 누, 누구신가? 그가 말했다.

"있잖아요." 굿펠로우는 안도하며 필요 이상으로 열성을 다해 소녀를 소개했다.

"미스 빅토리아 렌이에요."

포펜타인은 고개를 끄덕이며 웃고는 담배를 찾아 이곳저곳을 뒤졌다. "처음 뵙겠습니다."

"우리가 제임슨 박사와 보어인들과 함께 사업하던 얘기를 들려주고 있었어요." 굿펠로우가 말했다.

"트란스발에서 같이 계셨다면서요." 소녀는 놀라움을 감추지 못했다. 이 아가씨를 데리고 원하는 건 무엇이든 다 할 수 있겠다고 포펜타인은 생각했다. 그가 부탁하면 무엇이든 다 되겠는걸.

"우리는 얼마간 함께 지냈죠." 그러자 그녀는 생기가 돌면서 몸을 꼬았다. 포펜타인은 수줍어서 창백한 뺨 뒤로 움츠리며 입술을 오므렸다. 마치 그녀의 붉게 달아오른 얼굴이 요크셔 지방의 저녁노을이나, 적어도 그와 굿펠로우가 기억해서는 안되는―혹은 된다고 해도 기억하고 싶지 않은―고향에 대한 환상의 어떤 흔적 같은 것을 연상시키기라도 하듯이, 그들은 그녀가 보는 앞에서 이 뭐라고 단정하기 어려운 아련함을 서로 공감했다.

포펜타인 뒤에서 낮게 으르렁거리는 듯한 소리가 들렸다. 굿펠로우는 움찔했다가 힘없이 웃으며 빅토리아의 아버지 앨러스테어 렌 경을 포펜타인에게 소개했다. 한눈에 봐도 그는 굿펠로우를 탐탁잖게 여기고 있음이 분명했다. 그의 옆에는 열한살의 건강하고 눈에 근시가 있는 빅토리아의 여동생 밀드레드가 있었다. 밀드레드가 이내 포펜타인에게 알려준 바에 따르면, 그녀는 앨러스테어 경이 고대의 대형 파이프오르간에 미쳤듯이 암석에 미쳐서 암석 표본을 모으기 위해 이집트에 왔다고 했다. 앨러스테어 경은 작년에 독일을 여행할 때, 대성당이 있는 다양한 도시에서 체구가 작은 소년들을 모집하여 한나절 동안 한번도 쉬지 못하게 하면서 풀무를 불도록 해 주민들로부터 원성을 샀다고 한다. 더군다나 그러고 나서 임금을 제대로 주지도 않았다고 한다. 당혹스럽게도 이 부분은 빅토리아가 알려준 내용이었다. 앨러스테어 경은 아프리카 대륙 그 어디에도 괜찮은 파이프오르간이 없다는 말을 계속했다. (이 점에 대해서 포펜타인은 거의 의심하지 않았다.) 굿펠로우는 자신이 손풍금에 열중하고 있다고 하면서 앨러스테어 경더러 자신의 손을 한번 만져보라고 했다. 그 귀족은 듣기 거북하게 투덜거렸다. 포펜타인은 곁눈질로 케벤휠러-메치 백작이 인접한 옆 건물에서 나와 러시아 부영사 데 빌리에르스 씨의 팔을 붙잡고 애원하듯 말하는 장면을 보았다. 데 빌리에르스 씨는 대화 중간중간에 작고 명랑한 소리로 웃었다. 아하, 포펜타인은 생각했다. 밀드레드는 손가방에서 커다란 암석을 꺼내 한번 봐달라며 포펜타인 앞으로 들어올렸다. 그것은 그녀가 고대 파로스 등대 유적지에서 찾아낸 것으로 삼엽충 화석이 안에 박혀 있었다. 포펜타인은 아무 답변도 할 수 없었다. 그것은 그의 오래된 약점이었다. 발코니에는 바가 차려져 있었다. 그는 펀치를 (당연히 밀드레드를 위해서는 레모네이드를) 가져오겠다고 하고서 대리석 계단을 성큼성큼 올라갔다.

바에서 기다리는 동안 어떤 사람이 그의 팔을 건드렸다. 돌아서서 보니 브린디시에서 온 두사람 중 한명이었다. 그 사람이 말했다. "사랑스러운 아가씨네요." 이는 지난 십오년 동안 그들이 포펜타인에게 직접 건넨 최초의 말이었다. 그는 그들이 특별한 위기의 순간에 대비해 그런 가식적인 말을 아껴둔 것 같아 불편하고 의아스러울 따름이었다. 그는 마실 것을 든 채 천사 같은 미소를 지었다. 그런 다음 돌아서서 계단을 내려가다가 그만 두번째 계단에 발이 걸려 넘어지고 말았다. 그가 앞으로 몸을 구르며 튀어오르는 사이, 유리잔은 깨지고 샤블리 펀치와 레모네이드가 물보라처럼 바닥에 흩뿌려졌다. 그는 군대에서 낙법을 배운 바 있었다. 창피해하며 고개를 들자 앨러스테어 경이 인정한다는 듯이 고개를 끄덕였다.

"음악당에서 어떤 친구가 그런 동작을 하는 걸 본 적이 있는데." 그가 말했다. "자네가 훨씬 잘하는군, 포펜타인. 정말로."

"한번 더 해봐요." 밀드레드가 말했다. 포펜타인은 담배를 꺼내 물고 자리에 앉아 피웠다. "핑크에서 늦은 저녁식사 어때요." 굿펠로우가 제안했다. 포펜타인이 일어나며 말했다. "브린디시에서 만난 녀석들 기억해?" 굿펠로우는 안면경련이나 긴장한 표시 같은 것을 전혀 드러내지 않은 채 무덤덤하게 고개를 끄덕였다. 이는 포펜타인이 평소 그에 대해 경탄하는 점들 중 하나였다. 하지만 그때 "그만 집에 갈까" 하며 앨러스테어 경이 밀드레드의 손을 힘껏 잡아당겼다. "얌전하게 행동해야지." 그래서 포펜타인은 젊은 여성의 보호자 역할을 자처하며 펀치나 한잔 더 하자고 제안했다. 그들이 발코니로 갔을 때 몰드웝의 부하들은 이미 사라지고 난 뒤였다. 포펜타인은 난간 사이에 한쪽 발을 끼우고 아래를 내려다보며 사람들의 얼굴을 빠르게 살폈다. "없네." 그가 말했다. 굿펠로우가 그에게 펀치를 한잔 가져다주었다.

"어서 나일 강을 보고 싶어요." 빅토리아가 말했다. "피라미드랑 스핑크스도요."

"카이로는 봐야죠." 굿펠로우가 거들었다.

"맞아." 포펜타인이 맞장구를 쳤다. "카이로는 봐야지."

로제트 거리 바로 건너편에 핑크 레스또랑이 있었다. 그들은 빗속을 뚫고 급하게 거리를 가로질러 갔다. 빅토리아의 외투가 풍선처럼 부풀었다. 그녀는 웃으며 비 오는 것을 보며 즐거워했다. 레스또랑 안에 있는 사람들은 모두 유럽인이었다. 그 가운데 몇몇은 포펜타인이 베네찌아에서 타고 온 배에서 본 얼굴들이었다. 그 소녀는 퓌슬라우어 백포도주를 한잔 마시고 나서 얘기를 하기 시작했다. 기분이 들떠 있는데다 술기운까지 오르자 그녀는 마치 사랑에 취해 정신을 잃은 여인처럼 한숨을 섞어가며 '오'를 연발했다. 그녀는 가톨릭 신자여서 '라드윅-인-더-펜'이라 불리는 집 근처의 수녀원 부속학교에 다녔었다. 이번이 그녀로서는 처음 떠나는 외국여행이었다. 그녀는 자신의 종교에 대해 많은 이야기를 했다. 한동안 그녀는 젊은 아가씨가 신랑감으로 적당한 미혼 남성을 생각하듯 그렇게 하느님의 아들을 생각한 적이 있었다고 했다. 그러나 결국 하느님의 아들은 당연히 그렇지 않다는 것을 깨닫고서 묵주가 달린 검은 옷을 입고 거대한 하렘에서 생활했다. 그녀는 수녀가 되기 위한 경쟁을 도저히 견뎌내지 못하고 겨우 몇주 만에 수녀 교육을 접고 말았다. 하지만 교회는 접지 않았다. 슬픈 표정의 조각상들과 양초 냄새와 향내를 떠올리게 하는 교회는 그녀의 고요한 인생행로에서 이블린 삼촌과 더불어 두 중심 중 하나였다. 천주교를 떠나 야성적인 술꾼으로 살았던 이블린 삼촌은 일년에 한번씩 오스트레일리아에 다녀왔는데 선물 대신 빅토리아 자매가 받아들일 수 있을 만큼 많은 이야기를 들려주었다. 빅토리아가 기억하는 한, 그는 한번도 같은 이야기를 되풀이한 적이 없었다. 그래서 그녀는 삼촌의 방문 동안에 그녀만의 은밀한 상상의 세계를 키우기에 충분한 소재를 얻었고, 그것을 발전시키고 탐구하며 자유자재로 다루면서 끊임없이 마음속에서 가지고 놀았다. 특히 미사가 진행되는 동안엔 더욱 그러했다. 여기는 무대였고, 환상의 씨앗을 뿌릴 극적인 현장은 이미 준비되어 있었다. 그리하여 하느님은 챙이 넓은 중절모를 쓰고 지구 반대편에 있는 창공에서 빅토리아의 이름으로, 그리고 그녀를 지키기 위해, 원주민 태생의 사탄과 접전을 벌이기에 이르렀다.

연민을 느끼고 싶어하는 욕망은 유혹적이다. 포펜타인에게는 늘 그랬다. 이 시점에서 그는 그저 굿펠로우의 얼굴을 재빨리 힐끗 보면서 한번 무너진 연민을 혐오스럽게 만드는 그런 감탄의 일종으로 생각할 뿐이었다. 제임슨의 기습[42]은 천재적 솜씨였어. 그는 그걸 선택했어, 알고 있었다는 거지. 그는 항상 알고 있었어. 나 또한 그래.

누구나 알아둬야 할 사실이고, 포펜타인 또한 오래전에 깨달은 바 있듯이, 소위 직관이라는 것은 여성의 전유물만은 아니다. 대부분의 남성에게도 직관력은 잠재해 있는데, 다만 늦게 나타나거나 스파이 같은 직업에서처럼 고통을 거쳐 강화될 따름이다. 하지만 남성은 대개 실증주의자들이고 여성은 공상적이기에, 기본적으로 육감을 발휘하는 일은 여전히 여성의 능력에 속하기는 한다. 그러므로 좋든 싫든 간에 그들—몰드웝, 굿펠로우, 브린디시에서 온 두사람—은 모두 부분적으로 여성일 수밖에 없었다. 누구도 감히 그 밑으로 파고들지 못하는 동정심의 문턱을 유지할 때조차 그런 종류의 인정은 있는 듯했다.

그러나 요크셔의 저녁노을처럼 함부로 빠져서는 안되는 것들이 있는데, 그것은 풋내기나 하는 짓이라고 포펜타인은 일찍부터 믿어왔다. 즉 반드시 죽여야 하는 사람들 혹은 상처를 입혀야 하는 사람들에게 연민을 느껴서는 안된다. 함께 일하는 정보원에 대해 막연한 단결심 외에 어떠한 감정도 가져서는 안된다. 무엇보다 사랑에 빠져서는 안된다. 첩보활동을 성공적으로 하고자 한다면 사랑을 해서는 안되는 것이다. 사랑은 사춘기 이전의 고뇌 때문인지도 모른다. 하지만 어쨌든 포펜타인은 그런 규율을 충실히 지켰다. 그

---

42 영국의 남아프리카 식민지 총독이었던 쎄실 로즈(Cecile Rhodes, 1853~1902)의 절친한 친구인 린더 스타 제임슨(Leander Starr Jameson, 1853~1917)이 1895년 12월에 보어공화국을 장악하기 위해 특공대를 조직하여 요하네스버그를 기습한 사건. 작전은 실패로 끝났으며 2차 보어전쟁의 원인이 되었다.

는 자라면서 교활한 생각을 하게 되었고 너무도 솔직해서 그것을 실행에 옮기지 않을 수 없었다. 그는 가두 행상인의 돈을 훔치기도 했고, 열다섯살에 카드놀이 속임수를 썼으며, 싸워서 소용없다 싶으면 언제든 내빼곤 했다. 그래서 19세기 중반 런던의 마구간이나 뒷골목을 배회하면서 다니던 어느 순간 "게임을 위한 게임"이 세상에서 최고로 옳다고 생각하기에 이르렀고, 그것은 1900년을 향해 맞춰진 불가항력의 진로로 작용했다. 그에게는 이제 그 어떤 여행 일정도 여전히 일시적이거나 부차적이었다. 설사 오던 길로 되돌아가는 경우나 비상 정차 혹은 백 킬로미터 속임수 같은 것들이 포함되어 있더라도 말이다. 분명 이는 편의와 필요를 위한 것이다. 그러나 이 모든 것들이 보통 생각할 수 있는 유럽이 아니라 오히려 신에 의해 버려진 지역에서, 즉 외교상의 회귀선, 건너는 게 영원히 금지되어 있는 경계선 사이에서 이루어졌다는 더욱 깊은 진실은 결코 드러나지 않았다. 따라서 누군가는 밀림에서 혼자 지내며 매일 면도를 하고, 저녁식사에 맞춰 매일 밤 옷을 갈아입고, 성♱ 게오르 기우스에게 서약하고, 한조각의 사랑도 베풀지 않는 그런 이상적인 식민지 영국인의 역할을 맡아야 했다. 물론 그 안에는 묘한 아이러니가 있다. 포펜타인은 혼자 얼굴을 찡그렸다. 왜냐하면 그가 속한 쪽이나 몰드웹이 속한 쪽 모두 허용될 수 없는 일을 각자 다른 방식으로 했기 때문이다. 즉 원주민처럼 살았던 것이다. 어느날 그들 각자는 자신이 어떤 정부를 위해 일하든 더이상 신경 쓰지 않게 되었다. 앞으로 있을 최후의 대결은 그들과 같은 사람으로서는 어떤 심한 우여곡절을 겪더라도 피할 수 없을 것 같았다. 무슨 일이 발생한다 하더라도, 누가 무엇을 했는지, 혹은 심지어 언제 일어났는지 알 수 있을까? 그곳이 끄림 반도든 슈피체렌이든 하르툼이든 아무런 차이도 없었다. 그러나 사태가 너무나 갑작스러워서 진행과정에 일정한 비약이나 누락 같은 게 있었다. 외무부 긴급공문이나 의회 결의안 같은 급박한 업무에 시달리다보면 지쳐서 깜빡 졸기도 한다. 졸음에서 깨어나면 키 큰 유령이 침대 발치에서 씩 웃으며 알아들을 수 없는 말을 지껄이는 것을 보고, 진작부터 거기에 와 있다는 사실을 알게 된다. 그들은 멋진 파티를 위한 구실이자, 오래된 세기와 그들 각각의 직업이 없어지는 것을 지켜보는 장엄한 방식으로서 파국을 이미 보지 않았던가.

"그분하고 아주 비슷하시네요." 소녀가 말했다. "이블린 삼촌 말이에요. 키 크고 머리가 금발인데다, 그리고 어머, 전혀 '라드윅-인-더-펜' 사람처럼 생기지도 않으셨어요."

"허, 허." 굿펠로우가 대꾸했다.

기운 없는 소녀의 목소리를 들으면서 포펜타인은 그녀가 지금 꽃봉오리와 같을지, 활짝 핀 꽃과 같을지, 아니면 바람에 떨어져 더이상 어디에도 속하지 않는 꽃잎 같을지 할 일 없이 생각했다. 과연 어느 쪽일지 분간하기는 어려웠다. 한해 한해 흘러갈수록 더욱 그랬다. 그리고 이것이 마침내 그에게 나타나기 시작한 노년의 모습인지 또는 그의 세대가 지닌 결함인지 어떤지 알 수 없었다. 그 자신으로 말하자면 그는 이미 봉오리를 맺어 활짝 꽃을 피웠다가 하늘의 어두운 그림자를 감지하고서 다른 꽃들처럼 해 질 무렵에 꽃잎을 접은 터였다. 그녀에게 물어본들 어떤 소용이 있을까?

"세상에." 굿펠로우가 말했다. 그들은 고개를 들어 화난 새매 모양의 탈을 뒤집어쓴 야회복 차림의 여윈 사람을 쳐다보았다. 매의 머리가 노한 표정을 계속 짓다가 갑자기 큰 소리로 웃었다. 빅토리아가 우스워서 어쩔 줄 몰라했다. "휴예요!" 그녀가 기뻐서 소리쳤다.

"맞아." 안에서 목소리가 울렸다. "누가 이거 벗는 것 좀 도와줘요." 친절하게도 포펜타인은 의자 위에 서서 머리에 쓴 탈을 잡아당겼다.

"휴 봉고-셰프츠베리." 굿펠로우가 무뚝뚝하게 말했다.

"하르마키스[43]예요." 봉고-셰프츠베리가 쎄라믹으로 만든 속이 텅 빈 매의 머리를 가리켰다. "헬리오폴리스 지역의 신이자 하下 이집트의 주신이죠. 이거 완전히 진짜예요. 고대의 의식에서 썼던 탈이라고요." 그가 빅토리아 옆에 앉자 굿펠로우가 얼굴을 찌푸렸다. "말 그대로 지평선 위의 호루스 신이에요. 사람의 머리를 한 사자로 묘사되기도 하고요. 스핑크스처럼 말이에요."

"오." 빅토리아가 한숨을 내쉬며 말했다. "스핑크스." 뭔가에 홀린 듯한 모습이었는데, 포펜타인은 이해가 되지 않았다. 이집트의 잡종 신에 그렇게 황홀해하다니 이건 신성모독이잖아? 그녀의 이상형은 순수한 남성이나 순수한 매여야지, 그것들을 섞은 것이라면 곤란하지 않은가.

---

43 고대 이집트인들은 스핑크스를 '지평선 위의 태양신'이란 의미에서 하르마키스(Harmakhis)라고 불렀다. 이집트의 태양신인 호루스는 매의 머리를 가진 신으로 표현된다.

그들은 독한 술 대신에 뢰슬라우어 백포도주 선에서 멈추기로 했다. 뢰슬라우어는 철이 지나긴 했지만 십 피아스터만 주면 살 수 있었다.

"나일 강 아래로 얼마나 멀리 갈 생각이오?" 포펜타인이 물었다. "룩소르에 관심이 있다고 굿펠로우 씨한테서 들었소."

"제가 느끼기에 그곳은 미개척지예요." 봉고-섀프츠베리가 대답했다. "그레보가 1891년에 테베 사제들의 무덤을 발견한 이래 그 일대를 제대로 탐사한 경우는 없었어요. 물론 기제에 있는 피라미드도 한번 둘러봐야 되는데, 플린더스 페트리 씨가 십육, 십칠년 전에 힘들게 조사한 후로는 아주 진부한 것이 되어버렸죠."

"그렇군요." 포펜타인이 중얼거렸다. 그런 정보라면 베데커 여행안내서에서 쉽게 찾을 수 있는 것이었다. 포펜타인이 확신하건대 적어도 그의 말에는 쿡스 여행사를 통한 관광이 채 끝나기 전에 앨러스테어 경을 흥분에 빠뜨릴 고고학 소재에 대한 어떤 열정 내지 외곬의 관심 같은 것이 있었다. 하지만 포펜타인이나 굿펠로우처럼 봉고-섀프츠베리도 카이로까지만 갈 생각이라면 이야기는 달라진다.

빅토리아가 두 남자 사이에서 다소곳이 균형을 유지하려고 애쓰는 동안 포펜타인은 「마농 레스꼬」의 아리아를 콧노래로 불렀다. 식당 안의 사람들은 점차 줄어들었고, 거리 건너편의 영사관 건물은 이층에 켜져 있는 두어개의 조명을 빼고는 캄캄했다. 아마 한 달 후에는 모든 창문이 환하게 불을 밝히고 있으리라. 어쩌면 세계 전체가 환하게 불을 켜게 될지도 모른다. 예정대로라면 마르샹과 키치너의 진로는, 백나일 강의 발원지에서 위쪽으로 약 사십 마일쯤에 있는, 베르 엘-아비아드 구역의 파쇼다 근처에서 교차하게 되어 있었다. 육군상을 맡고 있는 랜즈다운 경은 카이로로 보내는 비밀공문에서 9월 25일을 둘이 부닥치게 되는 날로 예측했다. 이 메시지는 포펜타인과 몰드웝 둘 다 알고 있는 내용이었다. 그때 갑자기 봉고-새프츠베리의 얼굴에서 춤을 추듯 경련이 일어났다. 포펜타인은 직감에 의해서든 아니면 그 고고학자 친구에 대한 의심 때문에서든, 자신의 의자 뒤에 누가 서 있는지 알아차리기까지 약 오초의 시간이 걸렸다. 굿펠로우가 지쳐서 힘없이 고개를 끄덕였다. 그러고는 아주 공손하게 말했다. "이런, 렙시우스네. 브린디시 기후에 지치기라도 했나?" 렙시우스라, 포펜타인은 전혀 알지 못하는 이름이었다. 물론 굿펠로우는 알고 있었다. "갑작스럽게 일이 생겨서 이집트로 왔어." 그 첩보원은 낮은 목소리로 대답했다. 굿펠로우는 코를 킁킁거리며 포도주를 마셨다. 그리고 곧 말했다. "같이 여행하던 친구는 어쩌고? 난 다시 보길 원했는데."

"스위스로 갔어." 렙시우스가 말했다. "산의 맑은 공기 마시러 말이야. 남쪽의 더러운 공기는 마실 만큼 마셨잖아." 그들의 말은 거짓이 아니었다. 그의 새 파트너가 누구였더라?

"남쪽으로 더 내려가보지 않아서 그래." 굿펠로우가 말했다. "내 생각에 나일 강 남쪽으로 더 내려가면 일종의 원시의 청결함으로 되돌아갈 수 있어."

포펜타인은 안면경련 이후로 봉고-새프츠베리를 주의해서 지켜보았다. 몸통처럼 야위고 수척한 얼굴은 여전히 아무런 표정도 없었다. 하지만 앞서 본 안면경련 때문에 포펜타인은 긴장을 늦추지 않았다.

"거기는 야수의 법칙이 지배하지 않을까?" 렙시우스가 말했다. "재산권 같은 것은 전혀 없이 오직 싸움만 있으며, 승자가 모든 것을 가진다는 법칙 말이야. 명예, 생명, 힘, 재산, 모두 말이지."

"어쩌면 그럴지도." 굿펠로우가 말했다. "하지만 알다시피 유럽에서 우리는 문명인이잖아. 운 좋게도 밀림의 법칙은 허용되지 않아."

렙시우스는 카이로에서 다시 만나기를 바란다고 하며 바로 떠났다. 굿펠로우는 그렇게 되리라고 확신했다. 봉고-섀프츠베리는 여전히 알 수 없는 표정으로 꼼짝도 않고 계속 앉아 있었다.

"참 이상한 분이네요." 빅토리아가 말했다.

"이상하다고?" 봉고-섀프츠베리가 작심한 듯 거칠게 말했다. "청결한 것을 불결한 것보다 더 좋아하는 게?"

그래. 십년 전 포펜타인은 자축하는 일에 싫증이 났다. 굿펠로우는 당혹스러운 표정을 지었다. 그래. 대홍수, 오랜 기근, 지진 후의 청결. 사막 지역의 청결. 하얗게 된 뼈, 사멸한 문화의 무덤들. 아마겟돈은 유럽의 집을 그렇게 쓸어버릴 것이다. 그것이 포펜타인을 유독 거미줄, 쓰레기, 찌꺼기의 대변자로 만들었는가? 포펜타인은 몇해 전 판테온 근처의 매음굴에 사는 접선상대를 만나기 위해 밤에 로마에 들렀던 일이 기억났다. 몰드웝도 그를 따라와 가로등 근처에 자리를 잡고 기다리고 있었다. 접선상대와 말을 나누던 중 포펜타인은 창밖을 우연히 내다보게 되었다. 매춘부 한명이 몰드웝을 유혹하고 있었다. 두사람의 대화는 들리지 않았다. 단지 몰드웝의 얼굴이 서서히 치밀어오른 심한 분노에 휩싸여 노여운 표정으로 바뀌고, 지팡이를 들어 소녀 매춘부를 그의 발밑에 녹초가 되어 뻗을 때까지 사정없이 내리치는 모습을 지켜볼 뿐이었다. 포펜타인은 이윽고 마비상태에서 깨어나 문을 열고 거리로 뛰어내려갔다. 소녀에게 다가갔을 때 몰드웝은 이미 떠나고 없었다. 어떤 추상적인 의무감에서 나왔는지 몰라도 저절로 마음이 놓였는데, 소녀가 그의 트위드 코트에 대고 비명을 질렀다. "날 보고 더러운 것이라고 했어요." 포펜타인은 그 사건이 추잡해서가 아니라 자신의 끔찍한 결함을 너무나 분명하게 보여주었기 때문에 그 사건을 잊으려고 애썼다. 그가 미워하는 것은 몰드웝이 아니라 청결함에 대한 왜곡된 관념이며, 그가 동정하는 것은 그 소녀가 아니라 소녀가 인간이라는 데 있음을 그 사건은 상기시켜주었다. 그러자 운명은 기이한 대상을 선택한다는 생각이 불현듯 떠올랐다. 몰드웝은 개인적으로 누군가를 사랑하고 미워할 수 있는 인물이었다. 역할이 뒤바뀌어 만약 누군가가 자신을 인류의 구세주로 자임한다면, 그는 인간이라는 존재를 오직 추상적으로만 사랑해야 한다는 것을 믿을 필요가 있으리라고 포펜타인은 생각했다. 어쨌든 개인적인 수준으로 내려오면 목적은 덜 순수해질 수 있다. 반면에 개별적 인간의 심술궂은 행위에 혐오감을 갖게 되면 파국을 향한 분노 속으로 쉽게 빠질지도 모른다. 몰드웝의 무리가 그의 안녕에 대해 순수하게 근심하는 것을 회피할 수 없듯이, 그는 그들을 미워해서는 안되었다. 설상가상으로 포펜타인은 그들 중 누구에게도 손을 대서는 안되었다. 그보다는 차라리 포펜타인은 데 그리외를 노래하는 서툰 그레모니니로 남아 미리 짜놓은 약속대로 열정을 표현하면서, 격렬함과 부드러움이 그저 '포르떼'와 '삐아노'로 존재하고, 원근법에 따라 정확하게 그려진 아미앵의 빠리 문을 석회광 조명이 꼼꼼하게 비추고 있는 그런 무대를 결코 떠나고 싶지 않았다. 그는 그날 오후 빗속에서 했던 행동이 떠올랐다. 빅토리아처럼 그 역시 적절한 설정을 필요로 했다. 심하게 유럽적인 것은 그를 공허의 절정으로 이끄는 것 같았다.

　날이 저물었다. 오직 두어명의 관광객들만 룸 여기저기에 남아 있었다. 빅토리아는 피곤한 기색이라곤 전혀 없었다. 굿펠로우와 봉고-셰프츠베리는 정치문제로 논쟁을 벌였다. 웨이터가 조바심을 내며 식탁 둘을 치웠다. 웨이터는 가냘픈 몸매에 콥트인[44]의 높고 좁은 두개골 모양을 하고 있었다. 포펜타인은 웨이터의 외모가 이곳 전체에서 유일하게 비유럽적이라는 사실을 깨달았다. 그런 부조화는 즉시 알아차렸어야 했는데 포펜타인의 실수였다. 그는 이집트를 싫어했고, 피부가 민감해서 햇볕을 조금만 쬐어도 자신의 일부가 동양에 귀속되기라도 할 것처럼 이집트의 태양을 피했다. 그는 대륙이 아닌 지역에 관심을 두었는데, 오직 대륙의 운명에 영향을 미치는 지역들에 한에서만 그랬다. 핑크 레스또랑은 열등한 부아쟁보다도 못한 수준이었다.

　마침내 일행은 자리에서 일어나 돈을 지불한 뒤 레스또랑을 나왔다. 빅토리아는 가벼운 발걸음으로 셰리프 파샤 거리를 가로질

[44] 고대 이집트인의 후손으로 그리스도교의 한 분파인 콥트교를 주로 신봉한다.

러 호텔로 향했다. 그들 뒤로 지붕 있는 마차가 오스트리아 영사관 옆의 차도에서 덜컹거리며 나오더니 로제트 거리를 향해 축축한 밤의 어둠속으로 전속력으로 돌진했다.

"아주 급한가보네." 봉고-섀프츠베리가 마차를 보며 말했다.

"그러게." 굿펠로우가 말했다. 그는 포펜타인에게 "카이로 역에서 열차는 여덟시에 떠나요." 하고 말했다. 포펜타인은 모두에게 작별인사를 하고 터키인 구역에 있는 그의 '임시 거처'로 돌아갔다. 그런 곳에 숙소를 정해도 법도에 어긋나는 것은 아니다. 왜냐하면 그는 그곳이 서구세계에 속한 터키 구역이라고 생각했기 때문이다. 그는 찢겨나간 데가 많은 낡은 『안토니우스와 클레오파트라』를 읽으며 이집트의 마법 아래서, 즉 그 열대의 비현실성과 진기한 신들 아래서 잠들 수 있는지 의아해하다가 잠에 빠졌다.

일곱시 사십분에 그는 기차역 승강장에 서서 쿡스 여행사와 게이즈 여행사에서 온 짐꾼들이 상자와 트렁크를 싣는 것을 바라보았다. 복선 철로 너머에는 야자수와 아카시아가 무성한 작은 공원이 있었다. 포펜타인은 기차 역사 그늘 옆을 떠나지 않았다. 곧이어 다른 일행들이 도착했다. 그는 봉고-섀프츠베리와 렙시우스 사이에 아주 순간적으로 교신이 오가는 것을 알아챘다. 갑작스럽게 붐비는 승강장 안으로 아침 급행열차가 들어왔다. 포펜타인이 돌아서서 보니 렙시우스가 그의 여행용 손가방을 훔친 게 분명한 아랍인을 뒤쫓고 있었다. 굿펠로우도 이미 행동을 취하고 있었다. 단거리 선수처럼 금빛 머리카락을 날리며 승강장을 질주한 끝에 그는 아랍인을 출입구에 몰아넣고 손가방을 되찾은 다음 자기가 잡은 사냥물을 차양모자를 쓴 뚱뚱한 경찰관에게 넘겼다. 렙시우스는 그가 자신의 손가방을 건네주는 동안 그를 뱀의 눈으로 말없이 쳐다보았다.

열차에 올라탄 그들은 서로 인접한 두 객실로 나눠 들어갔다. 빅토리아와 그녀의 아버지, 그리고 굿펠로우는 뒤편 승강구 옆의 객실을 같이 썼다. 포펜타인이 느끼기에 앨러스테어 경은 굿펠로우를 다소 못마땅해하면서도 봉고-섀프츠베리는 분명 마음에 들어하는 듯했다. 여덟시 오분이 되자 열차는 승강장을 벗어나 햇빛 속으로 향했다. 포펜타인은 몸을 뒤로 기대고 밀드레드가 광물학에 대해 두서없이 얘기하는 걸 들었다. 봉고-섀프츠베리는 열차가 씨디가베르를 지나 남동쪽으로 방향을 틀 때까지 아무 말도 하지 않았다.

이윽고 그가 말했다. "밀드레드, 인형 가지고 노는 거 좋아하니?" 포펜타인은 창밖을 바라보고 있었다. 무언가 기분 나쁜 일이 곧 일어날 것 같은 느낌이 들었다. 거무스름한 색깔의 낙타들이 몰이꾼들과 함께 운하의 둑을 따라 천천히 움직이는 것이 보였다. 멀리 운하 아래에는 작고 하얀 돛을 단 거룻배들이 있었다.

"암석을 찾으러 밖에 나가지 않을 때는 그러죠." 밀드레드가 대답했다.

봉고-섀프츠베리가 말했다. "걷거나 말하거나 줄넘기를 할 수 있는 인형이 네게 없다는 데 돈을 걸겠어. 어때, 그런 인형 있니?"

포펜타인은 한 무리의 아랍인에게만 집중하려고 애썼다. 그들은 소금을 얻기 위해 마레오티스 호수의 물을 증발시키면서 둑 저 아래에서 게으르게 일하고 있었다. 열차는 전속력으로 달렸고, 아랍인들은 곧 시야에서 사라졌다.

"그런 인형 없는데요." 밀드레드가 미심쩍어하며 대답했다.

봉고-섀프츠베리가 말했다. "넌 그런 인형을 한번도 본 적이 없지? 정말 사랑스러운 인형들인데, 안에 태엽장치가 들어 있어. 기계장치가 있어서 모든 걸 완벽하게 해내는 인형이야. 실제의 남자애나 여자애들하고는 전혀 달라. 실제 아이들은 울고, 퉁명스럽게 행동하고, 버릇없이 굴잖아. 이 인형들은 걔네보다 훨씬 착해."

오른편으로는 휴작 중인 목화밭과 진흙 움막들이 있었다. 가끔씩 원주민 농부가 물을 긷기 위해 운하로 내려가는 게 보였다. 포펜타인은 그의 시야에서 벗어날 듯 말 듯한 봉고-섀프츠베리의 길고 굵주림에 지친 두 손이 양 무릎 위에 하나씩 가만히 놓여 있는 걸 보았다.

"아주 재밌을 것 같네요." 밀드레드가 말했다. 자기가 업신여김을 당하는 줄 알면서도 그녀의 목소리는 떨렸다. 아무래도 고고학자의 표정에 담긴 무언가가 그녀를 흠칫 놀라게 한 것 같았다.

봉고-섀프츠베리가 말했다. "밀드레드, 그런 인형 보고 싶니?" 너무 멀리 나아가고 있었다. 왜냐하면 그 남자는 소녀가 지금 이용당하고 있는 거라고 포펜타인에게 말하고 있기 때문이다. 도대체 무엇 때문에? 뭔가 잘못되고 있었다.

"지금 갖고 계세요?" 소녀가 겁먹은 표정으로 물었다. 자기도 모르게 포펜타인은 창가에서 고개를 돌려 봉고-섀프츠베리를 바라보았다.

봉고-섀프츠베리는 미소를 지었다. "그럼." 그러고는 코트의 소매를 젖혀서 커프스 단추를 풀었다. 그런 다음 셔츠의 소매를 돌돌 말아 걷어올리더니 팔뚝 아래쪽 맨살을 소녀에게 내밀었다. 순간 포펜타인은 움찔했다. 세상에, 어떻게 이럴 수가! 봉고-섀프츠베리는 제정신이 아니었다. 햇볕에 타지 않은 살갗 위에는 검은색의 번쩍이는 작은 단극 쌍투식 전기 스위치가 피부에 꿰맨 듯 붙어 있었다. 얇은 은선銀線이 그 단자에서 나와 팔뚝 위로 가다가 소매 속으로 사라졌다.

어린 소녀는 그 무시무시한 것을 순순히 받아들인다는 동작을 여러번 보였다. 밀드레드는 머리를 좌우로 흔들기 시작했다. "아녜요." 그녀가 말했다. "아니라고요. 아저씨는 인형이 아니에요."

"하지만 난 인형인걸." 봉고-섀프츠베리가 웃으며 반박했다. "밀드레드, 이 전선은 내 뇌와 연결돼 있어. 스위치를 이렇게 잠그면 난 지금처럼 행동해. 하지만 다른 쪽으로 스위치를 돌리면—"

소녀는 뒤로 움츠리며 "아빠!" 하고 외쳤다.

"모든 건 전기로 움직여." 봉고-섀프츠베리는 소녀를 진정시키고 설명했다. "게다가 이건 아주 간단하고 깨끗해."

"그만하시지." 포펜타인이 말했다.

봉고-섀프츠베리가 그를 향해 몸을 돌렸다. "왜요?" 그가 낮은 목소리로 말했다. "왜요? 저 아이 때문에요? 저 아이가 놀라서 화가 나셨나요, 그런 건가요? 아니면 그쪽이 놀란 건가요?"

포펜타인은 쑥스러워서 뒤로 물러났다. "선생, 어른이 아이를 겁주면 되겠소."

"그놈의 일반원칙, 빌어먹을." 그는 짜증이 나서 금방이라도 울 것처럼 보였다.

그때 통로에서 시끄러운 소리가 났다. 굿펠로우가 아파서 소리를 지르고 있었다. 포펜타인이 자리에서 벌떡 일어나 봉고-섀프츠 베리를 옆으로 밀치고 통로로 뛰어나갔다. 뒤편 승강구 문이 열려 있었고 그 앞에서 굿펠로우와 어떤 아랍인이 서로 뒤엉켜서 팔을 휘두르며 싸우고 있었다. 포펜타인은 권총 총신이 번뜩이는 걸 보았다. 그는 조심스럽게 접근해 빙빙 돌며 가격할 곳을 찾았다. 아랍인의 목이 충분히 보인다 싶은 순간에 그는 그곳을 냅다 걷어찼다. 그러자 아랍인이 뭐라고 지껄이며 쓰러졌다. 굿펠로우는 권총을 주워들었다. 그러고는 앞머리를 뒤로 넘기며 깊은 숨을 몰아쉬었다. "고마워요."

"아까 그 녀석인가?" 포펜타인이 물었다.

"아뇨. 철도경찰은 양심적이에요. 그리고 아랍인들이라 하더라도 얼굴 정도는 분간할 수 있어요. 이놈은 다른 놈이에요."

"그럼 물어보자고." 아랍인에게 말했다. "이봐, 날 무서워하지 않아도 돼." 아랍인이 포펜타인을 향해 고개를 들었다. 그는 씩 웃으려 했으나 눈이 아파서 그러지 못했다. 목에 퍼런 자국이 생기기 시작했다. 그는 말을 할 수가 없었다. 앨러스테어 경과 빅토리아가 걱정 어린 표정으로 나타났다.

"아까 기차역에서 잡았던 놈의 친구인 것 같아요." 굿펠로우가 별거 아니라는 듯이 말했다. 포펜타인은 아랍인이 일어나는 것을 도와주었다. "친구, 돌아가. 다시는 우리 눈에 띄지 마." 그러자 아랍인은 자리를 떴다.

"저자를 놔주지 않을 거죠?" 앨러스테어 경이 작은 소리로 말했다. 굿펠로우는 관대했다. 그는 자비와 다른 쪽 뺨도 내주는 것에 대해 짤막한 연설을 했는데, 빅토리아가 몹시 반겼던 반면, 그녀의 아버지는 못마땅해하는 것 같았다. 일행은 각자의 객실로 돌아갔지만, 밀드레드는 객실을 바꿔 앨러스테어 경과 함께 있기로 했다.

삼십분이 지나서 열차가 다만후르에 도착했다. 포펜타인은 렙시우스가 두 차량 앞에서 내려 역사 안으로 들어가는 것을 보았다. 푸른 나일 강 삼각주가 사방에 펼쳐져 있었다. 이분 후 놓아준 아랍인이 차에서 내려 대각선 방향으로 가로질러 간이 출입구로 향하더니, 붉은 포도주를 사가지고 오는 렙시우스와 마주쳤다. 목에 난 자국을 문지르며 그는 렙시우스에게 무언가를 말하고 싶어했다. 렙시우스가 눈에 불을 켜면서 그의 머리를 손바닥으로 내리쳤다. "팁 못 줘." 그가 선언했다. 포펜타인은 자리에 앉은 뒤 봉고-섀프츠베리를 보지 않고 눈을 감았다. 심지어 '아하' 하는 감탄사도 뱉지 않았다. 열차가 다시 움직이기 시작했다. 자, 그렇다면 그들이 청결이라고 칭한 것은 무엇이었을까? 말할 필요도 없이 규칙을 따르지 않는 것이다. 만약 그렇다면 그들은 과정을 뒤바꿔놓은 셈이다. 그들이 이렇게 비열하게 반칙을 한 적은 여태까지 없었다. 그렇다면 이번 파쇼다에서의 만남은 중요하다는 의미일까? 심지어 바로 '그 하나'The One일까? 그는 눈을 뜨고 책에 몰두해 있는 봉고-섀프츠베리를 바라보았다. 씨드니 J. 웨브의 『산업민주주의』였다. 포펜타인은 어깨를 으쓱했다. 과거에 그의 동료 스파이들은 실전을 통해 전문가가 되었다. 직접 해독하면서 암호를 배웠고, 교묘하게 따돌리면서 세관원 상대하는 법을 익혔으며, 어떤 적들은 직접 살해함으로써 대적하는 법을 배웠다. 반면 요즘의 새로운 스파이들은 책을 읽곤 했다. 젊은 친구들은 이론과 (그의 생각에) 오직 자신들의 내적 장비의 완벽함에 대한 믿음으로만 무장하고 있다. 봉고-섀프츠베리의 팔에 해충처럼 단단하게 부착되어 있는 나이프 스위치를 떠올리며 그는 움찔했다. 몰드웝이 현역 가운데 가장 오래된 스파이임은 분명하지만, 직업윤리에서 그와 포펜타인은 모두 같은 세대에 속했다. 포펜타인은 몰드웝이 젊은 적을 인정할지 의심스러웠다.

침묵은 이십오 마일을 가는 동안 계속 이어졌다. 급행열차는 점점 더 부유해 보이는 농장과 좀더 빠른 걸음으로 들에서 일하는 원주민 농부들, 작은 공장들, 그리고 오래된 폐허 더미와 꽃이 피기 시작한 키 큰 버드나무들을 지나갔다. 나일 강은 범람하고 있었다. 번쩍이는 용수로가 그물처럼 펼쳐져 있었고 작은 분지로 유입된 강물은 지평선 위로 뻗어 있는 밀밭과 보리밭으로 흘러들어갔다. 열차는 나일 강의 로제타 지류에 이르렀다. 길고 좁은 철교를 건너간 열차는 카프르 에즈-자이야트에 있는 역으로 들어갔다. 봉고-섀프츠베리는 읽고 있던 책을 덮더니 자리에서 일어나 객실을 떠났다. 몇 분 후 굿펠로우가 밀드레드의 손을 잡고 들어왔다.

"그는 당신이 잠깐 눈을 붙이고 싶어한다고 여겼어요." 굿펠로우가 말했다. "저는 미처 생각을 못했어요. 밀드레드의 언니한테 정신이 팔려 있었거든요." 포펜타인은 코웃음을 쳤지만 열차가 다시 움직이기도 전에 눈을 감고 잠에 빠져들었다. 그는 카이로에 도착하기 삼십분쯤 전에 잠에서 깼다. "모두 무사하네요." 굿펠로우가 말했다. 저 멀리 서편으로 피라미드의 윤곽이 눈에 들어왔다. 도시에 가까워지자 정원과 빌라들이 나타나기 시작했다. 정오 무렵 열차는 카이로의 프린시펄 역에 도착했다.

용케도 굿펠로우와 빅토리아는 나머지 일행이 승강장에 발을 디디기도 전에 사륜마차를 타고 떠났다. "제기랄." 앨러스테어 경이 당혹스러워하며 말했다. "뭐하자는 거지, 눈이 맞아 달아난 건가?" 봉고-섀프츠베리는 제대로 뒤통수를 맞은 듯이 보였다. 한숨 자고 난 포펜타인은 휴일을 맞이한 기분이 들었다. "아랍이구나." 그는 기분이 좋아 크게 외쳤다. 그때 얼룩말 색깔의 낡은 마차 한대가 덜컹거리며 다가왔고 포펜타인은 사륜마차를 가리키며 마부에게 말했다. "저 사람들을 따라잡으면 이 피아스터를 주리다." 마부가 씩 웃었다. 포펜타인은 나머지 일행을 서둘러 마차에 태웠다. 앨러스테어 경은 코난 도일 운운하며 투덜거렸고, 봉고-섀프츠베리는 실없이 웃기만 했다. 그들은 급커브를 돌아 왼쪽으로, 엘-르문 다리를 지나 샤리아 밥 엘-하디드를 향해 전속력으로 질주했다. 밀드레드는 걷거나 나귀를 타고 다니는 관광객들을 보며 얼굴을 찌푸렸고, 앨러스테어 경은 모호하게 미소를 지었다. 포펜타인은 저 앞쪽에서 마차에 앉아 있는 작고 우아한 자태의 빅토리아가 굿펠로우의 팔을 잡고 바람에 머리카락을 나부끼며 몸을 뒤로 기대고 있는 걸 보았다.

두 마차는 찌는 듯한 무더위 속에서 셰퍼드 호텔에 도착했다. 포펜타인을 제외한 모든 일행은 마차에서 내려 호텔 안으로 발걸음을 옮겼다. "나도 체크인해주게." 그는 굿펠로우에게 말했다. "난 친구를 만나야 해." 그 친구란 남서쪽으로 네 블록 떨어진 빅토리아 호텔의 짐꾼이었다. 포펜타인이 프랑스 깐에서 알게 된 다혈질의 주방장과 함께 사냥용 새 얘기를 하며 주방에 앉아 있는 동안, 그 짐꾼은 길을 건너 영국 영사관에 가 직원 전용 출입문을 통해 안으로 들어갔다. 십오분이 지나자 그는 출입문으로 나와 호텔로 돌아왔다. 곧이어 주방으로 점심 주문이 들어왔다. '크림'은 '켐'으로 잘못 적혀서 왔고, '리오네즈'는 마지막 철자 'e'가 빠져 있었다. 둘 다 밑줄이 그어져 있었다. 포펜타인은 목례로 모든 이에게 감사를 표하고 밖으로 나왔다. 그리고 택시를 잡아타고 샤리아 엘-마그라비의 끝에 있는 호화로운 공원을 지나 크레디 리오네즈 은행에 곧 도착했다. 근처에 작은 약국이 있었다. 그는 안으로 들어가 그 전날 접수시킨 아편팅크 처방전에 대해 물었다. 봉투를 건네받은 그는 택시 안에서 한번 더 내용을 확인했다. 그와 굿펠로우의 봉급이 오십 파운드 올랐다. 좋은 소식이었다. 이 돈이면 두 사람 모두 셰퍼드 호텔에 묵을 수 있을 것이다.

호텔로 돌아와서 그들은 지령을 해독하기 시작했다. 외무부는 암살 음모에 대해 전혀 모르고 있었다. 모르는 게 당연했다. 누가 나일 계곡을 통제하게 될까라는 긴급한 문제에 대해 조금만 생각해본다면, 이유는 필요없었다. 포펜타인은 외교에 도대체 무슨 일이 있었는지 궁금했다. 그는 파머스턴 밑에서 일했던 사람들을 알고 있었다. 파머스턴은 부끄럼이 많고 익살맞은 노인으로, 그에게 일은 매일매일 손을 뻗어 유령의 차가운 손을 먼저 만지지 않으면 유령이 먼저 그를 만지게 되는 즐거운 장님놀이였다.

"그럼 우리끼리 알아서 하면 되는 거네요." 굿펠로우가 대놓고 말했다.

"그래." 포펜타인이 맞장구를 쳤다. "이렇게 하면 어떨까. 도둑으로 도둑을 잡는 것 말이야. 작전을 짜서 크로머 흉내를 내는 거지. 물론 움직임을 살펴야지. 그런 식으로 그들이 기회를 잡을라치면 바로 현장에서 못하도록 막는 거야."

"부영사관 뒤를 몰래 쫓는 거예요." 굿펠로우는 점점 더 열광했다. "멍청한 들꿩 쫓듯이 말이죠. 왜 우리는 진작 그렇게 하지 않았을까요—"

"뭐 이 정도 가지고." 포펜타인이 말했다.

그날밤 포펜타인은 택시를 불러 새벽까지 시내를 돌아다녔다. 암호화된 지령에는 때를 기다리라는 말 외에는 다른 지시가 없었다. 굿펠로우는 지령에 십분 공감하며 빅토리아를 데리고 에즈베키예 가든에 있는 이딸리아 여름 극장의 공연을 보러 갔다. 포펜타인은 한밤중에 로제티 구역에 사는 소녀를 만났는데, 그녀는 영국 영사관의 하급 서기와 연인관계였다. 그리고 구세주 강림 신봉자들을 재정적으로 지원해왔으며 자신의 지지 사실이 알려진 그 운동이 탄압당하는 것을 바라지 않는 머스키의 보석상, 영국에서 마약 사범으로 기소돼 범죄인 인도법이 없는 나라로 달아났으며 영국 영사 라파엘 보르그의 시종과 먼 사촌관계인 미성년 미용사, 그리고 카이로에 있는 모든 암살자들을 다 안다고 하는 바르쿠미안이라는 이름의 뚜쟁이를 찾아갔다. 이 근사한 무리들을 만나고 나서 포펜타인은 새벽 세시에 호텔방으로 돌아왔다. 그러나 방에서 인기척이 나 문 앞에서 들어가기를 망설였다. 이 경우 방법은 딱 하나였으니 복도 끝에 창턱이 밖으로 나 있는 창문을 이용하는 것이었다. 그는 얼굴을 찡그렸다. 하지만 스파이들이 외국 도시의 거리에서 높은 창턱을 수시로 기어간다는 것 정도는 당시의 사람들이라면 누구나 다 알고 있었다. 완전히 바보가 된 느낌으로 포펜타인은 창턱을 기어갔다. 아래를 내려다보니 약 4.5미터 밑으로 덤불이 있었다. 그는 심호흡을 하며 잽싸게 움직였으나 건물 모퉁이에서 애를 먹었다. 창턱의 폭이 모퉁이에서 좁아져 있었던 것이다. 눈썹부터 복부까지 그의 몸을 나눠 건물 모서리의 양면에 두 발을 디디고 가까스로 서려는 찰나에 그는 결국 균형을 잃고 떨어지고 말았다. 아래로 떨어지는 동안 상스러운 말을 뱉고 싶다는 생각이 스쳐 지나갔다. 그는 쿵 소리를 내며 관목에 부딪혔다가 데굴데굴 구른 후 그 자리에 누워 손가락으로 잔디밭을 톡톡 두드렸다. 담배를 반개비쯤 피우고 난 뒤 그는 일어나서, 자기가 묵고 있는 방의 창문 옆에 오르기 쉬운 나무가 있다는 것을 알았다. 그는 담배연기를 내뿜으며 욕을 퍼부으면서 큰 나뭇가지 위로 기어올라 가랑이를 벌리고 앉은 다음 방 안을 들여다보았다.

굿펠로우와 빅토리아가 포펜타인의 침대에 누워 있었다. 두사람은 가로등 불빛을 받아서 하얗고 지쳐 보였다. 빅토리아의 눈, 입, 젖꼭지는 흰 살갗에 난 작고 검은 상처자국 같았다. 그녀는 굿펠로우가 울며 그녀의 가슴을 눈물로 적시는 동안 그의 금발머리를 그물처럼 깍지 낀 손으로 안아주었다. "미안해." 그가 말했다. "트란스발, 상처. 상처가 심각하지는 않다고 했는데." 어떻게 이와 같은 일이 벌어졌는지 전혀 모르는 상황에서 포펜타인은 몇가지 추리를 해보았다. (a) 굿펠로우는 명예로운 행동을 하고 있다. (b) 정말 발기불능 상태이며 그동안 여자들을 수없이 정복했다고 포펜타인에게 떠벌린 것은 거짓말이다. (c) 빅토리아하고 엮일 생각은 추호도 없다. 그 답이 무엇이든, 포펜타인은 늘 그렇듯 소외된 느낌이었다. 그는 나뭇가지에 한 팔로 매달렸다가 땅으로 내려왔을 때 어찌할 바를 몰랐다. 그래서 담뱃불이 손가락을 태우는 것도 모르고 있다가 작은 소리로 욕을 내뱉었다. 자기가 담뱃불 때문에 욕한 게 아니라는 걸 알기에 그는 조금 걱정이 되기 시작했다. 이는 굿펠로우의 약한 모습을 보았기 때문만은 아니었다. 그는 덤불 안으로 들어가 누운 채 지난 이십년 동안 스파이로 일하면서 자부심을 갖고 지탱해온 자기 자신의 문턱에 대해 생각해보았다. 전에도 크게 당한 적은 있지만, 정말로 약점을 드러낸 경우는 이번이 처음인 것 같았다. 미신 같은 극심한 두려움이 덤불에 누워 있는 그의 등을 오싹하게 했다. 순간 이게 바로 '그 하나'구나라는 생각이 들었다. 만약 파국이 가까이 와 있다고 그가 느낀 것 말고 다른 이유가 없다면 파국은 분명 파쇼다에서 시작될 것이다. 하지만 곧이어 담배를 새로 꺼내 폐 깊숙이 연기를 몇차례 빨아들이자 평정심을 다시 찾을 수 있었다. 그는 마침내 자리에서 일어나 여전히 휘청거리는 몸으로 호텔 입구 쪽으로 돌아서 방에 올라갔다. 이번에는 열쇠를 잃어버린 척하며 어리둥절해하는 소리를 내어 빅토리아가 옷을 챙겨

자기 방과 연결된 샛문으로 빠져나갈 시간을 주었다. 굿펠로우가 문을 열 때까지 그가 느꼈던 것은 당혹감이었다. 그런 느낌과는 오랫동안 모른 척하고 지내온 터였다.

극장에서는 「마농 레스꼬」가 상연 중이었다. 다음날 아침 샤워를 하면서 굿펠로우가 「한번도 본 적 없는 미인」을 부르려고 했다. "부르지 말아봐. 내가 어떻게 부르는지 한번 들어보지 않을래?" 포펜타인이 말했다. 굿펠로우가 큰 소리로 말했다. "「타-라-라-붐-디-에이」도 안 망치고 제대로 부를 수 없었잖아요."

포펜타인은 막을 수가 없었다. 양보해도 해로울 게 없을 것 같았다. "그녀에게 사랑한다는 고백을 하려고." 그가 즐겁게 노래했다. "내 영혼은 새 생명을 얻어 깨어나는구나." 소름이 끼쳤다. 음악당에서 한번은 불러본 듯한 솜씨였다. 그는 결코 데 그리외가 아니었다. 데 그리외는 아라스에서 온 젊은 아가씨가 마차에서 천천히 내리는 걸 본 순간 앞으로 무슨 일이 일어날지 알았다. 그는 부정출발이나 속이는 동작을 하지 않았다. 기사 작위를 받은 이 사람은 암호 해독이나 이중간첩 놀이를 절대 하지 않을 것이다. 포펜타인은 그가 부러웠다. 그는 옷을 입으며 휘파람으로 아리아를 불렀다. 지난밤에 순간적으로 드러난 약점이 눈에 띄지 않게 다시 살아나는 것 같았다. 만약 한번 더 한계 직전까지 간다면, 이번엔 다시 돌아오지 못할 것이라고 그는 혼자 생각했다.

그날 오후 두시에 총영사가 영사관 정문에서 나와 마차에 올라탔다. 포펜타인은 빅토리아 호텔 삼층의 아무도 없는 방에서 그 장면을 지켜보았다. 지금이야말로 크로머 경을 맞힐 수 있는 절호의 기회이지만, 포펜타인의 친구들이 경계를 서고 있는 한, 적이 고용한 어떤 암살범이라 하더라도 이 기회를 살릴 수는 없을 것이다. 고고학자 봉고-섀프츠베리는 빅토리아와 밀드레드를 데리고 칼리프스의 시장거리와 무덤을 구경하러 갔다. 굿펠로우는 창문 바로 아래 대기해놓은, 덮개를 접을 수 있는 랜도 마차에 문을 닫고 앉아 있었다. 그는 (포펜타인이 지켜본 것처럼) 총영사가 탄 마차 뒤에서 안전한 거리를 유지하며 남의 눈에 띄지 않게 움직이기 시작했다. 포펜타인은 호텔을 나와 샤리아 엘-마그라비 거리를 어슬렁어슬렁 걸었다. 다음 모퉁이에서 그는 오른편에 교회가 있다는 걸 알았다. 오르간 음악소리가 크게 들려왔다. 충동적으로 그는 교회 안으로 들어갔다. 아니나 다를까, 앨러스테어 경이 쾅쾅거리며 연주를 하고 있었다. 음악에 문외한인 포펜타인조차 오분 정도 들으니 앨러스테어 경이 건반과 페달에다 분풀이를 하고 있다는 걸 알 수 있었다. 음악은 작고 고딕형인 건물 내부를 복잡한 나뭇결 무늬와 이상하게 생긴 꽃잎 모양으로 수를 놓았다. 그것은 거칠고 왠지 남부 느낌이 나는 장식이었다. 앨러스테어 경의 머리와 손가락은 제멋대로 사는 그의 딸 혹은 어떤 순수함 때문에, 음악 자체의 형상 때문에, 바흐 때문에—그것은 바흐의 음악이었던가?—도저히 제어될 수가 없었다. 그것은 이질적이면서 이해하기 힘든 조잡한 터치여서, 포펜타인으로서는 뭐라고 말하기가 어려웠다. 그는 음악이 돌연 멈추고 나서야 빠져나올 수 있었다. 음악이 멈추었는데도 텅 빈 교회는 동굴처럼 계속 울렸다. 그는 눈에 안 띄게 햇빛 속으로 걸어나와서, 온전함과 허물어짐의 결정적인 차이라도 되는 것처럼 넥타이를 고쳐맸다.

크로머 경은 자신을 보호하기 위한 대책을 전혀 세우고 있지 않다고 굿펠로우는 그날밤에 보고했다. 포펜타인이 시종의 사촌과 함께 다시 확인해본 결과 이 소문은 널리 퍼져 있었다. 그는 어깨를 으쓱하며 총영사를 멍청이라고 불렀다. 내일이 바로 9월 25일이었던 것이다. 그는 열한시에 호텔을 나와 마차를 타고 에즈베키예 가든에서 북쪽으로 몇 블록 떨어진 곳에 있는 맥주집 '브라우하우스'에 갔다. 그는 벽 쪽에 붙어 있는 작은 테이블에 홀로 앉아, 바흐만큼이나 오래되었을 감상적인 아코디언 음악을 두 눈을 감고 들었다. 담배연기가 그의 입술에서 아래로 퍼져나왔다. 여자 종업원이 뮌헨 맥주를 가져왔다.

"포펜타인 씨." 그는 고개를 들었다. "뒤쫓아왔어요." 그는 고개를 끄덕이며 웃었다. 빅토리아가 자리에 앉았다. "아빠가 알면 사망하실 거예요." 그녀가 그를 당돌하게 쳐다보며 말했다. 아코디언이 멈췄다. 여종업원이 크뤼거 두병을 갖다주었다.

적막 속에서 그는 입술을 오므리고 상념에 빠져들었다. 결국 그녀가 그의 안에 있는 여성을 찾아내 발견한 것이다. 민간인이 그렇게 하기는 처음이다. 그는 어떻게 알게 되었느냐고 굳이 물어보지 않았다. 창문을 통해 그를 보았을 리도 만무했다. 그가 말했다.

"그분은 오늘 오후 독일 교회에 앉아 자신이 남기고 가는 유산이라도 되는 양 바흐의 곡을 연주하셨어요. 그분은 아마 그렇게 짐작하셨던 것 같아요."

그녀는 고개를 떨궜다. 맥주 거품이 콧수염처럼 그녀의 윗입술에 묻어 있었다. 운하 건너편에서 알렉산드리아로 가는 급행열차의 기적소리가 희미하게 들려왔다. "굿펠로우를 사랑하지요?" 그가 불쑥 말을 내뱉었다. 이렇게까지 노골적인 경우는 여태껏 없었다. 이곳에서 그는 여행객 신분이었다. 그 순간 마음의 베데커 여행안내서가 있었더라면 좋았을 텐데. 또다시 들려오는 아코디언의 흐느끼는 소리에 거의 묻힐 듯 작은 소리로 그녀가 그렇다고 대답했다. 그럼 굿펠로우가 그녀한테 말했나…… 그가 눈썹을 치켜올리자, 그녀는 아니라며 고개를 가로저었다. 잠깐 스치는 이 무언의 교감을 통해 서로의 마음을 알다니 놀라운 일이었다. "제가 무엇을 생각하느냐에 상관없이." 그녀가 말했다. "당신은 제 말을 당연히 믿을 수 없을 거예요. 하지만 제 말은 사실이에요. 그것만은 꼭 말씀드리고 싶어요." 얼마나 더 캐물어야 할까…… 이렇게 필사적인데. 포펜타인이 말했다. "그럼 내가 도와줬으면 하는 거라도 있나요?" 그녀는 손가락으로 고불고불한 머리카락을 돌돌 말며 그의 시선을 피했다. 이내 그녀가 대답했다. "아무것도 없어요. 단지 이해해주셨으면 해요." 포펜타인이 만약에 악마를 믿었더라면 이렇게 얘기했으리라. '넌 보내서 온 것이군. 가서 그에게, 그들에게 전해. 그래봤자 아무 소용도 없다고.' 아코디언 연주자가 포펜타인과 소녀를 발견했고, 그들이 영국인인 것을 알았다. "세상에 맙소사." 그는 장난스럽게 독일어로 노래했다. "분명 파머스턴인데." 몇몇 독일인들이 웃었고, 포펜타인은 움츠렸다. 족히 오십년은 된 노래였다. 하지만 기억하고 있는 사람은 몇명 안되었다.

바르쿠미안이 늦게 테이블 사이를 헤치며 다가왔다. 빅토리아는 그를 보자 양해를 구하며 자리에서 일어났다. 바르쿠미안의 보고는 간단했다. 아무 움직임이 없다는 것이었다. 포펜타인은 한숨을 쉬었다. 이제 남은 일은 한가지뿐이었다. 영사관을 깜짝 놀라게 해서 경계태세를 취하도록 하는 것이었다.

그래서 다음날 그들은 크로머를 본격적으로 '미행하기' 시작했다. 잠에서 깼을 때 포펜타인은 기분이 안 좋았다. 그는 빨간 턱수염에다 진주색 모자를 착용한 아일랜드 여행객으로 가장하고 영사관을 방문했다. 직원이 허용하지 않는 바람에 그는 강제로 쫓겨났다. 그러자 굿펠로우가 묘안을 떠올렸다. "폭탄을 던지는 거예요." 라고 그가 큰 소리로 말했다. 다행스럽게도 폭약에 대한 그의 지식은 그의 조준실력만큼이나 허점투성이였다. 폭탄은 잔디밭에 무사히 떨어지지 않고 영사관 창문으로 날아들어갔다. (물론 폭탄이 불발탄으로 판명나기는 했지만) 그 덕에 여자청소부 한명은 히스테리를 일으켰고 굿펠로우는 하마터면 체포될 뻔했다.

정오에 포펜타인이 빅토리아 호텔 주방에 들렀을 때 호텔에서는 큰 혼란이 있었다. 파쇼다에서 충돌이 일어났던 것이다. 상황은 이미 위기로 바뀌어 있었다. 당황한 포펜타인은 거리로 뛰어나가 마차를 잡아타고 굿펠로우를 찾아나섰다. 두시간 뒤에 포펜타인은 굿펠로우를 남겨두고 나왔던 호텔방에서 그가 여전히 잠자고 있는 것을 발견했다. 포펜타인은 몹시 화가 나서 주전자에 든 얼음물을 굿펠로우의 머리에 부어버렸다. 그때 봉고-섀프츠베리가 씩 웃으며 출입문에 모습을 드러냈다. 포펜타인은 복도로 사라지는 그를 향해 빈 주전자를 내던졌다. "총영사는 지금 어디 있어요?" 굿펠로우가 잠이 덜 깬 얼굴로 상냥하게 물었다. "어서 옷 입어." 포펜타인이 소리쳤다.

그들이 영사관 하급서기의 연인을 찾아갔을 때 그녀는 귤껍질을 까며 한가롭게 햇빛 속에 누워 있었다. 그녀는 크로머가 오늘밤 여덟시에 오페라를 보러 갈 계획이라고 알려주었다. 약국에 들렀지만 그들을 기다리는 물건은 없었다. 에즈베키예 가든을 급하게 지나면서 포펜타인은 사람들에게 렌 가족의 안부를 물었다. 굿펠로우는 그들이 헬리오폴리스에 있을 거라고 생각했다. "도대체 다들 무슨 문제가 생긴 거지?" 포펜타인은 알고 싶었다. "아무도 아는 사람이 없어." 그들은 여덟시까지 아무것도 할 수가 없었다. 그래서 가든의 까페 앞에 앉아 포도주를 마셨다. 이집트의 태양이 다소 위협적으로 내리쬐고 있었다. 그늘이라곤 전혀 없었다. 그저께 밤 엄습했던 두려움이 포펜타인의 양쪽 턱과 관자놀이 위로 스멀스멀 밀려왔다. 굿펠로우도 긴장한 표정이었다.

여덟시 십오분 전에 그들은 길을 따라 극장으로 천천히 가 일층 앞좌석 표를 산 다음 자리에 앉아 기다렸다. 곧이어 총영사 일행이 도착해 그들 근처에 앉았다. 렙시우스와 봉고-섀프츠베리가 양옆에서 들어와 특별석에 앉았다. 크로머 경을 꼭짓점으로 했을 때 120도 각도였다. "어쩌죠." 굿펠로우가 말했다. "더 좋은 자리로 갔어야 했나봐요." 경찰관 네명이 중앙복도로 걸어오면서 봉고-섀프츠베리를 올려다보았다. 그가 포펜타인을 가리켰다. "이런, 맙소사." 굿펠로우가 신음소리를 냈다. 포펜타인은 두 눈을 감았다. 그가 실수를 한 것이다. 어리석은 실수를 할 때 이런 일이 생기는 법이다. 경찰관들이 그들을 둘러싸고 차렷 자세를 취했다. "알겠소." 포펜타인이 말했다. 그와 굿펠로우는 자리에서 일어나 경찰의 호위하에 극장을 나섰다. "여권을 보여주시오." 한 경찰관이 말했다. 그들 뒤에서 오페라 첫 장면의 활기 넘치는 화음이 바람을 타고 들려왔다. 경찰이 앞뒤로 각각 두명씩 호위하는 가운데 좁은 길을 따라 걸어갔다. 신호는 당연히 몇년 전 정해놓은 그대로였다. "영국 영사를 만나게 해주시오." 포펜타인이 이렇게 말하면서 몸을 돌려 구식 단발권총을 꺼냈다. 그러는 사이 굿펠로우는 다른 두 경찰관을 맡았다. 여권을 요구했던 경찰관이 성난 눈으로 노려보았다. "무장했다고 아무도 말하지 않았는데." 다른 경찰관이 투덜거렸다. 경찰관들은 차례로 머리의 급소를 세게 맞고 축 처져서 덤불속으로 내던져졌다. "멍청한 속임수였어요." 굿펠로우가 중얼거렸다. "우린 운이 좋았어요." 포펜타인은 이미 극장을 향해 뛰어가는 중이었다. 그들은 한번에 두단씩 층계를 뛰어올라 빈 특별석을 찾았다. "여기요." 굿펠로우가 말했다. 그들은 특별석으로 비스듬히 들어갔다. 거의 봉고-섀프츠베리가 앉아 있는 특별석의 건너편이었다. 렙시우스가 앉아 있는 특별석은 그들 바로 옆이었다. "몸을 낮춰." 포펜타인이 말했다. 그들은 쪼그려 앉아서 작은 금빛 난간 사이로 내다봤다. 무대 위에서는 에드몬도와 학생들이 여자를 밝히는 낭만주의자 데 그리외를 놀려대고 있었다. 봉고-섀프츠베리가 소형 권총의 작동을 점검했다. "준비하세요." 굿펠로우가 낮은 목소리로 말했다. 무대에서 합승마차의 기수가 울리는 경적이 들려왔다. 마차가 덜컹거리며 나타나 여관 안마당으로 들어왔다.

봉고-섀프츠베리가 권총을 들었다. 포펜타인이 말했다. "렙시우스. 바로 옆쪽." 굿펠로우가 뒤로 물러났다. 갑자기 마차가 멈춰섰다. 포펜타인은 봉고-섀프츠베리에 시선을 집중하면서, 그가 크로머 경을 겨냥할 때까지 총구를 아래로 그리고 오른쪽으로 낮추었다. 바로 지금 자신이 모든 것을 끝내면 다시는 유럽에 대해 걱정할 필요가 없으리라는 생각이 불현듯 들었다. 순간 불안감으로 인해 속이 메스꺼워졌다. 자신보다 더 진지한 사람이 있었을까? 봉고-섀프츠베리의 전술을 흉내 내는 게 그 전술과 맞서는 것보다 덜 현실적이었나? 굿펠로우가 말한 멍청한 들꿩처럼 말이다. 마농은 도움을 받으며 마차에서 내리는 중이었다. 데 그리외는 입을 벌린 채 그 자리에 박힌 듯 서서, 그녀의 두 눈에 쓰인 자신의 운명을 읽고 있었다. 누군가가 포펜타인의 뒤에 서 있었다. 바로 그 절망적인 사랑의 순간에 그는 재빨리 뒤를 돌아보았다. 믿을 수 없을 정도로 늙고 쇠락한 몰드웝이 비열하면서도 자비로운 미소를 지으며 서 있었다. 두려움에 휩싸인 포펜타인은 돌아서서 맹목적으로, 어쩌면 봉고-섀프츠베리를 향해, 어쩌면 크로머 경을 향해 총을 쏘았다. 어느 쪽이 원래 계획한 표적인지 알 수도, 결코 확신할 수도 없었다. 봉고-섀프츠베리는 권총을 코트 속에 찔러넣고 사라졌다. 복도에서 싸움이 벌어졌다. 포펜타인은 늙은 몰드웝을 옆으로 밀치고 밖으로 뛰어나갔다. 렙시우스가 굿펠로우로부터 벗어나 계단을 향해 도망쳤다. "여보게." 몰드웝이 헐떡이며 말했다. "그들을 뒤쫓지 말게. 수적으로 불리해." 포펜타인이 맨 위 계단에 당도했다. "삼 대 이인데." 그가 중얼거리듯 말했다.

"셋보다 많아. 나의 상관, 그리고 그의 요원들……"

그 말에 포펜타인은 죽은 듯이 동작을 멈추었다. "당신의—"

"자네도 알다시피 나는 명령에 따라 움직여왔다네." 노인의 말이 사과의 말처럼 들렸다. 그때 갑자기 향수鄕愁가 주체할 수 없이 밀려왔다. "상황이, 자네도 알지 않나, 상황이 이번엔 심각해. 우리 모두 끝을 향해 가고 있어—"

포펜타인은 몹시 화가 나서 뒤를 돌아보았다. "꺼져버려." 그가 소리를 질렀다. "가서 뒈져버리라고." 그는 이제야 말을 나눌 결정적인 기회라는 확신이 어렴풋이 들었다.

"대장이 직접 오다니." 같이 계단을 내려올 때 굿펠로우가 말했다. "상황이 안 좋은 게 틀림없어요." 백 미터쯤 앞에서 봉고-섀프츠베리와 렙시우스가 마차에 뛰어올랐다. 몰드웝은 놀랄 정도로 민첩하게 지름길을 택했다. 그는 출입구에서 나와 포펜타인과 굿펠로우의 왼편으로 가서 다른 사람들과 합류했다. "그들이 가게 내 버려두죠." 굿펠로우가 말했다.

"자네 아직도 나한테 명령을 받나?" 대답을 기다리지도 않고 포펜타인은 마차를 잡아탄 다음 그들을 뒤쫓아가기 위해 빙 돌았다. 굿펠로우는 마차를 움켜잡고 가까스로 올라탔다. 그들은 당나귀, 여행객, 안내인들을 헤치며 샤리아 카멜 파샤를 질주했다. 그들은 셰퍼드 호텔 앞에서 거리로 걸어나오는 빅토리아를 하마터면 칠 뻔했다. 그녀가 마차에 오르는 걸 굿펠로우가 돕는 사이 십초를 손해 보았다. 포펜타인도 막을 수가 없었다. 이번에도 빅토리아는 알고 있었다. 무언가가 그의 손에서 빠져나갔다. 어딘가에 아주 어마

어마한 배신이 있다는 걸 그는 깨닫기 시작했다.

더 이상 일대일의 싸움이 아니었다. 언제 그런 적이 있었던가? 렙시우스, 봉고-셰프츠베리, 그리고 다른 모든 사람들은 몰드웹의 단순한 도구나 물리적 확장 그 이상이었다. 그들은 모두 그 안에 있었다. 모두 각자의 이해관계에 따라 하나의 단일체로 행동했다. 명령에 의해서 말이다. 누구의 명령이었는가? 인간의 명령? 그는 의문이 들었다. 그는 카이로의 밤하늘에 떠 있는 빛나는 환영처럼 자기보다 나이 어린 외무부 정보원의 수학책에 나오는 종 모양의 곡선(어쩌면 그저 구름의 주름이었는지도 모른다)을 보았다. 전투를 눈앞에 둔 콘스탄티누스 황제와 달리, 그는 이렇듯 뒤늦게 어떤 징조 같은 것에 마음을 바꿀 수는 없었다. 단지 이러한 역사의 순간에 결투 규칙에 따라 싸우기를 간절히 원하는 자기 자신을 말없이 책망할 따름이었다. 그러나 그들—아니, 그것—은 규칙대로 싸우지 않았다. 오직 통계상의 확률만 따를 뿐이었다. 언제 그가 적과 맞서기를 중단하고 어떤 힘, 어떤 수량을 받아들인 적이 있었던가?

종 모양의 곡선은 정규분포곡선 혹은 가우스분포곡선이다. 보이지 않는 추가 그 밑에 매달려 있다. 포펜타인은 (단지 반신반의했을 뿐이지만) 그 추에 부딪혀 세게 울렸다.

앞에서 달리던 마차가 왼쪽으로 급하게 방향을 틀어 운하 쪽으로 향했다. 그런 다음 다시 왼쪽으로 돌아 얇은 리본 같은 물줄기를 따라 달렸다. 하늘에는 두툼한 하얀 반달이 떠 있었다. "나일 다리로 가고 있어요." 굿펠로우가 말했다. 그들은 케디베 궁전을 지나서 덜커덩거리며 다리를 건넜다. 어둡고 탁한 강물이 그들 밑으로 흐르고 있었다. 다리를 건너자 그들은 남쪽으로 방향을 바꿔 달빛 속에서 나일 강과 총독 관저 사이를 빠르게 달렸다. 그들이 뒤쫓는 마차가 오른편으로 돌았다. "피라미드로 가는 길이 아니기만 해봐라." 굿펠로우가 말했다. 포펜타인이 고개를 끄덕였다. "5.5마일 정도 남았어." 그들은 방향을 바꿔 기제의 교도소와 마을을 지났고, 커브길을 돌고 철로를 건넌 다음 서쪽으로 향했다. "오." 빅토리아가 조용히 말했다. "스핑크스를 볼 수 있겠네요."

"그것도 달빛 속에서 말이지." 굿펠로우가 찡그리며 말을 덧붙였다. "그녀 혼자 있게 내버려둬." 포펜타인이 말했다. 그 이후로 그들은 소득 없이 침묵을 지켰다. 사방에는 그물처럼 얽혀 있는 용수로가 달빛에 빛나고 있었다. 두대의 마차는 원주민 마을과 수차水車를 지나갔다. 수차와 말발굽 소리 외에는 밤중에 아무 소리도 들리지 않았다. 또한 그들이 지나갈 때 나는 바람소리밖에는 들리지 않았다. 사막의 가장자리에 가까워지자 굿펠로우가 말했다. "따라잡을 수 있겠는데요." 길은 오르막으로 바뀌기 시작했다. 왼편으로 돌아 올라가는 길이었다. 한쪽 편에는 사막으로부터 길을 보호하기 위해 1.5미터 높이의 벽이 세워져 있었다. 그들 앞에서 가던 마차가 갑자기 옆으로 기울더니 벽을 들이받았다. 타고 있던 사람들이 급히 마차에서 기어나와 남은 길을 걸어서 올라갔다. 포펜타인은 커브길을 돌아 거대한 쿠푸왕 피라미드에서 백 미터가량 떨어진 곳에 멈춰섰다. 몰드웝, 렙시우스, 봉고-새프츠베리는 전혀 보이지 않았다.

"한번 둘러볼까." 포펜타인이 말했다. 그들은 피라미드의 모퉁이를 돌았다. 남쪽으로 육백 미터쯤 떨어진 곳에 스핑크스가 웅크리고 있었다. "빌어먹을." 굿펠로우가 말했다. 빅토리아가 가리켰다. "저기예요." 그녀가 외쳤다. "스핑크스 쪽으로 가고 있어요." 그들은 있는 힘을 다해 울퉁불퉁한 땅 위를 달렸다. 몰드웝이 발목을 접질린 것 같았다. 다른 두사람이 그를 부축하고 있었다. 포펜타인이 권총을 꺼내들었다. "이제 혼나봐, 노인양반." 그가 외쳤다. 봉고-섀프츠베리가 돌아서서 총을 쐈다. 굿펠로우가 말했다. "저놈들을 어떻게 할까요? 도망가게 놔둘까요." 포펜타인은 아무 말도 하지 않았다. 잠시 후 그들은 몰드웝의 첩보원들을 거대한 스핑크스의 오른편 옆구리 쪽으로 몰았다.

"총 내려놓으시지." 봉고-섀프츠베리가 숨을 헐떡이며 말했다. "단발권총인 거 다 알아. 내 것은 연발권총이라고." 포펜타인은 총을 다시 장전하지 않은 상태였다. 그는 어깨를 으쓱하며 씩 웃고는 총을 모래 위로 던졌다. 그 옆에서 빅토리아는 사자, 인간, 혹은 신이 그들 위에 우뚝 솟아 있는 모습을 넋을 놓고 바라보았다. 봉고-섀프츠베리는 셔츠 소매를 걷어올리고 스위치를 켰다가 껐다. 소년 같은 동작이었다. 렙시우스가 그늘에 서 있었고, 몰드웝은 미소를 짓고 있었다. "자, 그럼." 봉고-섀프츠베리가 말했다. "다른 사람들은 가게 해줘." 포펜타인이 말했다. 봉고-섀프츠베리는 고개를 끄덕였다. "하기야 그들은 아무 상관이 없지." 그가 동의했다. "이건 당신과 대장 사이의 일이니까, 그렇잖아?" 허, 허 하며 포펜타인은 생각했다. 어떻게 안 그럴 수 있겠어? 데 그리외처럼 그는 지금이라도 망상을 가져야 해. 어렵더라도 그 자신을 갈매기라고 믿어야 해. 굿펠로우는 빅토리아의 손을 잡고 마차가 있는 쪽으로 물러섰다. 소녀는 안절부절못하며 뒤돌아서서 두 눈으로 스핑크스를 뚫어져라 쳐다보았다.

"네가 대장한테 소리쳤지." 봉고-새프츠베리가 큰 소리로 말했다. "가서 뒈져버리라고."

포펜타인은 뒷짐을 졌다. 물론 그의 말이 맞다. 그렇다면 그들은 이 순간을 기다려온 것인가? 십오년 동안이나? 그는 알지도 못하면서 어떤 문턱을 넘어서버렸다. 지금은 잡종이지 더이상 순종이 아니다. 그는 고개를 돌려 빅토리아가 다정하고 애교가 넘치는 표정으로 스핑크스를 쳐다보며 떠나는 모습을 지켜보았다. 그가 생각하기에 잡종은 인간을 나타내는 또다른 방법일 뿐이다. 마지막 걸음을 내딛고 나면 우리뿐만 아니라 그 어떤 것도 순수할 수가 없다. 그러고 보니 그날 아침 카이로 역의 문턱 바로 밑까지 갔다는 이유로 그들은 굿펠로우를 재판하려는 것 같았다. 이제 포펜타인은 대장을 향해 소리 지르는 것으로 자신이 맡은 사랑 혹은 자비의 치명적인 연기를 수행했다. 그리고 곧이어 자신이 실제로 무엇을 향해 소리 질렀는지 깨달았다. 그 둘, 즉 연기와 배신은 서로 상쇄되었다. 영零이 될 때까지 상쇄되었다. 그것은 늘 그래왔던가? 오 세상에. 그는 다시 돌아서서 몰드웝을 바라보았다.

그의 마녀?

"당신은 좋은 적수였어." 마침내 그가 말했다. 그것은 그에게 틀린 말처럼 들렸다. 시간이 더 있었더라면, 새로운 역할을 배울 시간이 더 있었을 텐데……

그것이 그들이 원한 전부였다. 굿펠로우는 총소리를 들었고, 돌아서서 포펜타인이 모래 위에 쓰러지는 것을 보았다. 그는 큰 소리로 외쳤다. 그리고 그 세사람이 돌아서서 가는 것을 지켜보았다. 아마도 그들은 곧바로 리비아 사막으로 가서 바닷가 해안에 이를 때까지 계속 걸을 것이다. 이윽고 그는 그녀 쪽으로 돌아서서 고개를 저었다. 그녀의 손을 잡고 마차를 찾으러 갔다. 물론 십육년 후, 그는 싸라예보에서 프란츠 페르디난트 대공을 환영하기 위해 모인 인파 사이를 어슬렁거릴 것이다. 암살의 소문, 파국의 불씨가 있는 곳에는 그가 있을 것이다. 그리고 할 수만 있다면 거기서 그것을 막으려 할 것이다. 그때쯤이면 몸도 구부정하고 머리카락도 많이 빠져 있을 것이다. 가끔은 가장 최근에 정복한 여자, 즉 자신의 친구들에게 그를 침대에서는 별로 훌륭하지 않지만 돈 하나는 잘 쓰는 단순한 영국인으로 소개하는, 코밑에 솜털이 나 있는 금발의 술집여자 손을 꽉 쥐고 있을 것이다.

은밀한 통합
The Secret Intergration

바깥에서 비가 내리고 있었다. 건초기乾草期와 청명한 가을의 끝을 알리는 10월의 첫 비였다. 바로 몇주 전까지만 해도 태양 아래 단풍 드는 나무를 보려는 뉴요커들을 버크셔 카운티로 우르르 몰려들게 할 만큼 완연하던 가을의 맑은 햇살도 이제는 끝나가고 있었다. 그런데 오늘은 토요일인데도 비가 내렸다. 기분 나쁜 조합이다. 그 시각 팀 싼토라는 집에서 열시가 되기를 기다리며, 어떻게 하면 엄마 몰래 나갈 수 있을까 궁리하고 있었다. 그로버가 아침 열시에 만나자고 해서 밖으로 나가야만 했다. 그는 뒷방에 옆으로 뉘어놓은 오래된 세탁기 안에서 웅크리고 앉아서, 빗물이 배수관을 따라 흘러내리는 소리를 들으며 손가락에 난 사마귀를 들여다보았다. 사마귀는 두주 전부터 손가락에 붙어 있었는데 사라질 기미가

보이지 않았다. 며칠 전 그의 엄마가 의사 슬로스롭에게 그를 데려
갔다. 의사는 사마귀 위에 빨간 약을 칠한 다음 불을 끄고 말했다.
"자, 내가 자줏빛 마술램프를 켤 테니까 사마귀가 어떻게 되는지
잘 보렴." 그렇게 마술램프 같아 보이지는 않았지만, 의사가 불을
켜자 사마귀는 밝은 녹색으로 빛났다. "그래, 이거야." 의사 슬로스
롭이 말했다. "녹색이지. 사마귀가 곧 사라질 거라는 의미야, 팀. 사
마귀는 이제 끝이야." 하지만 바깥으로 나갈 때 의사는 엄마에게
말했다. 목소리를 낮춰서 말했지만 팀은 몰래 엿듣는 법을 배워둔
터였다. "암시요법은 확률이 반반입니다. 만약에 즉시 없어지지 않
으면 다시 데려오세요. 액체질소를 써볼게요." 그날 집에 오자마자
팀은 그로버한테 달려가서 '암시요법'이 뭔지 물어보았다. 그로버
는 그때 지하실에 틀어박혀 또다른 발명품을 만들고 있었다.

  그로버 스노드는 팀보다 나이가 몇살 더 많은 천재소년이었다.
어쨌든 적당하게 그랬다. 그는 결함이 있는 천재소년이었는데, 가
령 그가 만든 발명품들이 늘 성공하지는 않았던 것이다. 그리고 지
난해에는 숙제 하나당 십 쎈트를 받고서 모든 아이들의 숙제를 대
신 해주는 부정한 돈벌이를 하기도 했다. 그는 자신의 정체를 매우
자주 드러냈다. 성적이 갑자기 90점, 100점으로 오른 모든 아이들
뒤에 그가 있다는 사실을 사람들은 알게 되었다. (그로버에 따르
면 그들은 모든 학생들의 성적분포를 미리 지시하는 '곡선'을 가지
고 있었다.) "평균법칙하고는 싸움이 안돼." 그로버가 말했다. "성
적분포곡선과 싸움이 안된다고." 사람들이 그로버의 부모를 찾아
가, 어떤 곳이든 상관없으니 아무 데로나 그를 전학시키라고 진지

하게 부탁했다. 그로버는 화성암에서부터 인디언 습격에 이르기까지 학교에서 배우는 모든 주제에 대해 전문가일지는 몰라도, 팀이 보기에 여전히 너무나 어리석어서 자신이 얼마나 똑똑한지를 절대 감추지 않았다. 똑똑함을 보여줄 기회가 조금이라도 있으면 그는 여지없이 마음이 약해지곤 했다. 삼각형으로 된 마당의 면적을 구하는 것과 같은 문제를 만나면, 그는 학급 아이의 절반이 발음조차 하지 못하는 삼각법이나, 우주를 소재로 한 만화책에서 가끔 보기는 했어도 그저 뜻 모르는 낱말에 불과한 미적분학이라는 용어를 꺼내지 않고는 못 배겼다. 그래도 팀과 다른 친구들은 그것을 용인해주었다. 왜 그로버만 자랑하지 말아야 하는가. 그는 때때로 힘든 시간을 보내기도 했다. 자기 또래의 아이들에게 수준 높은 수학이나 그밖의 다른 것들을 얘기해도 전혀 소용이 없었던 것이다. 팀에게 털어놓기를, 그는 아버지와 외교정책에 관해 토론하곤 했는데, 급기야 어느날 밤에 베를린 문제를 놓고 심각한 의견 차이를 보였다고 한다. "난 무엇을 해야 하는지 알아." 그가 소리쳤다. (그는 항상 벽이나 주위의 딱딱한 것을 향해 소리치곤 했다. 그것은 그가 화내는 게 너 때문이 아니라 다른 무엇 때문이라는 것, 즉 어른들이 그와는 상관없이 만들어놓고 수정해가며 살아가는, 크게 확대된 세계와 관련한 무엇이면서, 자신은 내면을 제외하고 너무나 작아서 도저히 극복할 수 없는 어떤 관성과 단단함이 그 이유라는 것을 알리기 위해서였다.) "난 어떤 조처를 취해야 하는지 정확하게 알고 있어." 하지만 그게 뭔지 물어보면 그로버는 그저 이렇게 말할 뿐이었다. "신경 쓰지 마. 무엇에 관해 논쟁하느냐는 중요한 게 아니야. 우리 가족은 이제 대화를 하지 않아, 중요한 건 그거야. 내가 집에 있을 때면 가족들은 나를 내버려두고 나도 역시 그래." 올해 그는 주말과 수요일에만 집에 있었다. 다른 날에는 이십 마일 떨어진 곳에 있으며 윌리엄스 칼리지를 본떠 만든, 그러나 그곳보다 더 작은 버크셔 카운티의 남자대학에 다녔는데, 수업 때 사람들에게 온갖 어려운 문제에 대해 떠벌려댔다. 결국 학교에서 알고 그를 내쫓아버렸다. 사람들은 그를 싫어했고, 모두들 자신의 숙제를 스스로 하기를 원했다. 베를린 문제로 소원해진 터라, 그의 아버지도 그것에 동의했다. "아버지가 멍청하거나 비열하다는 말은 아니야." 그로버는 가족의 석유버너에다 대고 소리쳤다. "아버지는 그렇지 않아. 더 나빠. 아버지는 내가 관심을 갖고 있지 않은 것들을 알고 있어. 그리고 난 아버지가 결코 이해하지 못할 것들에 관심을 갖고 있고."

"무슨 소린지 모르겠어." 팀이 말했다. "이봐, 그로버, 암시요법 이란 게 도대체 뭐야?"

"신앙요법 같은 거야." 그로버가 말했다. "그렇게 해서 사마귀를 없애주겠대?"

"응." 그는 녹색으로 빛나던 빨간 약, 그리고 램프에 대해 말해주었다.

"자외선 형광물질은 말이야." 그로버는 단어를 가지고 노골적으로 장난치면서 말했다. "사마귀에 아무 효력이 없어. 그냥 말로 얼버무리려는 거야. 내가 그들의 일을 망쳐놓은 건 아닌지 모르겠네." 그러면서 그는 누가 자기를 간질이고 있기라도 한 듯이 지하실 바닥을 데굴데굴 구르며 웃기 시작했다. "아무 효력이 없을 거야. 사마귀는 없어지고 싶으면 자기가 알아서 없어져. 정말 그래. 사마귀는 자기 자신만의 마음을 가지고 있거든."

그로버는 어른들의 계획에 참견할 때마다 즐거워했다. 도대체 왜 그러는지 팀으로서는 전혀 이해할 수가 없었다. 그로버는 자기 자신의 동기에 대해 아주 조금만 주의를 기울였다. "어른들은 내가 실제의 나보다 더 똑똑하다고 생각해." 한번은 그로버가 불쑥 말을 꺼냈다. "사람들은 '천재소년'에 대한 선입견이 있는 것 같아. 아마 이런 모습일 테지라고 하는 그런 것 말이야. 텔레비전 같은 데서 보는 천재소년들하고 내가 비슷하기를 원하는 것 같아." 팀이 기억하기에 그로버는 그날따라 유난히 화를 많이 냈다. 새 발명품이 작동하지 않아서였다. 그것은 폭발 격막에 의해 나트륨과 물의 칸이 분리되어 있는 나트륨 수류탄이었다. 나트륨이 물과 접촉하면 커다란 소리를 내며 터져야 했다. 그런데 격막이 너무 강해서인지 깨지지 않았다. 설상가상으로 그때 그로버는 빅터 애플턴이 쓴 『톰 스위프트와 그의 마법 카메라』를 읽고 있었다. 그는 톰 스위프트 씨리즈 책을 계속 우연히 접하게 되었는데, 최근 들어 그 일이 계획적으로 그렇게 된 거라는 생각, 즉 그 책들은 그에게 제공된 것이며, 그의 부모와 학교 혹은 그 둘 중 어느 한쪽이 그 일에 깊이 관여되어 있다는 생각을 하게 되었다. 톰 스위프트 씨리즈 책은 그에게 직접적인 모욕을 주었다. 톰 스위프트와 경쟁해서 그보다 훨씬 더 뛰어난 발명품을 만들고 그것으로 번 훨씬 더 많은 돈을 가지고 그보다 더 현명하게 투자하기를 사람들이 기대한다고 그는 느꼈던 것이다.

"톰 스위프트가 싫어!" 그가 소리를 질렀다.

"그러면 그 책들을 읽지 마." 팀이 제안했다.

그러나 그로버는 그럴 수가 없었다. 시도는 했지만 그만둘 수가 없었다. 마치 보이지 않는 심술궂은 자동 토스터에서 나오듯 책 한 권이 튀어나올 때마다 바로 집어삼켰다. 그것은 중독에 가까웠다. 그는 항공군함, 전기소총에 매료되었다. "끝내줘." 그가 말했다. "스위프트는 자랑꾼에다 말하는 것도 웃겨. 그리고 고상한 척하는 속물에 음──" 그는 단어를 기억하느라 머리를 쥐어박으며 말했다. "인종주의자야."

"뭐라고?"

"톰 스위프트가 '이래디케이트 쌤슨'[45]이라고 이름 붙인 흑인 하인 알지? 기억해? 줄여서 '래드'라고 하고. 스위프트가 그 친구를 다루는 방식이 아주 역겨워. 그런데 나더러 그런 걸 읽으라고? 그래서 내가 그렇게 되라고?"

"어쩌면 그런 식으로." 이제야 모든 걸 알겠다는 표정으로 팀이 흥분해서 말했다. "칼하고 지내기를 사람들이 바랐는지도 모르겠네." 칼은 그들이 알고 지내는 흑인 소년 칼 배링턴을 말하는 것이었다. 칼 배링턴의 가족은 얼마 전에 피츠필드에서 이곳으로 이사를 왔다. 배링턴의 식구는 그로버와 팀이 사는 민지보로 옛 지구의 호밀밭과 버려진 채석장 건너편에 있는 신개발 지구 노섬벌랜드

---

45 이래디케이트(Eradicate)는 '근절하다'란 뜻의 단어이며, 이 말을 줄여서 흑인 하인을 '래드'(Rad)라고 부른 것임.

택지에 살았다. 그들과 에티엔 셰르들루처럼 칼도 짓궂은 장난을 무척이나 좋아하는 장난꾸러기였는데, 그냥 보고 웃기만 하는 게 아니라 실제로 장난을 치면서 새로운 것을 고안해내는 쪽이었다. 이는 넷이 함께 몰려다니게 된 이유이기도 했다. 책에 나오는 래드라는 인물이 칼과 관련이 있다는 생각에 그로버는 당혹스러웠다.

"사람들이 칼을 좋아하지 않니?" 그가 물었다.

"문제는 칼이 아니야. 그의 엄마, 아빠 때문에 그러는 거야."

"그분들이 뭘 어쨌는데?"

팀은 나한테 묻지 말라는 표정을 지었다. "피츠필드는 도시야." 팀이 말했다. "도시에서는 거의 모든 걸 할 수 있어. 아마 숫자 알아맞히기 도박도 할 수 있을걸."

"그거 텔레비전에서 안 거지." 그로버가 비난하자 팀이 그렇다고 말하며 웃었다. 그로버가 말했다. "너하고 내가 칼이랑 바깥에서 장난치며 같이 놀러 다니는 거 네 엄마도 아시니?"

"말 안했어." 팀이 말했다. "엄마가 그러지 말라고 하지는 않았어."

"네 엄마한테 말하지 마." 그로버가 말했다. 그때 팀은 아무 말도 하지 않는데, 이는 그로버가 명령을 해서가 아니라 그와 친구들 사이에는 더러 그로버가 틀리더라도 그들 나머지의 그 누구보다도 많이 알고 있으므로 그의 말을 들어야 한다는 공감대가 있었기 때문이다. 만약 그로버가 사마귀가 없어지지 않을 거라고 말한다면, 매사추세츠에 있는 자줏빛과 녹색 형광물질을 다 가져와도 아무 효력이 없을 것이다. 사마귀는 그 자리에 있을 것이다.

팀은 사마귀가 독자적인 지능을 갖고 있기라도 한 것처럼 약간 경계하면서 바라봤다. 몇살 더 어렸더라면 사마귀에 이름을 붙였겠지만, 어린 꼬마들이나 그런 것에 이름 붙인다는 걸 깨닫기 시작할 나이였다. 지금 팀은 지난해에 우주캡슐로 사용하던 세탁기 안에서 웅크리고 앉아 빗소리를 들으며, 한없이 점점 늙어가는 것에 대해 생각하다가 죽는 문제에 이르기 전에 그 생각을 멈추고는, 오늘 그로버한테 가서 액체질소에 관해 새로운 뭔가를 알아냈는지 물어보기로 마음먹었다. "질소는 기체야." 그로버가 일전에 말했었다. "그게 액체라는 말은 전혀 들어본 적이 없어." 그게 전부였다. 하지만 오늘 그는 뭔가 새로운 걸 알아냈을지도 모를 일이다. 대학에서 뭔가를 가지고 돌아왔을지도 모를 일이다. 한번은 그가 형형색색의 단백질 분자모형을 가지고 온 적이 있었는데, 지금 그것은 일본산 텔레비전, 다량의 나트륨, 에티엔 셰르들루 아버지의 폐품처리장에서 가져온 낡은 트랜스미션 부품 덩어리, 민지보로 공원을 매주 침입하다가 어느날 훔쳐온 앨프 랜던[46]의 콘크리트 흉상, 다른 낡은 주택가에서 주워온 부서진 미스 반 데어 로에[47]의 의자, 그리고 굳이 말할 필요는 없지만 종류별로 모은 샹들리에 부품, 태피스트리 조각, 티크로 만든 엄지기둥, 흉상의 목 부분에 두르면

---

46 앨프 랜던(Alf Landon, 1887~1987): 미국의 정치가로 캔자스 주지사를 역임한 바 있고 1936년 대통령 후보로 출마하였으나 민주당의 프랭클린 루스벨트 후보에 패배한 인물.
47 미스 반 데어 로에(Mies van der Rohe, 1886~1969): 독일 출신의 미국 건축가. 1929년 바르셀로나 만국박람회의 독일관을 설계하면서 의자도 함께 디자인하였다.

텐트처럼 가끔 그 밑에 숨을 수 있는 모피 오버코트 등과 함께 은신처에 보관 중이었다.

팀은 몸을 굴려 세탁기 밖으로 나온 뒤 시간을 확인하기 위해 최대한 조용히 부엌으로 걸어갔다. 열시가 약간 지나 있었다. 그로버는 시간을 엄수한 적이 한번도 없으면서, 다른 사람들에게는 항상 시간을 엄수하기를 원했다. "시간엄수는 말이야." 그는 천하무적의 구슬을 굴리듯 말을 굴리면서 열변을 토했다. "그저 핵심 덕목 중 하나에 불과한 것이 아니야." 그때 다른 친구들이 할 수 있었던 말이라고는 "정말?" 하는 것뿐이었다. 그러면 그는 금방 그것을 잊고서 본격적으로 일에 착수했다. 이는 팀이 그를 좋아할 수밖에 없는 이유이기도 했다.

텔레비전이 꺼져 있는 것으로 보아 엄마는 거실에 없었다. 어쩌면 외출했을지도 모르겠다는 생각이 퍼뜩 들었다. 팀은 현관 벽장의 옷걸이에 걸려 있는 우비를 꺼낸 뒤 뒷문으로 향했다. 그때 엄마가 전화 다이얼을 돌리는 소리가 들렸다. 모퉁이를 돌아서 보니까, 엄마가 뒷계단 아래서 턱과 어깨 사이에 파란색 프린세스 전화기를 끼고 서 있는 게 보였다. 엄마는 한 손으로 다이얼을 돌리며 다른 한 손으로 파랗게 보일 만큼 주먹을 꽉 쥐고 앞으로 내밀고 있었다. 그녀의 얼굴에는 팀이 여태껏 한번도 본 적이 없는 표정이 담겨 있었다. 잘 알 수는 없지만, 뭐랄까, 약간 초조해하거나 놀란 듯한 표정이었다. 팀은 충분히 인기척을 냈지만, 엄마는 못 들었는지 아무런 반응도 보이지 않았다. 수화기에서 윙 하는 소리가 멈추자 누군가가 대답했다.

"이 검둥이 녀석들." 팀의 엄마가 갑자기 침을 뱉었다. "더러운 검둥이 녀석들, 이곳에서 나가. 피츠필드로 돌아가라고. 정말 혼나기 전에 당장 나가라고." 그러고 나서 급하게 전화를 끊었다. 주먹을 쥔 손이 계속해서 떨렸고, 다른 한 손도 수화기를 내려놓자 조금씩 떨리기 시작했다. 그녀는 사슴처럼 팀의 냄새를 맡은 듯 급하게 몸을 돌렸다. 그러고는 놀라서 자기를 바라보고 있는 팀과 눈이 마주쳤다.

"오, 너로구나." 그녀가 미소를 지으며 말했다. 하지만 눈빛은 그대로였다.

"무얼 하고 있었어요?" 팀이 말했다. 하지만 물어볼 의도는 전혀 없었다.

"아, 장난치고 있었어, 팀." 그녀가 말했다. "짓궂은 장난 같은 거 말이야."

팀은 어깨를 으쓱하고는 뒷문으로 나갔다. "나갔다 올게요." 그는 뒤돌아보지도 않고 엄마에게 말했다. 나쁜 짓을 한 엄마의 모습을 봤으니 밖에 나간다고 혼내지는 못하리라는 사실을 알았던 것이다.

그는 빗속으로 내달려서 두곳의 젖은 라일락 덤불을 지나, 길게 자란 풀이 이미 건초로 바뀐 비탈길 아래로 뛰어갔다. 운동화는 두어걸음 만에 흠뻑 젖어버렸다. 팀의 집보다 오래됐고 지붕이 맞배지붕으로 된 그로버 스노드의 집이 큰 단풍나무 뒤에서 슬며시 나와 그를 반겨주었다. 지금보다 더 어렸을 적에 그는 그로버의 집을 사람처럼 생각해 지나갈 때마다 인사하곤 했다. 그 집은 친구들끼리 게임에서 하듯 실제로 단풍나무 뒤에 숨어 그를 친구처럼 살짝 엿보는 것 같았다. 그는 지금도 이 습관을 완전히 버릴 수 없었다. 그가 그렇게 믿는 일을 그만두면 집에 잔인한 짓일 것 같았다. 그래서 그는 평소처럼 "집아, 안녕" 하고 말했다. 그로버의 집은 끝에 얼굴이 있다. 나이 든 명랑한 얼굴인데, 창문이 눈과 코로서, 항상 웃는 듯한 표정을 지었다. 팀은 그 옆을 순식간에 그림자처럼 달려 지나갔다. 우뚝 솟은 자비로운 얼굴에 비해 그의 뛰는 모습은 난쟁이처럼 작아 보였다. 비가 아주 세차게 내리고 있었다. 그는 미끄러지듯 모퉁이를 돌아 나뭇가지 한쪽에 널빤지 조각을 박아놓은 또 다른 단풍나무 위로 기어올라갔다. 한번 미끄러진 후 위로 올라간 그는 그로버가 있는 방의 창문으로 향한 긴 나뭇가지에 이르렀다. 안에서 전자음이 낮게 흘러나왔다. "그로비." 팀이 창문을 세게 두드리며 말했다. "이봐."

그로버가 창문을 열고 팀에게 자신은 늦는 것을 몹시 괴로워하는 경향을 가지고 있다고 큰 소리로 말했다.

"뭐라고?" 팀이 말했다.

"뉴욕 아이한테 이제 막 들었어." 팀이 방으로 기어올라갈 때 그로버가 말했다. "오늘 하늘이 좀 이상해. 스프링필드와 연결하느라 진을 다 뺐어." 그로버는 아마추어 무선사였다. 그는 자신의 휴대용 무선통신 장비와 시험 장비를 조립하고 있었다. 하늘뿐 아니라 산들도 수신 신호를 불안정하게 만든다. 팀이 집에 안 가고 머물던 어느 밤에는, 시간이 흐르자 가끔 저 멀리 바다에서 들려오는 실체 없는 목소리가 그로버의 방을 채우기도 했다. 그로버는 듣는 것만 좋아했지 여간해서는 다른 누구에게 신호를 보내지 않았다. 그는 벽에 도로지도를 붙여놓고 새로운 목소리가 들릴 때마다 그 것을 지도 위에 주파수와 함께 표시했다. 팀은 그가 자는 것을 한 번도 보지 못했다. 어떤 시간에 찾아가도 그는 늘 앉아서 다이얼을 만지거나 한쌍의 커다란 고무 이어폰을 끼고 있었다. 스피커가 있 어서 때로는 그것을 켜놓기도 했다. 잠들었다 깼다 하면서 팀은 꿈 과 뒤섞이는 온갖 소리들, 즉 사고 차량을 조사해달라고 경찰을 부 르는 소리, 혹은 모든 게 가만히 있어야 하는 곳에서 움직이는 그 림자나 정체 모를 소음, 택시 운전사들이 야간열차 시간에 맞춰 차 를 몰면서 주로 커피맛에 대해 투덜거리거나 배차원과 약식 체스 게임 같은 걸 하면서 능청스럽게 농담하는 소리, 더치힐스를 통과 한 예인선이 자갈을 실은 바지선들을 연결해 허드슨 강 상류로 운 항하는 소리, 가을과 겨울에 도로 인부들이 방설책을 정비하거나 도랑을 파느라 늦게까지 일하는 소리, 하늘에 존재하는 헤비사이드 층Heaviside layer이 그 이름에 걸맞게 두텁게 깔려 있을 때 바다 위에 떠 있는 상선에서 나는 소리 등을 들었다. 이 모든 소리들이 꿈을 빽빽하게 채워서 어떤 게 진짜이고 어떤 게 환각인지 도저히 알 수 가 없었다. 눈을 뜨면 팀은 꿈에서 채 깨기도 전에 이렇게 묻곤 했 다. "그로비, 잃어버린 너구리는 어떻게 됐어? 경찰이 찾았대?" 혹 은 "강 상류의 선상가옥에 사는 캐나다 벌목꾼은?" 그러면 그로버 는 늘 "기억이 안 나"라고 대답했다. 에티엔 셰르들루가 그들과 함 께 잘 때면 그는 팀과는 다른 것들, 가령 노래라든가 오소리 관찰 자들이 본부 같은 데에 보고하는 것, 혹은 반은 이딸리아 말로 프로축구에 대해 격렬하게 논쟁하는 것들을 기억해냈다.

에티엔도 오늘 이곳에 오기로 되어 있었다. 토요일 아침마다 규칙적으로 모여 브리핑을 하기로 되어 있었기 때문이다. 그의 아버지가 폐품처리장의 일을 도우라고 하는 바람에 또 늦어지는 모양이었다. 에티엔은 아주 뚱뚱한 아이였는데, 도로작업단 몰래 슬쩍 훔친 노란 용골이나 전봇대 위에다 자기 이름을 크레용으로 '80N'이라 쓰고[48] 그다음에 '하, 하'라고 쓰는 장난을 자주 했다. 에티엔도 팀, 그로버, 칼처럼 짓궂은 장난을 좋아했는데, 강박에 가까울 정도로 좋아했다. 그로버는 천재였고, 팀은 언젠가 농구 코치가 되는 게 꿈이었으며, 칼은 팀이 이끄는 농구팀에서 스타가 될지도 모른다고 한다면, 에티엔이 오로지 바라는 것은 어떻게든 장난치며 살 수 있는 직업이었다. "미쳤나봐." 아이들이 그에게 말하곤 했다. "직업이라고? 텔레비전에 나오는 코미디언이나 광대 같은 거 말이야?" 그러면 에티엔은 친구의 어깨에 팔을 얹고(사실 조금만 신경 쓴다면, 그가 팔을 얹는 건 친해서가 아니라 등 뒤에 화살표와 함께 '우리 엄마는 전투화를 신고 있어요. 알고 싶으면 발로 여기를 차봐요' 같은 글을 스카치테이프로 붙이기 위해서라는 것을 금세 알아차릴 수 있었다) 말했다. "아빠가 그러는데, 우리가 어른이 될 즈음엔 모든 건 기계가 할 거래. 그래서 일자리는 못 쓰게 된 기계를 쌓아두는 폐품처리장에서나 있을 거래. 그런데 기계가 유일하게 하지 못하는 일이 뭔지 알아? 바로 장난치는 거야. 앞으로 쓸모가 있는 분야는 바

---

[48] 에티엔(Étienne)을 발음이 비슷한 에이티(eighty)와 N으로 쓴 것.

로 장난이라고."

아이들 말대로 어쩌면 에티엔은 정신이 약간 나갔는지도 모른
다. 그는 누구도 엄두를 내지 못할 위험한 짓을 하곤 했는데, 경찰
차 바퀴에서 공기를 빼거나, 스킨다이빙 장비를 착용하고 제지공
장이 이용하는 개울에 들어가 바닥의 침적토를 마구 휘저어놓거
나(그래서 한번은 거의 일주일 동안 가동이 중단되기도 했다), 교
장 선생님이 8학년을 가르치기 위해 자리를 비운 사이 교장 책상
에 '유령'이라고 쓴 어리석고 거의 무의미한 메모를 남겨놓는 등
의 일을 저질렀다. 그는 공공기관을 싫어했다. 그의 가장 큰 적이
자 그가 하는 장난의 지속적인 표적은 학교와 철도회사와 육성회
였다. 그는 불만을 품고 있는 주위의 아이들을 규합했는데, 그애들
은 교장 선생님이 언제나 입버릇처럼 "교화가 불가능한 녀석!"이
라고 고함치며 부르는 학생들이었다. 그들 중 누구도 그 말의 뜻을
이해하지 못했고, 그로버 또한 그 말을 들을 때마다 화가 나서 설
명해주기 싫어했다. 그것은 누군가를 가리켜 이딸리아 촌놈 혹은
검둥이라고 부르는 것과 같았다. 에티엔의 친구 중 모스틀리 형제
아널드와 커미트는 항공기 본드를 흡입하고 가게에서 쥐덫을 훔
쳐 재미 삼아 젖힌 후 공터 한가운데서 서로를 향해 던졌다. 그리
고 킴 듀페이의 경우는, 길게 땋은 금발머리가 허리까지 내려오고
그 끝부분이 잉크병에 빠져서 보통 파란색을 띠는데, 폭발성 화학
물질의 반응을 아주 좋아해 은신처의 나트륨 저장소를 계속 채웠
다. 어리기 때문에 그들을 좋아한다는 얼빠진 그녀의 남자친구이
자 고등학교 2학년 포환던지기 선수인 게이로드와 공모하여 그녀

는 민지보로 고등학교 실험실에서 나트륨을 훔쳐왔다. 그리고 호건 슬로스롭은 의사의 아들로 여덟살 때 취침시간 후 맥주를 마시는 심각한 습관이 생겼고, 아홉살 때 갑자기 종교에 관심을 갖게 되었으며, 평소 관대하다고 알려진 아버지의 용인과 아이가 곁에 있으면 영감을 줄 거라고 생각한 알코올중독자갱생회 지부의 승인하에 맥주를 끊기로 맹세하고 그 협회에 가입했다. 그리고 넌지 파사렐라는 이미 2학년 때 '각자 물건을 가져와서 발표하기' 수업을 위해 4분의 1톤이나 되는 다 자란 폴란드차이나종 암퇘지를 학교버스에 태우고 나타나 경력의 첫발을 내디뎠으며, 또한 지난 세기에 아기들을 바꿔치기하거나 불을 지르면서 언덕배기 시골을 마구 누비고 다닌, 어떤 면에서는 모든 아이들의 수호성인과도 같은 바로 그 전설적인 아름다운 방랑자 쑤 더넘을 기리기 위해 크레이지 쑤 더넘 종교집단을 만들었다.

"칼은 어디 있어?" 팀이 그로버의 스웨터로 비에 젖은 머리를 말리고 나서 말했다.

"지하실에서 코뿔소 발을 가지고 놀고 있어." 그로버가 말했다. 코뿔소 발은 신발처럼 신을 수 있는데, 신고 있으면 첫눈이 온다고 여겨졌다. "무슨 문제가 생겼니?"

"우리 엄마가——" 팀은 엄마를 고자질하면 안된다고 생각해서 말하는 데 애를 먹었다. "사람들을 괴롭혀. 또 그래."

"칼의 식구를 괴롭힌다고?"

팀이 고개를 끄덕였다.

그로버는 얼굴을 찡그렸다. "우리 엄마도 그랬어. 그 일에 대해 얘기하는 걸 들었거든. 너도 알겠지만." 그로버는 일년 전부터 부모의 침실에 설치해놓고 있는 도청기와 직통으로 연결되는 이어폰 세트를 엄지손가락으로 가리키며 말했다. "인종문제래. 난 오랫동안 그게 자동차 같은 걸 갖고 하는 진짜 레이스를 말하는 줄 알았어."[49]

"그런데 엄마가 그 단어를 또 썼어." 팀이 말했다. 바로 그때 칼이 웃으면서 조용히 들어왔다. 코뿔소 발은 신고 있지 않았고, 그로버 방에 도청기 같은 걸 달아놓았는지 그들이 하고 있던 말을 이미 알고 있는 듯했다.

"들어볼래?" 그로버가 고개로 무선통신 장비를 가리키며 말했다. "뉴욕과 잠깐 연결이 됐어."

칼은 "그래" 하고 다가가서 이어폰을 끼고 주파수를 조정하기 시작했다.

"에티엔이다." 팀이 말했다. 뚱뚱보 소년이 매끈한 풍선처럼 창가를 맴돌고 있었다. 얼굴엔 기름기가 잔뜩 있었고, 사팔뜨기 흉내를 내고 있었다. 그들은 그를 안으로 들였다. "너희들이 진짜 좋아할 만한 게 있어." 에티엔이 말했다.

"뭔데?" 팀이 말했다. 그는 아직도 엄마에 대해 생각하느라 반은 넋이 나가 있었다.

"이거야." 이렇게 말하고 에티엔은 셔츠 속에 숨겨온 빗물이 가득 든 종이봉지로 팀을 세게 쳤다. 팀은 그를 움켜잡고 몸싸움을 벌였다. 그로버는 무선통신 장비를 조심하라고 소리쳤고, 칼은 그

---

49 레이스(race)에 경주란 뜻 외에 인종이란 뜻이 있다는 것을 알게 된 상황.

들이 서로 맞붙어 뒹굴 때마다 발을 구르며 웃었다. 그들이 싸움을 멈추자 칼은 이어폰을 벗으며 전원 스위치를 껐고, 그로버는 침대로 가서 다리를 꼬고 앉았다. 이는 비밀결사회 회의를 시작할 시간이 되었음을 의미했다.

"먼저 경과보고부터 할까." 그로버가 말했다. "에티엔, 이번 주 상황은 어때?" 그로버는 깊이 생각할 때마다 늘 박자에 맞춰 클립을 딱딱거리는 클립보드를 가지고 있었다.

에티엔은 접혀 있던 종이를 뒷주머니에서 꺼내 읽었다. "철로. 손전등 하나와 어뢰 두개를 비소毗素에 추가함."

"병기고."[50] 그로버가 중얼거리며 클립보드에 적었다.

"그래. 나하고 커미가 가서 폭스트롯과 퀘벡 지점의 차량 수를 다시 세어봤어. 폭스트롯에는 자동차 열일곱대, 트럭 세대가 네시 반과—"

"숫자는 나중에 들을게." 그로버가 말했다. "그러면 그 언덕 사이로 난 직선 트랙에서 뭐든 해도 될까? 아니면 그러기에는 너무 많은 차량들이 지나다니는 걸까?—문제는 바로 그거야."

"아." 에티엔이 말했다. "그러고 보니 교통량이 아주 많았어, 그로비." 그는 이를 드러내고 웃기 시작하는 칼과 팀을 보고 눈을 치켜떴다.

"너 더 늦은 시간에 나가볼 수 있겠니?" 그로버가 성마르게 말했다. "밤늦게, 아홉시 어때?"

---

50 병기고(arsenal)라는 단어를 비소(arsenic)라고 잘못 말하자 이를 바로잡는 상황.

"글쎄." 에티엔이 말했다. "몰래 빠져나와야 하는데 그게—"

"그래, 몰래 나와라." 그로버가 말했다. "야간의 차량 숫자도 필요하니까."

"하지만 아버지— 아버지가 걱정하셔." 에티엔이 말했다. "진짜야."

그로버는 클립보드를 보며 얼굴을 찡그리더니, 클립을 두번 딱딱거린 후 말했다. "그래? 그럼 학교 쪽은 어때? 보고할 거라도 있나?"

"저학년 아이 두명을 새로 가입시켰어." 에티엔이 말했다. "일학년생들이야. 걔들은 항상 야단을 맞아. 분필이든 뭐든 가리지 않고 던지거든. 걔들 중 한명은 팔힘이 진짜 좋아, 그로비. 그래도 나트륨 수류탄 던지는 건 좀 연습해야 할 거야. 그러다 문제가 생길지도 모르니까 말이야."

그로버가 고개를 들었다. "문제라고?"

"그런 것을 먹을지도 몰라서. 그중에 한 아이는—" 에티엔이 킥킥거리며 말했다. "분필을 씹어먹어, 맛이 좋다면서."

"알았어." 그로버가 말했다. "계속해서 지켜봐. 우리는 누군가가 필요해, 에티엔. 그곳은 아주 중요한 지역이거든. 남학생 화장실을 폭파해야만 돼. 그래야 균형이 맞거든."

"무덤이라고?"[51] 팀이 눈을 가늘게 뜬 채 코를 찡그리며 말했다. "무덤은 무엇 때문에 필요한 거야, 그로비?"

---

51 균형(symmetry)이라는 단어를 무덤(cemetry)으로 잘못 알아들은 상황.

그로버는 균형이란 단어에 대해 그에게 설명해주었다. 그리고 벽에 걸린 녹색 칠판에 분필로 학교 건물의 평면도를 대강 그렸다. "균형과 타이밍." 그로버가 큰 소리로 말했다. "협력."

"성적표에서 봤어." 에티엔이 말했다. "저 단어."

"맞아." 그로버가 말했다. "체육할 때 팔다리, 머리가 다 함께 움직이잖아. 이 일을 할 때 우리도 마찬가지인데 우리 같은 조직은 신체의 부분들과 같아." 하지만 그들은 더이상 듣고 있지 않았다. 에티엔은 입을 양옆으로 잡아당기고 있었고, 팀과 칼은 서로 번갈아 가며 팔로 치고 있었다. 그로버가 클립보드를 아주 세게 딱딱거리자 그들은 장난을 멈추었다. "에티엔, 또 뭐 없니?"

"그게 다야. 아, 육성회 모임이 화요일에 있어. 호건을 다시 보낼까 해."

"지난번 기억해?" 그로버가 애를 쓰며 간신히 말했다. "걔가 어떻게 했는지 말이야." 원래 예상은 호건 슬로스롭이 알코올중독자 갱생회 경험이 있기 때문에 육성회 모임에 다른 누구보다도 잘 잠입하리라는 거였다. 그로버도 호건이 어른들 모임에 대해 잘 알고 있을 거라고 생각했다. 그런데 그것은 또다른 오판이었다. 그로버는 일을 완전히 잘못 판단했다는 자괴감에 일주일 내내 기분이 안 좋았다. 호건은 모임에 가서 노트에 필기를 하며 눈에 띄지 않게 가만히 앉아 있지를 않고, 자꾸 중뿔나게 끼어들었던 것이다. "내 딴엔." 호건이 말했다. "손들고 '제 이름은 호건 슬로스롭이고 학교에 다니는 학생입니다'라고 말한 다음 학교생활이 어떤지 얘기해도 아무 문제가 안될 줄 알았어."

"사람들은 알고 싶어하지 않아." 그로버가 말했다.

"우리 엄마는 알고 싶어해." 호건이 말했다. "매일 나한테 학교에서 뭘 했냐고 물어서 엄마에게 얘기해주거든."

"얘기해도 제대로 안 들을 거야." 그로버가 말했다. 호건은 알코올중독자갱생회에서 배운 12단계 강령을 사람들 앞에서 외워도 되는지 보려고 앞쪽 연단으로 가려다가 육성회 모임에서 내던져지고 말았다. 그들은 말 그대로 그를 회의장 밖으로 내던졌다. 그는 몸이 가벼워서 쉽게 들렸다.

"왜 그랬어?" 그로버가 소리쳤다.

"회의는 또 있어." 호건이 설명하고자 했다. "육성회는 매번 다르게 회의를 해. 규칙 같은 게 있어서 모든 사람들이 점점 더……"

"형식적이거나 공식적으로 되어가지." 그로버가 거들었다.

"사람들은 마치 게임을 하는 것 같아. 내가 한번도 들어본 적이 없는 새로운 게임을 말이야." 호건이 말했다. "알코올중독자갱생회에서는 그냥 말만 하는데."

그다음 육성회 모임에는 킴 듀페이가 립스틱 화장에다 틀어올린 머리를 하고 그녀가 가진 것 중 가장 고급스러운 옷과 엄마한테 사달라고 조른 패드를 댄 28A 싸이즈 브래지어를 착용하고 가서, 들키지 않고 훌륭하게 일을 수행했다. 그래서 그녀가 새 잠입자가 되었다.

"그런데." 에티엔이 간략히 말했다. "호건은 여자아이한테 자리 뺏긴 걸 기분 나빠해."

"나도 호건이 좋아." 그로버가 말했다. "그러니까 내 말 오해하지 마, 친구들. 하지만 호건이 복잡한 상황에서 자기 역할을 잘 해낼까? 그래서 내가—"

"뭐라고?" 팀과 칼이 동시에 말했다. 그들끼리 통할 때가 가끔 있는데, 그럴 때면 그로버는 늘 당혹스러웠다. 그로버는 어깨를 으쓱하며, 호건의 사기 문제가 있을 수 있으니 에티엔의 의견대로 호건에게 한번 더 기회를 주기로 했다. 그다음은 팀이 보고할 차례였다. 그의 관심 분야는 돈과 훈련이었다. 그 무렵 모든 친구들은 다가오는 연례 모의군사훈련에 정신이 팔려 있었다. 훈련의 코드명은 그로버가 영화 제목에서 따온 '스파르타쿠스 작전'이었다. 영화를 보기 위해 멀리 떨어진 스톡브리지까지 갔던 그로버는 영화에 아주 감동받아 그달 내내 거울 옆을 지날 때마다 거울에 비친 자신을 보며 커크 더글러스처럼 표정을 짓곤 했다. 올해는 스파르타쿠스 작전이 삼년째 되는 해인데, 작전명 A로만 지칭되는, 노예들의 실제 반란을 위한 세번째 모의훈련을 할 예정이다. "A는 무슨 뜻이야?" 한번은 팀이 물었다. "도살장Abattoire." 그로버가 괴상한 표정을 지으며 대답했다. "아마겟돈." "잘난 체하기는." 팀은 이렇게 말하고는 잊어버렸다. 아이들을 훈련시키는 데 머리글자의 뜻을 알 필요는 없었던 것이다.

"준비는 잘돼가니, 팀?" 그로버가 물었다.

팀은 그렇게 열성적이지 않았다. "괜찮은 실물 모형이 없으면, 그로비, 별 의미가 없어."

"애들한테 그냥 요점만 대강 설명해줘, 팀." 그로버가 클립보드에 메모를 하며 말했다. "지난해와 거의 똑같이 진행할 거라고, 알겠지?"

"알았어. 이번에도 파조스 필드에 설치할게." 팀은 녹색 칠판 위에 그려놓은 약도를 보며 말했다. "전체 크기로 말이야. 그런데 이번엔 석회 대신에 에티엔이 올해 도로작업단 몰래 훔쳐온 작은 막대기하고 빨간 깃발을 쓰려고 해." 작년에 꽤 많은 저학년 아이들은 학교 건물을 표시한 하얀 외곽선까지 밀고 들어올 정도로 활약이 대단했는데, 그 북새통 속에서 아이들은 앞으로 나아가지 못하고 중간에 멈춰 서성거리다가 그만 풀밭에 그려놓은 선을 신발로 짓이겨버리고 말았다. 이후에 열린 평가회에서 그로버는 풀밭 위에 그려진 선을 보고 저학년 아이들이 녹색 칠판에 분필로 그린 선들을 떠올렸는지도 모르겠다는 의견을 개진했다. 석회를 쓰면 스파르타쿠스 작전이 끝나고 나서 지워야 하는 문제가 있었다. 하지만 막대기는 그냥 뽑기만 하면 되었다. 그래서 막대기가 더 나아 보였다.

"하지만 그래도." 팀이 말했다. "진짜 담벽보다는 못해. 심지어 가벼운 판자로 만든 벽보다도 못해. 선이 교차하면 그걸 문이라고 믿는 것도 한 방법이긴 해. 하지만 그래도 문은 있어야 돼. 진짜 계단과 나트륨 수류탄을 던질 진짜 화장실도 있어야 돼. 안 그래?"

"하지만 넌 이년 전에는 그렇게 생각하지 않았잖아." 그로버가 콕 집어 말했다.

팀은 어깨를 으쓱했다. "더이상 실제적이지 않을 뿐이야. 내가 보기엔 그래. 예정된 공격시각이 되어 그렇게 똑같이 할지 어떻게 알겠어? 특히 저학년 애들이 말이야."

"그야 모르지." 그로버가 말했다. "하지만 우린 진짜처럼 정교한 실물 모형을 만들 여유가 없어."

"이십오 달러 정도 모였어." 팀이 말했다. "애들이 실제로 우윳값을 가져오기 시작했어. 심지어 자기 차례가 아닌 애들도 말이야."

그로버가 눈을 반쯤 감고 바라보았다. "힘으로 빼앗았지, 팀? 그렇게 하는 건 전혀 필요하지 않아."

"아니야, 그로비. 맹세해. 애들이 자발적으로 그렇게 한 거야. 걔들이— 적어도 두 아이가— 말했어, 우릴 믿는다고. 걔들 중 몇명은 우유를 좋아하지 않아서 안 먹어도 괜찮다고 했어."

"걔들이 아주 열광적이지 않다는 걸 알아야 해." 그로버가 말했다. "선생들이 눈치챌지도 몰라. 우유 마시는 사람 수를 매일 계속 확인하면서 아주 천천히, 아주 조용히, 교대로 해나가야 돼. 하루에 들어오는 게 적더라도 그렇게 하는 편이 더 안전해. 지금처럼 모든 애들이 동시에 몇 쎈트씩 내서 변화가 커지면, 사람들이 의심하게 될 거야. 서둘지 마. 다른 수입은 어때? 피츠필드의 장물아비는?"

"그는 지금 가구가 필요하대." 팀이 말했다. "그런데 그게 문제야. 가구는 벨루어 단지나 로젠즈위그 광장, 혹은 다른 두어곳에서 구할 수 있어. 하지만 피츠필드까지 어떻게 가져가지? 우리는 못해. 게다가 수신자 부담 전화는 이제 받지를 않아."

"그래." 그로버가 말했다. "그렇다면 그 사람도 지워버리는 편이 좋겠어. 알겠어? 그들을 믿을 수 없어. 우리를 하찮게 대하기 시작했으니 더이상 우리를 보고 싶지 않다는 뜻이지 뭐겠어."

"그런데 있잖아." 그로버가 발동 걸기 전에 팀이 말을 끊었다.

"그 실물 모형을 사는 건 어때?"

"안돼, 안돼." 그로버가 말했다. "돈은 다른 데 써야 해." 팀은 양탄자에 벌렁 드러누워서 천장을 쳐다봤다. "끝난 거지, 팀? 좋아. 이제 칼 차례네. 신개발 지구는 상황이 어때?"

칼은 민지보로의 새로운 구역인 노섬벌랜드 택지 지구의 조직책이었다. 기존의 민지보로는 시간 날 때 언제든 쉽게 관리할 수 있었는 데 반해, 할로윈 가면을 파는 슈퍼마켓과 조명이 환한 약국, 그리고 밤늦게까지 늘 자동차가 가득한 주차장이 있는 이 신개발 지구의 쇼핑센터는 신경이 쓰였다. 지지난 여름에 공사가 진행될 때 팀과 에티엔은 저녁마다 그곳에 가서 날이 어두워질 때까지 공사장 흙더미에서 골목대장 놀이를 했다. 그런 다음 목재를 훔치거나 굴착기와 불도저의 연료를 빼냈고, 심지어는 언덕 아래 코로디 늪의 새와 개구리들이 아주 시끄럽게 우는 때를 골라 창문을 부수기도 했다. 아이들은 신개발 지구를 별로 좋아하지 않았고 그곳을 '택지'라고 부르는 것도 그리 마음에 들어하지 않았다. 각각의 주택 부지는 모두 폭 십오 미터, 길이 삼십 미터에 불과해서 진정한 택지라 할 수 있는 주위의 옛날 금박金箔 시대[52]의 택지 크기에 대면 전혀 비교가 되지 않았다. 옛날 택지는, 꿈에서 귀신들이 침대를 에워싸듯, 높은 곳에 숨어 있지만 동시에 늘 그곳에서 구시가지를 에워싸고 있었다. 구택지의 대저택들은 맞배지붕을 숨김없이 그렇게 드러내지는 않더라도 그로버네 집처럼 저마다의 얼굴을 갖고 있었

---

52 미국 남북전쟁 후의 대호황 시대를 가리킨다.

다. 이를테면 값비싼 장식이 달린 신비스럽게 푹 파인 두 눈과 철로 된 가면, 꽃무늬 타일 모양으로 문신을 한 뺨, 쭉 늘어선 죽은 야자수 나무들로 치아를 대신한 커다란 내리닫이문을 지닌 저택들이 많아서, 그중 한곳을 들르면 다시 잠에 빠져드는 듯했고 몰래 가지고 나온 물건도 그렇게 실제 같지 않았다. 그래서 은신처를 채우기 위해 계속 가지고 있든, 아니면 피츠필드의 골동품가게와 같은 장물아비에게 팔든, 그런 물건은 꿈의 전리품이었다. 그러나 노섬벌랜드 택지의 작고, 덩굴의 키가 낮으며, 거의 똑같이 생긴 집들은 흥미를 끌거나 매혹적인 것이라고는 전혀 없어서, 갖고 있으면 경찰이 잡아갈 만큼 일상에서 벗어나 있거나 세상을 깜짝 놀라게 하는 진귀한 물건이 있을 가능성은 전혀 없었다. 신비스러운 생명이나 비현실적인 존재가 살 만한 약간의 예외나 확률도 없었다. 나무숲, 비밀통로, 지름길, 지하 배수로, 한가운데가 텅 빈 수풀도 없어서 그곳의 모든 게 훤히 다 드러나 있었고, 한눈에 다 보였다. 주택의 모퉁이를 돌아 택지의 뒤와 아래로, 거리의 안전하고 부드러운 커브길 아래로 가고 또 가도 아무것도 나오지 않았다. 생기 없는 흙 외에는 아무것도 없었다. 칼은 구택지의 아이들과 어울리는 그곳의 아이였다. 그의 임무는 지원세력을 모으고, 새로운 전향자들을 찾고, 건널목이나 상점과 같이 전략적으로 중요한 곳을 찾아 돌아다니는 일이었다. 다른 아이들이 별로 부러워하지 않는 일이었다.

"전화가 계속 걸려왔었어." 칼이 한주의 상황을 정리하고 나서 말했다. "짓궂은 장난전화였어." 그는 그것들 중 몇가지를 들려주었다.

"장난전화가 뭐가 재밌다는 거지?" 에티엔이 말했다. "누군가에게 전화를 걸고 그 사람의 이름을 부르는 건 장난이 아니잖아. 아무 의미가 없어."

"이런 게 아닐까, 칼?" 그로버가 궁금해하며 말했다. "뭔가를 의심하기 시작한 게 아닐까? 우리가 뭘 하려고 하는지 사람들이 낌새를 챈 것 같지 않니?"

칼이 웃었다. 그러자 그가 뭘 말하려는지 모두 짐작할 수 있었다. "아니, 안전해. 여전히 안전해."

"그렇다면 왜 전화를 거는 거지?" 그로버가 말했다. "A작전 때문이 아니라면 도대체 왜?"

칼은 어깨를 으쓱하면서 자리에 앉아 모든 것을 아는 것처럼, 즉 그들 중 누구도 짐작조차 하지 못하는 비밀을 모두 아는 것처럼 그들을 지켜봤다. 마치 다른 친구들이 알지 못하는 깊이 숨어 있는 지하실 같은 게 노섬벌랜드 택지에 있어서, 언젠가 그들이 좀더 기발하게 음모를 꾸미거나, 좀더 용감하게 부모에게 맞서거나, 좀더 영리하게 학교생활을 하거나, 어떤 방면에서 좀더 나아지게 되면 그에 대한 보상으로 말해주려는 듯했다. 그들은 아직 알지 못했지만 칼이 준비가 되면 힌트나 재미있는 이야기, 겉보기에 무심한 듯한 주제 바꾸기 등을 통해 알려줄지도 모를 일이었다.

"회의 끝." 그로버가 공표했다. "자, 은신처로 가볼까."

비는 흩날리는 이슬비로 수그러들었다. 넷은 나무를 타고 내려온 뒤 주택가 아래편에 있는 그로버네 집 앞마당에서 달려나가 비로 납작해진 건초 더미 사이의 들판을 질러갔다. 가는 길에 그들은 피에르라는 이름의 뚱뚱한 바셋 사냥개를 만났는데, 그 개는 햇살이 밝게 빛나는 날이면 주州 고속도로가 민지보로를 관통할 때 잠시 치커디 가街로 바뀌는 곳의 한가운데에서 잠을 자곤 했다. 그런데 비가 와서 기운이 솟았는지 피에르는 강아지처럼 요란하게 짖으면서 혀끝으로 빗방울을 받아먹으려는 듯한 동작을 하며 그들 주위를 뛰어다녔다.

아무도 보지 못한 사이에 해가 졌다. 그래서인지 오후는 더욱 황량했다. 구름이 아주 낮게 깔려 있어서 산이 전혀 보이지 않았다. 팀, 그로버, 에티엔, 칼, 그리고 피에르는 들판에서 그림자처럼 나불거리며 바퀴자국에 빗물이 잔뜩 고여 있는 비포장 길로 향했다. 그 길은 작은 산마루를 지나 이리외 왕의 숲으로 구불구불 나 있었다. 전해지는 이야기에 따르면, 숲의 이름은 유럽의 어느 왕위 요구자에게서 따왔다고 한다. 그는 1930년대 중반쯤 권력의 몰락을 피해 달아났는데 유럽과 거의 실재하지 않는 자신의 유령 같은 나라에 문제가 생겨 좌초했다가, 이 숲을 소유하기 위해 양동이에 가득 담을 만큼의 보석을 내주었다고 한다. 가지고 다니기가 거의 불가능했을 텐데 어떻게 보석이 양동이만큼이나 되었는지는 아무도 말해주지 않았다. 게다가 부인이 셋이나(넷이라고 하는 이도 있었다) 되었는데, 한번은 공식 결혼이고 나머지는 귀천貴賤 결혼이라고 했다. 그리고 기병대 장교를 거느리고 있었으니, 그 장교는 충성심이 하늘을 찌르는 보좌관으로 키가 이 미터가 넘고 긴 턱수염을 길렀으며, 박차를 단 장화, 금으로 된 견장을 착용하고 산탄총을 항상 지니고 다니면서 누가, 특히 아이들이 숲에 무단침입하면 가차없이 쏜다고 했다. 그 땅에 유령처럼 출몰하는 이가 있다면 바로 그였다. 그는 자신이 모시는 왕이 오래전에 떠난 뒤에도 그곳에서 계속 살았다. 적어도 사람들은 모두 그렇게 믿고 있었다. 하지만 그를 직접 본 사람은 아무도 없었다. 숲에 잘못 들어가기라도 하면 육중한 장화를 신고 낙엽을 헤치며 굵은 나무와 가시덤불 사이로 무섭게 뒤쫓아오는 소리만 들을 뿐으로, 그러면 겁에 질려 어김없이 꽁무니를 내빼곤 했다. 아이들이 느끼기에 부모들은 그 왕의 유배와 관련해 뭔가 알고 있으면서도 숨기는 것 같았다. 내리는 어둠, 승인, 전체 출격, 그리고 대규모 전쟁—이 모든 것들을 이름과 날짜까지는 알지 못하지만 부모들의 대화, 텔레비전 다큐멘터리, 우연찮게 듣게 된 사회수업, 전투하는 해병을 다룬 만화에서 단편적으로 알게 되었다. 그 가운데 어떤 것도 그리 명확하거나 구체적이지는 않았다. 모든 게 불분명했고 영원토록 밝혀지지 않을 일종의 암호로 되어 있었다. 아이들에게 이리외 왕의 택지는 그게 무엇이든 과거에 일어난 격변과 연결되는 유일한 실제적 고리였고, 그곳을 지키는 관리인 겸 추적자가 군인 출신일수록 그것은 더욱 그럴싸해 보였다.

그러나 그는 비밀결사회를 전혀 괴롭히지 않았다. 몇해 전 그가 결코 그럴 생각이 없다는 게 분명해졌다. 그때 이후로 그들은 숲의 구석구석을 모두 돌아다녔으며 어디에서도 그의 뚜렷한 흔적을 보지 못했다. 다만 모호한 흔적들은 여럿 보았는데, 그 사실이 그의 존재를 입증한다 하더라도, 그들이 완벽한 은신처를 찾은 것만은 분명했다. 진짜건 가짜건, 거인 기마병은 그들의 보호자가 되었다.

길은 쭉 늘어선 소나무 사이로 나 있었고, 높은 나뭇가지에서 자고새가 휙 소리를 내며 날았다. 빗방울이 뚝뚝 떨어졌다. 신발은 진흙탕에 빠져 철벅철벅 소리를 냈다. 소나무 숲을 지나자, 한때는 바다의 긴 파도 허리처럼 부드러운 잔디밭이었으나 지금은 잡초, 토끼 구멍, 키 큰 호밀이 가득한 탁 트인 들판이 나왔다. 팀의 아빠가 말하길, 몇년 전만 해도 곧게 뻗은 이 길에 마차가 들어서기만 하면 공작새들이 비탈길 아래로 뛰어와 커다란 잔디밭을 가로지르며 눈부신 꼬리를 펼쳐 보였다고 한다. "오, 정말요." 팀이 말했다. "텔레비전 프로그램이 컬러로 나오기 직전의 모습 같아요. 우린 언제 컬러텔레비전 사요, 아빠?"

"흑백으로 충분해." 그의 아버지는 그게 그거라며 늘 그렇게 말했다. 한번은 팀이 칼에게 집에 컬러텔레비전이 있는지 물어보았다. "꼭 있어야 돼?" 칼이 말했다. 그러고는 거의 이어서 "아, 그럼, 있지"라고 했다. 그리고 깔깔거리며 웃어댔다. 전문 익살꾼인 에티엔뿐 아니라 팀 역시 듣는 사람이 그다음 대사를 미리 짐작하고 있는 때를 잘 알았다. 그래서 그는 다른 어떤 말도 하지 않았다. 그는 칼이 왜 그리 심하게 웃었는지 궁금했다. 그렇게 웃기지도 않고 나름대로 논리가 있는 질문이었다. 그는 칼이 '유색'일 뿐 아니라, 모든 색깔과 좀더 깊이 엮여 있기도 하다고 생각했다. 칼에 대해 생각할 때면 팀은 늘 그를 지난달 초가을의 시뻘건색과 황토색을 배경으로 해서만 바라보았다. 그때 칼은 민지보로에 막 왔고 그들은 친구가 되었다. 팀은 칼이 영원한 버크셔의 가을, 경이로운 색깔의 세계를 어떻게든 늘 지니고 다녀야 한다고 생각했다. 심지어 오늘 오후와 그들이 들어선 이 지역의 칙칙함 속에서도(이곳의 일부는 과거에 속해 있어서 그만큼 빛을 잃어버린 것 같았다), 칼은 일종의 조명, 빛남, 그것이 무엇이든 잃어버린 빛을 보상해주는 역할을 했다.

그들은 길에서 벗어난 뒤 진달래 덤불 속을 통과해 장식에 불과한 운하의 둑까지 뛰어갔다. 운하는 지난 세기 말에 조성된 수로와 섬 씨스템의 일부로서, 이곳의 최초 설립자인 뉴욕의 캔디왕 엘즈워스 배피가 축소형 혹은 장난감 베네찌아를 만들 계획으로 형성한 것이었다. 이 내륙의 작은 언덕배기에 성을 건설했던 많은 사람들처럼 그는 제이 굴드와 그의 동업자인 버크셔의 쾌활한 장사꾼 주빌리 짐 피스크와 동시대인이었다. 한번은 한해 가운데 바로 이 무렵 배피가 대통령 후보인 제임스 G. 블레인에게 경의를 표하기 위해 가면무도회를 개최했는데, 막상 블레인은 폭풍과 꼬인 열차 일정 때문에 참석할 수 없게 되었다. 아무도 그가 오지 못하게 된 것을 아쉬워하지 않았다. 버크셔 카운티의 돈 많은 부자들은 솜사탕으로 치장한 배피의 넓은 장원 저택에 모두 모였다. 파티는 사흘 동안 계속되었고, 주위의 전원 지역은 달빛 아래서 창백해진 얼굴로 술에 취해 돌아다니는 삐에로들, 지역의 싸구려 밀주 술병을 든 흉하게 생긴 보르네오 원숭이, 비단 망또와 빨간 코르셋과 긴 스타킹 차림에 입술이 체리색으로 빛나는 뉴욕에서 돈 주고 사온 관능적인 여배우들, 디킨스 소설의 등장인물들, 페이즐리 천으로 만든 황소, 목에 꽃다발을 걸고 있는 곰, 화환을 두르고 있는 '자유기

업, 진보, 계몽'이라는 이름의 우의寓意적인 소녀들, 대통령 후보한 테 다리를 뻗어볼 기회조차 갖지 못한 메인 주의 거대한 바닷가재로 들썩거렸다. 파티가 열리는 내내 눈이 왔다. 마지막날 아침에는 여자 어릿광대로 분장한 예쁘게 생긴 발레 소녀가 채석장에서 거의 죽기 직전에 발견되었다. 한쪽 발의 발가락이 너무 심하게 얼어 절단하지 않으면 안되었다. 그 소녀는 다시는 춤추지 못했고, 그해 11월에 블레인은 선거에서 져 영원히 잊혔다. 배피가 죽자 그의 택지는 은퇴한 캔자스 출신의 은행강도에게 팔렸다가 1932년에 그곳을 개발할 형편이 되지 않는 호텔 체인점에 턱없이 싼 가격으로 다시 팔렸고, 마지막에는 무용지물이나 마찬가지여서 세금을 내느니 양동이에 가득 든 이리의 왕의 보석이 더 낫다는 결정에까지 이르게 되었다. 그리고 지금은 왕 역시 세상을 떠났기에 그 택지는 비밀 결사회와 아직 살아 있을지도 모르는 한 기병대 장교를 빼고는 다시 텅 비게 되었다.

그들은 갈대밭 속에 숨겨져 있는 바닥이 납작한 보트를 발견하여 구멍난 부분에 천조각을 대어 수선한 후 'S. S. 리크호'라는 이름을 붙였었다. 그들은 우르르 올라탔고, 팀과 에티엔이 노를 저었다. 피에르는 뱃머리 부분에 이물 장식처럼 앞발을 올리고 앉았다. 개구리 한마리가 강 아래로 뛰어내렸고, 빗방울이 어두운 물 표면에 점점이 떨어졌다. 그들은 엉터리 베네찌아풍 다리 밑을 철벅철벅 저어갔다. 다리의 어떤 부분은 널빤지가 없어서, 올려다보면 그곳을 통해 회색 하늘이 보였다. 그들은 썩어서 녹색 점액이 생겼으며 타르를 칠하지 않은 그런 말뚝이 있는 작은 선착장과 방충망이 속까지 녹슬었고 가벼운 미풍에도 흔들리는 열려 있는 여름별장을 지났고, 그리고 풍요의 뿔, 석궁, 현실에는 없는 팬파이프와 현악기들, 석류, 둥글게 만 두루마리를 들고 있으며 곧게 뻗은 콧날을 하고 무화과 잎사귀를 두른 청춘남녀의 오래된 조각상들을 지났다. 곧이어 잎사귀가 다 떨어진 버드나무 위로 대저택이 모습을 드러냈고, 그들이 다가갈수록 점점 더 커졌다. 노를 한번 저을 때마다 망루, 총안銃眼, 아치형 석조 버팀벽들이 점점 더 가까이 보였다. 저택의 외관은 아주 형편없었다. 지붕널이 여럿 빠져 있고, 칠이 벗겨져 있었으며, 깨진 지붕 슬레이트들이 수북이 쌓여 있었다. 창문은 지난 몇년 동안 기병대 장교와 그의 산탄총에 갑절의 대담함으로 맞서 싸운 과민한 아이들의 공격으로 대부분 부서져 있었다. 그리고 온 사방에서 팔십년은 된 오래된 나무 냄새가 났다.

그들은 배를 산책로의 쇠고리에 묶고 뭍에 오른 뒤 대저택의 옆문으로 돌아서 갔다. 매번 은신처를 찾아갈 때마다 집 안으로 들어가기 위해서 무단침입 이상의 의식을 치르는 듯한 느낌이 들었다. 바깥에서 안으로 들어가는 데는 그만큼의 노력이 필요했다. 집은 침입에 저항하는 압력과 냄새로 가득 차 있었고, 그들이 밖으로 다시 나올 때까지 계속해서 그들의 의식 속에 남아 있었다. 그들 중 어느 누구도 그 압력과 냄새에 이름을 붙여서 부르지 않았지만, 그것이 거기에 존재한다는 사실을 알고 있었다. 의식儀式의 일부처럼 그들은 자신들을 기다리는 해 질 녘 땅거미로 나가기에 앞서 쑥스러운 표정으로 서로를 바라보며 씩 웃곤 했다.

그들은 들어온 방의 가장자리를 지나갔다. 먼지가 굵은 석순처럼 윗면에 수북이 쌓인 납유리로 된 샹들리에가 천장 한가운데에 걸려 있었는데, 그 밑을 걸어갔다간 어떤 일이 벌어질지 뻔했다. 집은 그런 암묵적인 경고로 가득했다. 예를 들어 바깥으로 떨어지게 될 수도 있는 막다른 곳, 주변에 붙잡을 게 아무것도 없는 지하감옥이나 완전한 어둠속으로 갑자기 훅 하고 떨어지게 될지도 모르는 휘어진 마루, 조심하지 않으면 열렸다가 소리 없이 닫히게 되는 문 같은 것들이 여기저기에 있었다. 이런 곳들과는 멀리 떨어져 있을수록 좋았다. 이처럼 은신처로 가는 통로는 암초와 위험이 도사린 항구로 가는 길과 비슷했다. 안으로 들어온 사람이 네명보다 더 많았더라면 아무 위험도 없었을 것이다. 그러면 아이들끼리 떼를 지어 오래된 집 이곳저곳을 뛰어다녔을 것이다. 반면에 넷보다 더 적었더라면 첫번째 방에서 한걸음도 더 나아가지 못했을 것이다.

삐걱거리거나 쿵쿵 울리거나 축축한 얼룩 속에 선명한 운동화 자국을 남기던 비밀결사회의 발걸음은 그들을 이리외 왕의 저택 안으로 이끌고 갔다. 길목에 서 있는 커다란 전신거울이 입장료의 일부라도 받으려는 듯 그들의 어둡고 희미한 모습을 거울에 담았다 다시 비춰주었다. 그들의 발걸음은, 털이 바랜 낡은 벨벳 커튼이 학교의 지리수업 때도 배운 적이 없는 바다와 땅 덩어리를 그린 지도처럼 걸려 있는 출입문과 몇십년은 된 막시 탄산수 상자가 있는 부엌방을 지나갔다. 탄산수 상자에는 아직 아홉병이 남아 있었는데, 예전에 한병은 킴 듀페이가 'S. S. 리크호'의 명명식 때 기념으로 뱃머리에 부딪쳐 깼고, 다른 두병은 작년의 성공적인 스파르타쿠스 기동훈련과 최근에 있었던 칼 배링턴 회원의 입회를 엄숙하게 축하하기 위해 마셨다. 그들은 지하로 내려가 늘어서 있는 텅 빈 포도주 선반들 사이를 지나 비어 있는 다용도실로 들어갔다. 그곳은 작업대가 텅 비어 있고 죽은 전기 콘센트들이 다리 없는 거미처럼 어둠속에 거꾸로 매달려 있었다. 그리고 마침내 그들은 이 집의 가장 은밀한 중심부인 구식 석탄난로 뒤편에 있는 방에 도달했다. 이 방을 처음 발견해 청소한 후 에티엔은 이곳에서 매주 부비트랩을 만들며 시간을 보냈다. 그들은 이곳에 모여 일정표를 짜곤 했다. 이곳에서 그들은 이십 리터들이 깡통 안의 등유 밑에다 나트륨을 보관했다. 그리고 텅 빈 채 버려져 있는 롤탑 데스크를 발견하고 그 위에 목표 지점이 표시된 지도를 그렸다. 그리고 공공의 적 목록을 작성했는데 그로버 외에는 아무도 그것에 접근할 수 없었다.

오후는 점점 더 어두워져갔고, 비는 내리다가 돌풍과 함께 가끔 폭우를 퍼붓더니 가랑비로 잦아들었다. 그러는 동안 비밀결사회는 집 깊숙한 곳에 있는 물기 없는 차가운 방에서 음모를 꾸몄다. 그들의 음모는 삼년 전부터 추진해오던 것이었다. 팀은 몸이 아프고 열이 있을 때 꾸는 꿈이 종종 떠오르곤 했다. 꿈에서는 누군가의 지시를 따라야 하는 경우가 있었는데, 가령 수많은 얼굴과 정보가 가득한 끝없는 낯선 도시에서 중요한 누군가를 찾아야 한다든가, 각 단계가 다시 열두개의 새로운 문제들로 이어지는 끝날 줄 모르는 길고 복잡한 산수문제를 풀어야 하는 일이 그런 경우였다. 바뀌는 것은 하나도 없는 것 같았다. 새로운 목표물에 대해 생각할 필요성을 만들어내지 못하면 그 어떤 '목표물'도 받아들여지지 않았다. 그래서 오래된 목표물들은 이내 잊혀 자동적으로 어른들의 손이나 혹은 아무도 모르는 공적인 세계로 다시 사라졌다. 그리고 처음 시작했던 곳으로 다시 돌아와야만 했다. (대표적인 예로) 작년에 에티엔이 개울물을 못 쓰게 만들어 거의 일주일 동안 제지공장의 가동을 정지시켰지만 무슨 소용이 있었는가? 그 음모 자체에 기본적으로 잘못이 있거나 문제를 더 키울 수 있는 뭔가가 있기라도 한 것처럼, 다른 일들이 계속 진행되었다. 호건 슬로스롭은 같은 날 저녁에 열릴 육성회에서 미리 설치해놓은 연막탄을 터뜨려 사람들을 바깥으로 내쫓고 그사이 모든 의사록과 재정기록을 갖고 도망치기로 되어 있었는데, 갑작스러운 전화를 받고 다른 알코올중독자갱생회 회원을 면담하게 되었다. 그 회원이란 자는 곤경에 빠져 두려워지자 지역 지부에 전화를 걸어온 낯선 이였다.

"그는 뭘 두려워하는 거지?" 팀이 궁금해했다.

개학하고 얼마 지나지 않은 일년 전 초가을이었다. 호건은 저녁을 먹자마자 팀의 집으로 갔다. 해는 졌지만 하늘이 아직 환해서, 둘은 뒷마당에서 농구를 하며 놀았다. 아니, 팀 혼자서만 그러고 놀았는데, 호건은 계속해서 책임문제를 놓고 마음의 갈등을 빚는 중이었다.

"그 사람은 자신이 또 술을 마실까봐 두려운 거야." 호건이 팀의 질문에 답했다. "난 이걸 가지고 다녀." 그는 우유갑을 들어 보이며 말했다. "그도 술을 마시고 싶을 때면 이걸 대신 마시면 좋을 텐데."

"맙소사." 우유를 별로 대단치 않게 생각하던 팀이 말했다.

"내 말 들어봐." 호건이 말했다. "아무리 나이를 먹어도 우유는 꼭 필요해. 네가 우유를 잘 몰라서 그러는 거야. 우유가 얼마나 대단한데."

"차라리 맥주 얘기나 들려줘." 팀이 말했다. 그는 요즘 들어 술에 취하면 어떨지 무척 궁금했다.

호건이 발끈했다. "놀리지 마." 그가 말했다. "중독되었을 때 난 용케 그것을 극복해냈어. 아빠도 그렇게 말했어. 그런데 내가 직접 가서 면담해야 하는 사람 있잖아. 서른일곱살이래. 그 아저씨에 비하면 내가 훨씬 더 출발이 좋아."

"너 오늘밤에 연막탄 설치하기로 되어 있잖아." 팀이 말했다.

"그러니까 내 말은, 팀, 나 대신 좀 해줘. 그러면 안될까?"

"나는 그로비하고 나트륨 수류탄을 던지기로 돼 있어." 팀이 말했다. "기억하지? 모든 일은 동시에 이루어져야 한다고."

"좋아, 그럼 그로비한테 난 못하겠다고 전해줘." 호건이 말했다. "미안해, 팀. 정말 할 수 없게 되어서 그래." 바로 그때—생각했던 대로—그로버가 나타났다. 그들은 그로버에게 최대한 부드럽게 설명했다. 하지만 여느 때처럼 설명으로는 충분치 않았다. 그로버는 극도로 흥분해서 온갖 생각나는 욕을 둘에게 다 퍼부었고, 수상 쩍어하며 아주 천천히 산 아래로 내려가 그들이 알아차리지 못할 어둠속으로 성큼성큼 걸어갔다.

"나트륨 수류탄 투척은 없을 것 같은데." 얼마 후 호건이 용기를 내어 말했다. "그렇지, 팀?"

"그래." 팀이 말했다. 늘 그런 식이었다. 일은 결코 예정된 방식대로 진행되는 법이 없었다. 아무 진척이 없었다. 그날 에티엔은 웃긴다는 것 말고는 다른 이유 없이 잠수부 놀이를 했다. 제지공장은 다시 가동될 것이고, 사람들은 다시 일하러 갈 것이며, 그로버가 결코 털어놓지 않은 어떤 음험한 이유로 인해 그가 필요로 하고 기대하던 불안정과 불만은 사라질 것이다. 그러면 모든 것은 이전대로 돌아갈 것이다.

"응, 제발, 팀." 호건이 사람들의 기분을 돋울 때 쓰는 요기베어[53] 목소리로 말했다. "응, 나랑 자전거 타고 호텔로 가서, 응, 그 아저씨 면담하는 것 좀 도와주지 않을래?"

"호텔에 있대?" 팀이 물었다. 호건이 그렇다고 대답했다. 그러면서 그 남자가 이제 막 치료를 받기 시작했으며, 그 누구도 가길 꺼리는 어떤 이유 때문에 어려움을 겪고 있다고 했다. 알코올중독자 갱생회 본부 사무실의 비서로 일하는 낸시는 마지막 수단으로 호건에게 전화를 걸었다. 그가 가겠다고 하자 여비서는 사무실에 함께 있는 누군가에게 "가겠대요"라고 했고, 호건은 두 사람이 웃는 소리를 들었다.

팀은 자전거에 올라타면서 집 안쪽을 향해 큰 소리로 다녀오겠다고 했다. 둘은 어두워가는 저녁 공기를 가르며 언덕 아래로 페달을 밟으며 시내로 달려갔다. 좋은 가을 날씨였다. 두 계절의 경계에 놓인 때여서 나무들이 서둘러 색깔을 바꾸기 시작했고, 곤충들은 날이 갈수록 더 크게 울었다. 등굣길 아침 북서풍이 불 때 높은

---

53 요기베어(Yogi Bear): TV 애니메이션 씨리즈 「허클베리 하운드」(1958) 「요기베어」(1961) 등에 등장했던 캐릭터.

산들을 보면 몇마리의 매가 산마루를 따라 외롭게 남쪽으로 날아가는 모습이 보였다. 팀은 하루하루가 무의미하기는 했지만, 이곳에서 유일하게 잡히는 채널에서 방송하는 1940년대 로맨틱 코미디 같은 형편없는 영화는 말할 것도 없고, 산수숙제 두 페이지와 미리 읽어가야 하는 과학책 한 챕터를 뒤로 제쳐놓은 채, 무리 지어 있는 노란 불빛을 향해 질주하는 느낌이 아주 좋았다. 팀과 호건은 초저녁의 쌀쌀한 날씨에도 불구하고 현관문과 창문을 아직 열어놓은 집들을 지나가면서, 방충망에서 새어나오는 화면의 파란 형광빛을 통해 모두 똑같은 영화에 채널이 맞춰져 있다는 것을 한눈에 알 수 있었고, 몇마디의 대화까지도 들을 수 있었다. "……우리끼리 하는 얘긴데, 당신 완전히……" "……내 말은, 고향에서 알았던 아가씨였다고……" "……(철썩, 우스꽝스러운 고함소리) 오, 미안합니다. 쪽발이 침입자인 줄 알았습니다……" "어떻게 내가 쪽발이 침입자일 수 있단 말이오, 우리가 오천……" "기다릴 거예요, 빌, 당신을 끝까지 기다릴 거예요……" 그러고는 계속해서 페달을 밟아, 덩치 큰 아이들이 오래된 라프랑스 소방차 주위에 앉아 농담을 하며 담배를 피우고 있는 소방서와 팀과 호건 모두 밤이어서 들르고 싶지 않은 과자가게를 지나갔다. 그러다가 갑자기 주차요금 징수기와 사각 주차블록이 나타나서, 그들은 브레이크를 밟고 차량에 주의해야 했다. 이윽고 호텔에 도착할 즈음에는 완전한 밤이 되어서, 냄비를 덮고 있는 뚜껑처럼 어둠이 민지보로를 덮었고, 상점들은 벌써 문을 닫기 시작했다.

그들은 자전거를 주차하고 로비로 들어갔다. 이제 막 나온 야간

근무자가 미심쩍은 눈초리로 그들을 훑어봤다. "알코올중독자갱생회에서 왔니?" 그가 물었다. "설마."

"진짜예요." 호건이 우유갑을 보여주며 말했다. "전화해봐요. 217호, 매카피 씨예요." 텅 빈 밤거리를 바라보던 직원은 객실에 전화를 걸어 매카피와 통화했다. 수화기를 놓으며 그는 우습다는 표정을 지었다.

"이런, 검둥이가 있는 것 같은데." 그가 말했다.

"올라가도 돼요?" 호건이 물었다.

직원이 어깨를 으쓱했다. "너를 기다리고 있대. 만약에 어떤─무슨 말인지 알지─문제가 생기면, 그 방의 전화선을 빼버려. 그럼 여기서 윙 하고 버저가 울릴 거야."

"알았어요." 호건이 말했다. 그들은 텅 빈 로비를 가로지른 뒤 서로 마주 보고 있는 안락의자 사이를 지나 엘리베이터를 탔다. 매카피의 방은 이층에 있었다. 팀과 호건은 엘리베이터를 타고 올라가면서 아무 말 없이 서로를 바라보았다. 방문을 두드리자 잠시 후 문이 열렸다. 그 남자는 그들보다 더 크지 않았다. 그는 콧수염을 조금 기른 검둥이로 회색 카디건을 입고 담배를 피우고 있었다.

"난 직원이 농담하는 줄 알았는데." 매카피가 말했다. "정말 알코올중독자갱생회에서 왔니?"

"얘는 진짜예요." 팀이 말했다.

그때 매카피가 갑자기 뭔가가 생각난 사람 같은 표정을 지었다. "오." 그가 말했다. "이거, 정말 재밌네. 이곳도 미시시피만큼 웃기는군. 좋아, 이제 할 일 다 한 거지? 그만 가도 돼."

"도움이 필요하신 줄 알았는데요." 호건이 의아스럽다는 표정을 지으며 말했다.

매카피가 옆으로 비켜섰다. "네 말이 맞아. 그래. 정말 들어오고 싶어?" 그는 아무래도 상관없는 듯 보였다. 그들은 방으로 들어갔다. 호건은 우유갑을 구석의 작은 책상 위에 올려놓았다. 그들 둘 다 호텔방에 가서 유색인과 얘기하기는 이번이 처음이었다.

매카피는 베이스 기타 연주자인데, 지금은 악기를 갖고 있지 않았다. 뮤직 페스티벌이 있었던 레녹스에 갔었으나, 어떻게 이곳에 오게 되었는지 전혀 기억하지 못했다.

"종종 그래." 그가 말했다. "이렇게 전혀 기억나지 않을 때가 있어. 분명히 어느 순간 레녹스에 있었어. 그다음에 알게 된 건 내가—뭐라고 부른다고 했지?—민지보로에 있다는 거야. 너희들도 그런 적 있니?"

"아뇨." 호건이 말했다. "저에게 가장 안 좋았던 일은 몸이 아팠던 거예요."

"지금은 끊었구나, 술을."

"영원히 끊었어요." 호건이 말했다. "지금은 우유만 마셔요."

"아이고, 그러다 우유 배달부 되겠네." 매카피가 힘없이 웃어 보이며 말했다.

"제가 정확히 뭘 하면 되죠?" 호건이 말했다.

"오, 그냥 말만 하면 돼." 매카피가 말했다. "아니면 내가 말할게. 잠이 올 때까지 말이야. 아니면 다른 사람—질—이 여기에 올 수도 있어. 무슨 말인지 알겠지?"

"부인인가요?" 팀이 말했다.

"잭하고 언덕을 올라갔던 여자." 매카피가 말했다. 그러고는 슬쩍 웃었다. "진짜야, 농담 아니야. 실제로 그런 일이 있었어."

"그 일에 대해 얘기하고 싶나요?" 호건이 말했다.

"아니. 싫어."

그래서 그 대신 팀과 호건은 그들의 학교, 동네, 부모의 직업 같은 것에 대해 얘기했다. 그리고 얼마 지나지 않아 그가 그들을 믿는다는 것을 알게 되어 좀더 은밀한 것들—에티엔이 제지공장을 망쳐놓은 일과 은신처, 나트륨 저장—에 대해서도 얘기하기 시작했다.

"그래." 매카피가 큰 소리로 말했다. "나트륨이라면 나도 기억나는 일이 있지. 한번은 변기통에 그걸 던진 적이 있어. 먼저 손잡이를 당겨 물을 내린 다음 나트륨을 그 안에다 떨어뜨렸지. 그랬더니 그것이 아래로 내려간 물에 닿자마자 '쾅!' 하는 거야. 내가 살았던 텍사스 주 보몬트에서 있었던 일이야. 학교 교장이 정색을 하고 교실로 들어와 부서진 변기통 조각을 이렇게 손에 들고, '신사 여러분, 이 잔악무도한 일에 책임이 있는 사람은 누구죠?' 하고 말하는 게 아니겠어?"

호건과 팀은 키득거리며 에티엔이 새총을 들고 나무에 앉아서 작은 완두콩 크기의 나트륨 총알을 칵테일 파티가 열리고 있던 어느 주택가 단지의 수영장을 향해 쏘았는데 처음 몇발이 터지자마자 사람들이 뿔뿔이 흩어지더라는 얘기를 했다.

"같이 어울리는 사람들이 잘사는가봐." 매카피가 말했다. "주택가 단지나 이런저런 것들을 들어보니."

"우린 아니에요." 팀이 말했다. "우린 그냥 밤에 몰래 들어가 수영장에서 수영만 해요. 러브레이스 택지의 수영장이 최고로 좋아요. 거기 가볼래요? 아주 따뜻해요."

"맞아요." 호건이 말했다. "지금 가도 돼요. 어서요."

"그런데 있잖아." 매카피가 말했다. 왠지 난처해하는 것 같았다.

"왜 안되는데요?" 호건이 물었다.

"자, 너희들도 왜 안되는지 이제 알 나이가 충분히 되었을 거야." 매카피가 말을 하며 조금씩 화를 내기 시작했다. 그는 그들의 얼굴을 보고 머리를 좌우로 흔들며 좀더 화난 표정으로 말했다. "난 잡힌 적이 있어. 그래서 안돼, 얘들아. 그게 다야."

"우린 누구도 잡혀본 적이 없어요." 호건이 그를 안심시키기 위해 말했다.

매카피는 침대에 누워 천장을 바라보았다. "피부색이 옳으면, 절대 붙잡히지 않지." 조용히 말했지만 그들의 귀에는 다 들렸다.

"아저씨는 우리보다 피부 색깔이 더 좋아요." 팀이 말했다. "밤에 도망칠 때 말이에요. 게다가 덩치도 크고 빠르잖아요. 매카피 아저씨, 우리가 할 수 있다면 아저씨도 할 수 있어요. 진짜라고요."

매카피가 그들을 쳐다보았다. 피우던 담배꽁초로 새 담배에 불을 붙이면서도 두 아이에게서 눈을 떼지 않았다. 그는 자신의 생각을 말하기가 어려웠다. "나중에 해볼게." 그는 피우던 담배를 비벼 끄고 나서 말했다. "내가 왜 예민한지 말해줄게. 수영장 물 때문이야. 어떤 종류든 알코올이 조금만 들어가면 묘한 기분이 들어. 그래본 적 있니, 호건?" 호건은 머리를 힘차게 저었다. "난 그런 적이 한 번 있어. 군대에 있었을 때야."

"2차 세계대전 때 군대에 있었나요?" 팀이 물었다. "일본 병사들하고 싸웠나요?"

"아니, 그럴 기회를 놓쳤어." 매카피가 말했다. "너무 어렸거든."

"우리도 놓쳤어요." 호건이 말했다.

"그래도 완전히 놓치진 않았어. 한국전쟁 때 군대에 있었거든. 전쟁기간 내내 본토에만 있었지만 말이야. 난 캘리포니아 주의 오드 요새에서 밴드—육군 군악대를 말하는 거야—를 했어. 몬터레이 주변의 언덕에는 어디를 가나 작은 술집이 있어서 누구든 원하면 그냥 들어가 연주를 할 수 있었어. 그때 많은 클럽 친구들이 LA 주변에서 연주를 하다가 징집되어 오드 요새에 배치되었지. 대부분 스튜디오 밴드 출신인데, 그 덕에 나는 아주 실력있는 친구들과 자주 어울릴 수 있었단다. 어느날 밤 우리 중 네명이 도로변 술집에서 연주를 했는데 꽤 잘했어. 모두들 포도주에 꽤 취해 있었지. 그곳을 뭐라고 부르더라, 아무튼 짐작하겠지만 그곳 계곡에서 만든 포도주가 꽤 많았거든. 계속해서 포도주를 마시며 오, 그래, 블루스인가 뭔가를 연주하고 있었는데 그때 어떤 부인이 들어왔어. 백인 부인이었지. 수영장에 앉아 칵테일 파티장의 칵테일을 마시는 그런 부인 말이야. 무슨 말인지 알겠지. 아주 통통했어. 심하게 뚱뚱한 건 아니고 통통하게 살이 찐 여자였어. 그 부인이 우리더러 자기네 파티에 와서 연주해달라고 하지 뭐야. 그때가 화요일인가 수요일인가 그랬어. 어떻게 하면 주중에 파티를 하면서 재미나게 놀 수 있는지 궁금했는데, 그 여자가 그러대. 주말부터 쉬지 않고 계속해서 파티를 하고 있다고. 그래서 가보니까 전혀 거짓말이 아니었어. 함성과 난리치는 소리가 몇 마일 밖에서부터 들리더라니까. 바리톤 쌕소폰을 부는 이딸리아 출신의 셸던 뭐시기라는 애가 현관문에 채 들어서지도 않았는데 두어명의 어린 영계들이 그 친구를 덮치더니 그에게 뭐라고 말을 하더라고—그런데 그건 아무것도 아니야—아무튼 우린 정신을 차리고 들어갔어. 그러자 불을 끄기 위한 소화 양동이처럼 술이 계속해서 나오고, 사람들은 그걸 계속해서 건네더라고. 그게 무슨 술이었는지 알아? 샴페인, 고급 샴페인이었어. 우리는 밤새도록 마셨지. 해가 뜰 무렵 모든 사람들이 취해서 완전히 뻗어버렸어. 그래서 우리도 연주를 그만두고 드럼 옆에 누워 잠을 잤지. 그다음으로 내가 기억하는 건 젊은 아가씨의 목소리였어. 웃고 있더라고. 태양이 눈부셔서 일어나니 아침 아홉신가 열시밖에 안되었어. 기분이 엉망이어야 하는데 아주 좋더라고. 그래서 이런 작은 테라스 위를 계속 걸었어. 날이 쌀쌀하고, 바깥에 안개가 끼었는데, 안개가 저 아래 땅까지는 아니고 나무 꼭대기 부분을 가리고 있었어. 몸통이 아주 곧게 뻗은 게 소나무였던가 그래. 그렇게 하얀 안개가 끼었고, 언덕 아래로는 바다가 보였어. 태평양이었지. 심지어 안개에 감싸인 오드 요새 뒤로 '쾅, 쾅' 하고 포병대 훈련하는 소리가 해안에서 들려왔어. 그 정도로 조용했어. 나는 깔깔거리며 웃던 젊은 여자애가 궁금해 수영장 옆을 계속 걸었어. 그때 갑자기 아까 말한 그 셸던이란 친구가 모퉁이를 돌아 내달리기 시작했고 그 뒤를 그 여자애가 쫓아왔어. 그러다가 셸던은 나와 세게 부딪쳤고, 여자애는 제때 멈추지를 못해서 우리 셋은 옷을 입은 채 모두 수영장에 빠지고 말았어. 결국 난 수영장 물을 좀 마실 수밖에 없었는데, 어떻게 됐는지 알아? 다시 기분이 좋아지더라고. 샴페인이란 샴페인은 모두 마시던 밤중처럼 말이야. 어때, 마음에 들어?"

"끝내주는데요." 호건이 말했다. "알코올 부분만 빼고요."

"그래, 끝내줬지." 매카피가 말했다. "내가 기억하는 아침 중 유일하게 기분 좋은 아침이었어." 그는 얼마 동안 아무 말도 하지 않았다. 그때 전화벨이 울렸다. 팀을 찾는 전화였다.

"이봐." 수화기 저쪽 편에서 그로버가 말했다. "우리가 그쪽으로 가도 돼? 에티엔이 오늘밤 숨을 데가 필요해서 그래." 팀은 얼마 전 에티엔이 제지공장을 공격했던 일을 잠깐 생각했다. 팀은 에티엔이 뭔가 심각한 일을 저질렀으며, 경찰이 만약 그를 붙잡기라도 한다면 그가 한 다른 일들까지 알게 되어 전혀 봐주지 않을 거란 생각이 퍼뜩 들었다. 경찰은 그로버의 집을 제일 먼저 수색하려 할 것이다. 그러므로 수사망을 피하려면 호텔 같은 곳에 있는 게 상책이다. 팀은 매카피에게 그래도 되는지 물어보았다. 매카피는 괜찮다고 하면서도 내키지 않는 눈치였다.

"걱정하지 마세요." 호건이 말했다. "에티엔이 겁먹어서 그래요. 아저씨처럼 말이에요."

"넌 겁먹은 적 없니?" 매카피가 묘한 말투로 물었다.

"알코올에 대해 겁먹은 적은 없어요." 호건이 말했다. "그렇게 악화되지는 않았던 것 같아요."

"그래, 넌 모르고 지나간 거구나. 알겠어." 그는 여전히 침대에 누워 있었는데, 얼굴이 베개와 대비되어 더욱 검게 보였다. 팀은 매카피가 계속 심하게 땀 흘리고 있다는 것을 알았다. 땀이 목 양옆으로 흘러 베갯잇으로 스며들고 있었다. 그는 아파 보였다.

"뭐라도 좀 드릴까요?" 팀이 약간 걱정이 되어 물어보았다. 아무 대답이 없어 다시 물어보았다.

"술 한잔이면 돼." 매카피는 다 들으라는 듯이 혼잣말을 했다. 그러고는 호건을 쳐다보았다. "몸을 좀 풀게 네 친구에게 술을 가져오라고 하면 안될까? 지금 정말 필요하거든."

"안돼요." 호건이 말했다. "중요한 시점이에요. 그것 때문에 제가 여기에 있는 거고요."

"그것 때문에 여기에 있다고 생각해? 틀렸어." 그는 배나 어디가 아픈 사람처럼 천천히 일어나 전화기를 들었다. "짐빔 한병 올려보내줘요, 750밀리리터짜리로. 그리고―" 그는 방 안에 있는 사람 수를 조심스럽게 세고서 말했다. "술잔 셋하고요. 아, 그래요. 알았어요, 잔은 하나요. 아, 여기에 잔이 하나 있군요." 그는 수화기를 내려놓았다. "작은 것도 놓치면 안되지." 그가 말했다. "매사추세츠 민지보로 사람들은 아주 빈틈이 없는걸."

"아저씨, 그럼 도대체 무엇 때문에 우리한테 전화를 한 거죠?" 호건이 말했다. 완강하면서도 울먹이며 말하는 것으로 보아 금방이라도 울음이 터져버릴 것 같았다. "결국 술을 마실 거면 왜 알코올중독자갱생회에 연락했느냐고요?"

"난 도움이 필요했어." 매카피가 설명했다. "그리고 그들이 나를 도와줄 거라고 생각했어. 실제로 도움을 주었지, 안 그래? 널 나한테 보냈으니까."

"이봐" 하고 팀이 말했다. 호건이 울기 시작했다.

"됐어." 매카피가 말했다. "너희들, 그만 나가. 집에 가라고."

호건이 울음을 멈추고 고집스럽게 버텼다. "난 여기 있을래요."

"빌어먹을, 여기 있겠다고? 어서 가. 장난 잘 치는 걸로 동네에서 꽤 알아준다며. 이제 상대를 만났으니 장난 하나 배워가야지. 알코올중독자갱생회에 돌아가서 전해. 제대로 된 상대를 붙여주셨다고. 너희들이 아름다운 패자일 수 있다는 걸 그 사람들한테 보여주란 말이야." 그들은 좁은 방에서 서로를 바라보며 서 있었다. 벽은 네 가지 색의 국화 꽃병이 그려진 벽지가 발라져 있었고, 투숙 규칙이 적힌 액자가 문 옆에 걸려 있었다. 그리고 방에는 먼지 쌓인 빈 물주전자와 컵, 안락의자, 베이지색 이불이 있는 스리쿼터 침대가 있었고, 방 안 가득 소독약 냄새가 났다. 그들 모두 아무 데도 가지 않고 가만히 서 있었는데 그러다가 밀랍 인형관의 한 장면처럼 될 것 같았다. 그때 그로버와 에티엔이 모습을 드러냈고, 팀과 호건은 그들을 방으로 들였다. 매카피는 허리 양옆에 두 주먹을 쥐고 다시 전화기 있는 데로 걸어갔다. "이 아이들을 여기서 내보내요." 그가 말했다. "어서요, 제발."

에티엔은 충격에 빠진 것처럼 보였고, 그래서인지 평소보다 두 배는 더 뚱뚱해 보였다. "경찰이 우리를 본 것 같아." 에티엔이 계속 말했다. "그로비, 그렇지 않니?" 에티엔은 집에서 발견되면 결정적인 증거가 될 거라는 생각에 스킨다이빙 장비를 가져왔다.

"얘가 긴장하고 있어." 그로버가 말했다. "여긴 왜 그래—무슨 문제라도 생겼어?”

“술을 못 마시게 하는 중이야.” 호건이 말했다. “자기가 알코올 중독자갱생회에 도와달라고 전화해놓고서, 지금은 우리보고 나가래.”

“내 생각에 아저씨는 알고 있어요.” 그로버가 매카피를 향해 연설하기 시작했다. “알코올중독과 심장병, 만성 상기도上氣道 감염, 간경화 사이에 양성적 상관관계가 있다는 것을 말이에요—”

“그가 왔어.” 매카피가 말했다. 살짝 열려 있는 문으로 호텔 벨보이이자 동네의 술주정뱅이인 베토 쿠피포가 나타났다. 그는 멕시코 사람이 아니었거나, 밀수나 자동차 도둑질 같은 것—누구에게 말하느냐에 따라 죄과는 매번 달라졌다—을 하러 멕시코로 돌아가려고 하지 않았더라면 은퇴해서 사회보장제도 혜택을 받으며 살고 있을 사람이었다. 그가 어떻게 해서 버크셔 카운티로 오게 되었는지는 아무도 몰랐다. 사람들은 그를 항상 자신들이 유일하게 짐작할 수 있는 외국인—프랑스계 캐나다인이나 이딸리아인—으로 착각하곤 했는데, 그는 사람들이 그렇게 쉽게 헛갈리는 것을 오히려 즐겼고, 그래서 민지보로를 안 떠나고 계속 남아 있었다.

“주문하신 술을 갖고 왔습니다.” 베토가 큰 소리로 말했다. “육 달러 오십 쎈트예요.”

“어디에서 수입한 거라도 되나, 육 달러 오십이나 받게?” 매카피가 말했다. 그는 지갑을 꺼내 안을 재빨리 들여다보았다. 팀이 보니 일 달러짜리 지폐 한장만 있었다.

“그런 건 호텔 직원한테 말하세요.” 베토가 말했다. “난 배달만

할 뿐이니까요."

"이봐요, 숙박비에 달아둬요, 알았죠?" 매카피는 이렇게 말하고 술병으로 손을 뻗었다.

베토는 술병을 등 뒤로 가져갔다. "지금 받아오라는데요." 그의 얼굴은 주름이 하도 많아서 표정을 잘 읽을 수 없었지만, 팀이 보기에 웃고 있는 것 같았다. 불쾌한 웃음이었다. 매카피는 일 달러를 꺼내 들고 베토에게 보여주었다.

"그러지 말고, 그냥 계산서에 달아둬요." 팀이 보니 그는 땀을 비 오듯 흘리고 있었다. 하지만 방 안에 있는 그 누구도 더워하지 않았다.

베토는 일 달러 지폐를 받아들고 말했다. "이제 오 달러 오십 쎈트 남았습니다. 미안합니다. 접수대에 있는 직원한테 직접 말해보세요."

"이봐, 너희들." 매카피가 말했다. "돈 갖고 있니? 오 달러 오십이 필요해—나한테 꿔주지 않겠니?"

"위스키 사는 건 안돼요." 호건이 말했다. "제가 돈을 갖고 있다고 해도 그건 안돼요." 나머지 아이들은 동전을 손바닥 위에 꺼내 놓고 바라보았다. 고작 일 달러 이십오 쎈트밖에 되지 않았다.

"그래도 아직 사 달러 이십오 쎈트가 모자라네요." 베토가 말했다.

"이런, 계산기가 따로 없군." 매카피가 큰 소리로 말했다. "그러지 말고, 자, 제발 그 술병을 구경만이라도 좀 하자고."

"내 말을 못 믿는군요." 베토가 몸짓으로 전화기를 가리키며 말했다. "말해줄 거예요. 직접 물어보세요."

잠시 동안은 매카피가 아래층에 전화할 것처럼 보였다. 하지만 마침내 그가 말했다. "이봐요, 나하고 술을 나누는 건 어때요, 괜찮죠? 750밀리리터를 반반씩 나누는 걸로. 하루 종일 일하느라 목이 많이 축축할 텐데."

"나는 이런 술 안 마셔요." 베토가 말했다. "포도주만 마셔요. 잘 자요." 그는 문을 열고 나가려고 했다. 매카피가 그를 향해 점프를 해서 술병을 움켜잡았다. 베토가 깜짝 놀라 술병을 떨어뜨렸다. 술병은 양탄자 위에 떨어져 몇십 쎈티를 데굴데굴 굴러갔다. 매카피와 베토는 서로 팔을 움켜잡고 둘 다 아주 서툰 솜씨로 몸싸움을 했다. 호건은 술병을 주워들고 문밖으로 뛰어나갔다. 매카피는 그를 보면서 "오, 맙소사!" 비슷한 말을 하며 벨보이한테서 벗어나려고 버둥댔다. 그러나 그가 문에 다가갈 즈음 호건은 이미 꽤 앞서 있었고, 매카피도 그것을 인정할 수밖에 없었다. 그는 문설주에 머리를 기대고 그저 서 있기만 했다. 베토는 빗을 꺼내 몇가닥 남은 머리카락을 빗었다. 그런 다음 허리춤을 추스르고 매카피를 노려보며 그의 옆을 돌아 복도로 걸어나갔다. 그리고 엘리베이터로 가면서 한번 더 그러면 그냥 안 놔두겠다는 듯이 그 흑인 남자를 노려보았다.

그로버, 팀, 에티엔은 어떻게 하면 좋을지 정확히 알지 못해 그냥 서 있었다. 매카피가 그들이 전에 사람한테서는 들어본 적 없는 이상한 소리를 내기 시작했다. 예전에 노르만이라는 길 잃은 빨간 강아지가 있었는데 피에르가 잠자고 있지 않을 때면 그 주위를 서성거리곤 했다. 한번은 노르만이 물고 있던 닭 뼈다귀를 잘못 삼키는 바람에 몸속 어디에 걸려 그로버 아버지의 차에 급히 실려갈 때까지 어둠속에서 기진맥진한 채 그런 소리를 낸 적이 있다. 매카피는 머리를 문 한쪽에 대고 계속해서 똑같은 소리를 냈다. "이봐요." 지켜보던 그로버가 마침내 말했다. 그러고는 다가가서 자기 손보다 그리 크지는 않지만 색깔이 검은 그의 손을 잡아끌었다. 그러자 팀도 "그래요, 정신 차려요"라고 했고, 힘을 합쳐 그를 조금씩 문에서 떼어냈다. 그러는 동안 에티엔은 베이지색 이불을 아래로 내렸고, 그들은 매카피를 침대에 눕힌 다음 이불을 덮어주었다. 갑자기 밖에서 싸이렌 소리가 들렸다. "경찰이다." 에티엔이 소리치며 욕실로 뛰어들어갔다. 싸이렌 소리는 호텔 옆으로 지나갔다. 팀이 밖을 내다보니 소방차 한대가 남쪽으로 가고 있었다. 방이 다시 조용해지자 그들은 욕실의 물소리와 매카피가 우는 소리를 들었다. 매카피는 엎드려 베개 양쪽을 두 손으로 쥐고 어린아이처럼 숨을 삼켰다 뱉었다 하면서 흐느껴 울었다. 계속해서 우는 모습이 결코 멈추지 않을 것 같았다.

팀은 문을 닫고 책상의자에 앉았고 그로버는 침대 바로 옆의 안락의자에 앉았는데, 그들의 야간 불침번은 이렇게 시작되었다. 처음엔 울음이 있었다. 그들은 앉아서 듣는 것 외에는 아무것도 할 수 없었다. 한차례 전화벨이 울렸다. 호텔 직원이 아무 문제가 없는지 확인하기 위해 건 전화였다. 그로버가 전화를 받았다. "아무 일 없어요. 그는 괜찮아요. 괜찮을 거예요." 팀은 욕실을 들여다보지 않을 수 없었다. 에티엔이 욕실에 물을 가득 채운 뒤 잠수복을 입고 물속에 웅크리고 있는 게 꼭 팔다리가 달린 검은 수박 같았다. 팀이 어깨를 톡톡 치자 에티엔은 몸을 심하게 움직이며 더 깊이 들어가려고 했다. "경찰 아니야." 팀이 힘껏 소리를 질렀다. "팀이라고."

에티엔이 물 위로 나와 스노클 마스크를 벗었다. "숨는 중이었어." 그가 설명했다. "위에 비누거품을 만들어보려고 했는데 비누가 이렇게 작은 조각밖에 안 남았네. 다 닳았나봐."

"얼른 와서 좀 도와줘." 팀이 말했다. 에티엔은 주변을 물로 흥건히 적시며 거실로 나와 바닥에 앉았다. 결국 셋은 그렇게 가만히 앉아서 매카피가 우는 소리를 들었다. 매카피는 오랫동안 울었고, 그러다가 꾸벅꾸벅 졸았다. 가끔씩 졸음에서 깨어 길게 얘기하고는 다시 잠이 들기도 했다. 때때로 그들 중 한명도 졸았다. 팀은 그로버 집에서 밤을 새며 라디오 너머로 경찰관, 상선 선장, 바지선 인부들의 목소리를 들었을 때와 비슷한 느낌이 들었다. 그때 눈에 보이지 않는 하늘의 둥근 지붕에서 흘러나온 그 목소리들은 그로버의 안테나를 타고 팀의 꿈속으로 스며들곤 했다. 매카피는 아주 먼 어딘가에서 방송을 하듯이, 팀이 낮이었다면 믿지 못할 것들에 대해 이야기했다. 매카피의 형은 대공황기의 어느 아침에 집에서 나와 화물열차를 타고 사라졌다가, 나중에 로스앤젤레스에서 우편엽서를 보내왔는데, 어린 소년이었던 매카피는 집을 나와 형이 한 그대로 따라서 하기로 결심했으나 처음엔 휴스턴까지밖에는 가지 못했다. 그와 얼마 동안 같이 지낸 멕시코 아가씨는 팀이 이해하지 못할 말을 하며 무언가를 계속 마셨으며, 그녀의 아들이 방울뱀에 물려죽자(팀은 꿈에 그 뱀이 자기를 향해 다가오자 겁에 질려 비명을 지르며 깨어났다) 매카피는 어느날 아침 해가 뜨기도 전에 그의 형과 똑같이 아무도 없는 새벽 속으로 사라졌다. 홀로 부두에 앉아 불빛이 사라지고 거대한 암흑만 남은 검은 멕시코 만을 바라보던 수많은 밤들, 인근 거리를 오르내리며 매일같이 벌였던 패싸움, 뜨거운 태양 아래 해변에서의 싸움들, 잊어버리는 게 좋지만 쉽사리 그러지 못하는, 뉴욕과 LA에서 테너 쌕소폰 밴드와 가졌던 안 좋았던 공연, 그들을 붙잡은 경찰들, 그가 알던 감방과 감방 동료—빅 나이프, 달에서 온 파코, (존 웨인이 등장하는 영화가 빵빵거리며 나오던 캔자스시티 외곽의 둥그렇게 휜 커다란 자동차극장 스크린 밑에서 영사기사 친구와 함께 마리화나에 포도주를 마시고 난 어느 재수 없는 아침에 잠을 자는 동안 마지막 남은 구겨진 펠멜 담배 절반을 가져간) 프랜시스 X. 폰틀로이라는 이름의 감방 동료—에 대해서 그는 이야기했다.

"「블러드 앨리Blood Alley」란 영화예요." 팀이 점잖게 말했다. "맞아요. 봤어요. 나도 봤어요."

매카피는 조금 더 잠을 잤다. 그러다가 버스에서 만났던 테너 쌕소폰 연주자인 또다른 아가씨가 떠올라 이름을 크게 외치며 잠에서 깼다. 그 아가씨는 함께 지내던 백인 음악가와 막 헤어져 시카고에서 서부로 향하던 중이었다. 두사람은 버스 뒷좌석에 앉아 여러가지 스캣scat 멜로디를 서로 주거니 받거니 하며 불렀다. 그러다 나중에 밤이 되자 그녀는 그의 어깨에 머리를 기댄 채 잠이 들었는데, 그녀의 머릿결은 윤기가 흐르면서 향기로웠다. 그녀는 샤이엔 근처에서 내리며 덴버로 갈 예정이라고 했다. 그는 작은 체구의 그녀가 옛날 카우보이 영화에 나오는 수하물 수레 사이를 지나서 버스 정류장에서 길을 건너 철도역의 낡은 벽돌 주위를 천천히 걷다가, 버스가 출발할 때 쌕소폰 케이스를 들고서 그에게 손을 흔들던 모습을 마지막으로 다시는 그녀를 보지 못했다. 이어서 매카피는 똑같은 방법으로 질과 헤어졌던 일을 떠올렸다. 단지 차이가 있다면 장소는 루이지애나 주 레이크찰스였다. 당시만 해도 포크 기지가 여전히 굳건하게 존재하던 때여서 거리는 이런 노래를 부르는 술 취한 병사들로 가득했다.

> 내 눈은 다가오는 징집의 비참함을 보았네,
> 내가 영장을 받던 날은 내가 속은 날이었지.
> 그들이 말하더군. "아들아, 네가 필요하단다.
>   군대에 병사가 부족하구나."
> 그래서 난 FTA에 소속돼 있다네.[54]

"잠깐, 뭐라고요?" 그로버가 물었다.

"미국미래교사회Future Teachers of America." 매카피가 말했다. "아주 건전한 조직이지." 결국 질은 북쪽으로 방향을 바꿔 쎄인트루이스인가 어딘가로 갔고, 매카피는 어머니가 편찮아서 고향 보몬트로 돌아갔다. 두사람은 뉴올리언스의 강 건너편에 있는 알제에서 두달 동안 함께 살았는데, 뉴욕에서 지낸 것만큼 길지 않고 LA에서만큼 짧거나 처참하지 않았다. 그래서 이번에는 그저 옛날을 회상하

---

54 「영광 영광 할렐루야」로 잘 알려진 「공화국 전승가」(The Battle Hymn of the Republic)를 개사하여 군 징집의 부조리를 비꼰 노래.

244

며, 술주정뱅이들이 가득한 늪지대 한가운데에 있는 교차점에서 한밤중에 헤어져야 한다는 데 의견을 같이했다. "이봐, 질." 그가 말했다. "이봐, 자기."

"누굴 찾는 거지?" 그로버가 말했다.

"아내." 팀이 말했다.

"질?" 침대에 누워 있는 매카피가 말했다. 그의 두 눈은 감겨 있지만 뜨려고 애쓰는 것처럼 보였다. "질, 지금 이 방에 있어?"

"아까 그녀가 당신을 만나러 오고 있다고 했잖아요." 팀이 말했다.

"아니, 아니, 그녀는 안 올 거야. 온다고 누가 그랬어?" 그가 두 눈을 갑자기 떴는데, 너무 희어서 깜짝 놀랄 정도였다. "그녀에게 전화해야 돼. 이봐, 호건? 나 대신에 전화 좀 걸어줘."

"팀이에요." 팀이 말했다. "번호가 어떻게 되죠?"

"내 지갑에 있어." 그는 신분증과 온갖 잡동사니로 불룩한 낡은 갈색 소가죽 지갑을 꺼냈다. "여기 있어." 그는 지갑 속을 들여다보고 안에 있는 것들을 손가락으로 헤집으면서, 전국 곳곳의 직업소개소와 자동차 영업소와 레스또랑에서 얻은 오래된 명함, 텍사스 대학의 풋볼경기 일정이 한쪽에 인쇄되어 있는 이년 전 달력, 아래를 보며 살짝 웃고 있는 하얀 코트를 입은 아가씨를 그가 군복 차림으로 안고 웃는 모습을 찍은 일 쿼터에 네장짜리 사진, 여분의 신발끈, 병원 이름의 일부가 구석에 적혀 있는 봉투에 꾸겨넣은 누군가의 머리 타래, 더이상 쓸모가 없는 옛날 육군 자동차면허증, 솔잎 두 가닥, 쌕소폰 리드reed, 색과 모양이 제각각인 온갖 종류의 종잇조각들을 꺼냈다. 그 가운데 파란색 종이에 '질'이라는 이름과 뉴욕 주소, 전화번호가 적혀 있었다.

"여기 있어." 그가 그걸 팀에게 건넸다. "수신자 부담으로 걸어. 어떻게 거는지 알지?" 팀이 고개를 끄덕였다. "외선 전화를 요청해야 돼. 미스 질과 지명통화를 원한다고 하고." 그가 손가락으로 딱 소리를 내며 그녀의 이름을 다시 불렀다. "아, 질 패티슨. 그래."

"시간이 늦었어요." 팀이 말했다. "아직 안 잘까요?" 매카피는 아무 말도 하지 않았다. 팀은 전화를 걸어 장거리 교환원에게 전화를 신청했다. "제 이름으로 신청할까요?"

"아니, 아니, 칼 매카피로 해." 그때 전화 연결이 끊어진 듯했다. 다시 연결되었을 때 교환원은 전화를 거는 중이었다. 오랫동안 신호가 가더니 어떤 남자가 전화를 받았다.

"아니요." 그가 말했다. "아뇨, 그녀는 일주일 전에 서부로 갔어요."

"그녀와 연락할 수 있는 다른 번호를 갖고 계신가요?" 교환원이 물었다.

"어디에 주소가 있었는데." 그 남자가 자리를 떴다. 전화에서 침묵이 흘렀고, 바로 그 무렵 팀은 자기도 모르는 사이에—얼마나 시간이 흘렀는지 모르는 사이에—깊은 구렁의 가장자리에 가까이 다가와 있음을 발끝으로 감지했다. 그는 주변을 둘러보고 겁이 나서 움츠러들었지만, 그전부터 오늘밤이 어쩐지 꺼림칙하게 느껴졌다. 이곳이나 뉴욕도, 그리고 어쩌면 그 남자가 전화에서 말한 서부란 데도 지금은 밤이다. 대륙 전체에 드리운 이 하룻밤은 이미 아주 왜소해진 사람들을 어둠속에서마저 보이지 않게 했다. 만약 평생을 한 집에서 지금처럼 부모와 함께 지낼 작정이 아니라면, 갑자기 필요한 사람을 찾기란 얼마나 어렵고 가망 없는 일일까. 팀은 돌아서서 침대 위에 있는 남자를 바라보았다. 그러자 매카피가 얼마나 깊은 상실감에 빠져 있을까란 생각이 잠시 들었다. 만약에 그 여자를 찾지 못하면 그는 무엇을 할 것인가? 얼마 후 전화를 받던 남자가 돌아와 주소를 불러주었고, 팀은 그것을 받아적었다. 교환원은 로스앤젤레스 연락처를 이용해 그녀를 찾기 원하는지 물었다.

"찾으라고 해." 매카피가 말했다.

"하지만 그녀가 로스앤젤레스에 있으면 아저씨를 만나러 올 수 없잖아요."

"그녀에게 할 말이 있어."

그래서 팀은 찰칵하는 소리와 윙윙대는 소리를 다시 듣게 되었다. 그 소리는 손가락처럼 어둠속에서 전지역을 더듬으며 그곳에 사는 수백만 사람 중 단 한명과 닿고자 하는 것이었다. 마침내 어떤 아가씨가 전화를 받았고 자기가 질 패티슨이라고 했다. 교환원은 그녀에게 칼 매카피라는 사람의 수신자 부담 전화를 받을 것이냐고 물었다.

"누구요?" 그녀가 물었다.

그때 어떤 사람이 문을 두드렸고, 그로버가 가서 누군지 물어보았다. 교환원이 매카피라는 이름을 반복했다. 그러자 여자는 다시 "누구요?"라고 했다. 문에는 경찰관 두명이 서 있었다. 침대 뒤에 앉아 있던 에티엔은 외마디 비명을 지르며 욕실로 재빨리 달아나 다시 욕조에 첨벙 뛰어들었다.

"아래층 접수대의 레온이 우리더러 방에 들어가보라고 해서." 경찰관 한명이 말했다. "이 사람이 너희를 여기로 끌고 왔니?"

"직원도 그렇지 않다는 걸 알고 있어요." 그로버가 말했다.

"어떻게 하죠?" 팀이 전화기를 흔들며 말했다.

"끊어." 매카피가 말했다. "그건 잊어버려." 그는 두 손을 꽉 쥐고 누워서 경찰관들을 쳐다보았다.

"이봐, 친구." 또다른 경찰관이 말했다. "벨보이가 그러는데, 조금 전에 위스키 한병 값을 치를 수 없었다면서?"

"그래요." 매카피가 말했다.

"이 방은 하룻밤에 칠 달러야. 그건 어떻게 내려고?"

"내지 않으려고 했어요." 매카피가 말했다. "난 부랑자거든요."

"같이 가지." 첫번째 경찰관이 말했다.

"있잖아요." 팀이 말했다. "안돼요. 아저씨는 지금 아파요. 알코올중독자갱생회에 전화를 걸어보세요. 그쪽에서도 알아요."

"진정해." 또다른 경찰관이 말했다. "오늘밤은 근사한 방에서 공짜로 자게 될 테니까."

"의사 슬로스롭한테 전화해보세요." 팀이 말했다. 경찰관들은 매카피를 침대에서 일으킨 뒤 문 쪽으로 데리고 갔다.

"제 물건은요?"

"다른 사람이 챙길 거야. 자, 너희들도 가거라. 집에 갈 시간이 지났어."

팀과 그로버는 그들을 따라 엘리베이터를 타고 현관으로 내려간 뒤, 로비에서 접수대 직원을 지나 텅 빈 거리로 나갔다. 경찰은 매카피를 순찰차에 태웠다. 팀은 한 경찰관의 목소리가 그로버 집의 무선통신 장비를 타고 흘러들어온 그 목소리는 아닌지, 그리고 그의 꿈에 나타난 사람은 아닌지 궁금했다. "조심해요." 팀은 그들을 향해 소리쳤다. "그 아저씨는 정말 아파요. 돌봐줘야 한다고요."

"알았어, 우리가 잘 돌봐줄 거야." 운전하지 않고 있는 경찰관이 말했다. "이 친구도 그걸 알고 있어, 그렇지 않나? 그를 한번 봐봐." 팀이 그를 보았다. 보이는 것은 오직 흰자위와 땀에 젖어 더욱 두드러진 광대뼈뿐이었다. 이윽고 순찰차가 떠났다. 차가 커브를 돌자 고무 냄새와 끽 하는 소리가 났다. 그것이 그를 마지막으로 본 것이었다. 그 다음날 그들이 경찰서로 찾아갔을 때, 경찰관들은 그를 피츠필드로 이송했다고 했지만, 그 말이 진짜인지는 전혀 알 수가 없었다.

며칠 뒤 제지공장이 다시 가동되었고, 이제 다가오는 스파르타쿠스 작전과 넌지 파사렐라가 낸 아이디어만 신경 쓰면 되었다. 넌지는 에티엔 아버지의 폐품처리장에서 가져온 자동차 배터리, 여분의 오래된 스포트라이트 두개, 그리고 보기 싫은 녹색 쎌로판을 가지고, 커브 구간이어서 열차가 속도를 줄여야만 하는 민지보로 외곽 언덕 사이의 철로 옆에 조명등을 설치해놓고, 적어도 오십명은 되는 아이들에게 다양한 종류의 고무로 만든 괴물 가면과 망또, 집에서 만든 박쥐 복장 같은 것을 입거나 쓰고 열차가 올 때까지 양쪽 비탈에 둘러앉아 있다가, 열차가 커브를 돌아 나타나면 그 보기 싫은 녹색 조명을 켜서 어떤 일이 일어나는지 보자는 아이디어를 냈다. 기대했던 수의 반밖에 안되는 아이들만 나왔지만 그래도 작전은 성공적이어서 열차는 소름이 끼칠 정도로 끽 소리를 내며 멈춰섰고, 부인들은 비명을 질렀으며, 차장은 고함을 질렀다. 에티엔이 조명을 끄자 아이들은 양쪽 경사면을 넘어 들판으로 달아났다. 나중에 그로버는 자기가 직접 고안한 좀비 가면을 자랑해 보이면서 재미있는 말을 했다. "그때는 몰랐는데 지금 생각해보니 아주 잠깐이라도 녹색, 특히 보기 싫은 녹색을 쓰기를 잘한 것 같아." 그 일에 대해 다시는 얘기하지 않았지만 팀도 같은 생각이었다.

가을에 팀과 에티엔은 태어나서 처음으로 화물차에 몰래 올라타고서 아티 코그노멘이라는 이름의 상인을 보러 피츠필드로 갔다. 한때 보스턴 시민이었던 그는 통통하고 무표정한 모습이 시 행정위원처럼 보였고, 윈스턴 처칠의 두상을 조각한 담배 파이프에 씨가를 넣고 피웠다. 아티는 짓궂은 장난감들을 팔았다. "특수 구멍으로 물이 똑똑 떨어지는 아주 끝내주는 유리컵이 있어. 용수철 상품도 있고." 그가 그들에게 알려주었다. "또 아주 신나는 방석, 펑 터지는 씨가 등등 엄선된 물건들이 많아——" "그런 거 말고요." 에티엔이 말했다. "변장도구는 어떤 게 있어요?" 아티는 그들에게 자기가 갖고 있는 물건——가발, 가짜 코, 곤충 눈이 그려진 안경——을 다 보여주었다. 하지만 최종적으로 그들이 마음에 들어 한 건 붙였다 뗐다 할 수 있는 콧수염 두개와 흑인 얼굴로 분장하는 데 필요한 작은 화장품 두통이었다. "너희들이 바로 복고주의자인가 뭔가 하는 애들이구나?" 코그노멘이 그들에게 말했다. "이 물건은 몇년 동안 그 자리에 있었어. 어쩌면 하얗게 변했는지도 몰라. 보드

빌[55] 같은 거라도 다시 살리려는 거니?" "한 친구를 다시 살리려고
요." 에티엔이 생각도 하지 않고 바로 대답했다. 그러자 그와 팀은
마치 방 안에 있는 제4의 인물이 그 말을 한 양 깜짝 놀라 서로를
바라보았다.

배링턴 가족이 노섬벌랜드 택지로 이사 온 것은 그해 여름이었
으며, 평소처럼 아이들은 그 일에 대해 사전통보를 받았다. 그들의
부모들은 다른 일보다도 배링턴네가 온다는 소식에 갑자기 할 말
이 많아진 것 같았다. 그들은 '블록버스팅'이니 '인터그레이션'[56]이
니 하는 말들을 늘어놓기 시작했다.

"인터그레이션이 무슨 뜻이야?" 팀이 그로버에게 물었다.

"미분의 반대." 그로버가 녹색 칠판 위에다 x축과 y축, 곡선을 그
리고 말했다. "이것을 x함수라고 해. x가 조금씩 증가할 때마다 변
하는 곡선의 값을 생각해봐." 그로버는 곡선에서 x축 아래로, 감방
의 쇠창살처럼 생긴 수직선을 그으며 말했다. "네가 원하는 만큼
많이, 봐봐, 원하는 만큼 서로 가깝게 이것을 그을 수 있어."

---

55 16세기 중엽 프랑스에서 발생하여 유행한 풍자적인 노래였으나 무대공연적 요
   소와 결부되어 영국과 미국 등지에서 버라이어티로 발전했다. 여기서는 백인이
   흑인 분장을 하고 익살스러운 촌극을 한 19세기 초 미국의 악극단 니그로 민스트
   럴(Negro Minstrel)을 염두에 둔 것으로 보이며, 팀과 에티엔이 그 전통을 다시 살
   리려는 줄 알고 상인이 그들을 '복고주의자'(reactionaries)라고 한 것이다.
56 '블록버스팅'(blockbusting)은 이웃에 흑인이나 소수민족이 이사 온다는 소문을
   퍼뜨려 부동산 값을 떨어뜨리는 일을 가리킨다. 이 단편의 원제 일부를 구성하
   기도 하는 '인터그레이션'(integration)은 흑백 분리(segregation)와 반대되는 인
   종 '통합'의 의미와 수학의 '적분'이란 뜻을 동시에 지닌다.

"모두 빈틈없이 다 찰 때까지?" 팀이 말했다.

"아니, 절대로 다 차지 않아. 이게 만약 감방이고, 거기서 살아야 하는 생이 쇠창살이고, 이 뒤에 있는 게 누구든 간에 자신의 몸을 원하는 크기대로 조절할 수 있다면, 그는 몸을 바짝 마르게 해서 언제든 자유롭게 나올 수 있어. 쇠창살이 아무리 촘촘히 있어도 상관없어."

"그게 인터그레이션이구나." 팀이 말했다.

"내가 들은 건 이게 다야." 그로버가 말했다. 그날밤 늦게 그들은 그로버 부모님의 침실에 주파수를 맞춰놓고서, 이사 오는 검둥이 가족에 대한 새로운 소식이 있는지 들어보았다.

"다들 걱정하고 있어." 스노드 씨가 말했다. "지금 집을 팔기 위해 내놓아야 할지, 아니면 끝까지 버텨야 할지 고민하고 있나봐. 모든 게 공황상태야."

"어떡해요." 그로버의 엄마가 말했다. "그래도 그 집에 아이들이 있지 않다니 천만다행이에요. 있었다면 육성회에서도 공황상태였을 거예요."

이 말에 놀라 그들은 호건을 다음번 육성회 모임에 보내 상황을 확인해보기로 했다. 호건도 똑같은 내용을 보고했다. "이번에는 아이들이 없대. 하지만 아이가 있을 경우에 대비해 정신을 똑바로 차려서 계획을 세워야 한다고들 했어."

그들의 부모가 무엇을 그렇게 무서워하는지 이해가 되지 않았다. 게다가 나중에 밝혀진 바에 따르면, 무서워했을 뿐만 아니라 잘못된 정보도 가지고 있었다. 마침내 배링턴네가 이사 온 다음날, 팀과 그로버와 에티엔은 방과 후에 그 집으로 찾아가 둘러보았다. 집은 신개발 지구의 다른 집들과 전혀 다를 바 없었다. 하지만 강철 가로등에 기대어 배링턴네를 지켜보는 동안 한 아이가 눈에 띄었다. 그 아이는 팔다리가 길고 피부가 검었으며, 바깥 날씨가 따스한 데도 스웨터를 입고 있었다. 그들은 자신들을 소개하고 나서, 고가도로에 가서 차에 물풍선 떨어뜨리는 놀이를 하려고 하는데 같이 가지 않겠느냐고 그애에게 물었다.

"네 이름은 뭐니?" 에티엔이 물었다.

"응." 그 아이가 소리에 맞춰 손가락으로 딱 소리를 내며 말했다. "칼이라고 해. 그래, 칼 배링턴이야." 그는 지나가는 차의 앞유리에 물풍선을 정확하게 맞추는 기막힌 눈을 갖고 있음이 드러났다. 그 다음 그들은 폐품처리장으로 가서 볼베어링과 부서진 자동변속기 부품을 가지고 놀다가 칼을 집까지 바래다주었다. 그 다음날 그는 학교에 왔으며, 그후로 매일 학교에 왔다. 그는 전부터 비어 있던 구석자리에 조용히 앉았는데, 선생님이 한번도 그의 이름을 부르는 법이 없었지만, 어떤 점에서 그는 그로버만큼 똑똑했다. 약 일주일 남짓 후에 그로버는 자신이 유일하게 보는 텔레비전 쇼우「헌틀리와 브링클리Huntley and Brinkley」를 보다가 인터그레이션의 다른 뜻을 알게 되었다.

"그 말은 백인 아이와 흑인 아이가 같은 학교에 다닌다는 뜻이래." 그로버가 말했다.

"그럼 우린 통합된 거네." 팀이 말했다. "야아."

"맞아. 사람들은 모르지만, 우리는 통합된 거야."

그 무렵 팀의 가족과 그로버의 가족, 그리고 심지어, 호건에 따르면, 진보적인 의사 슬로스롭까지도 전화로 욕을 퍼붓고, 아이들이 하면 자신들이 아주 화를 내던 험악한 말들까지 써가며 열을 내기 시작했다. 이런 분위기에서 유일하게 벗어나 있는 부모는 에티엔의 아버지뿐인 것 같았다. "아버지가 그러는데, 검둥이 걱정은 그만하고 자동화 걱정이나 하면 좋겠다고 하셔." 에티엔이 전했다. "자동화가 뭐야, 그로비?"

"그건 다음주에 공부하려고 해." 그로버가 말했다. "그때 말해줄게." 그러나 그때가 되자 그들은 모두 올해의 스파르타쿠스 훈련을 준비하느라 다시 정신이 없어서 그는 그러지 못했다. 그들은 이리외 왕의 저택에 있는 은신처에서 음모를 짜는 일에 점점 더 많은 시간을 보내기 시작했다. 훈련을 시작한 지 삼년째 되는 올해에 알게 된 것은 현실이 자신들의 비밀계획에 상당히 미치지 못하고, 지난해 저학년 아이들을 멈춰세웠던 파조스 필드 위에 흰색 가루로 그린 학교 외곽선처럼, 그들이 냉정하게 대하거나 배반할 수 없는 둔하면서도 눈에 보이지 않는 무언가(혹자는 그것을 사랑이라고 부를지도 모르겠지만)가 자신들과 어떤 분명하면서도 돌이킬 수 없는 발걸음 사이에 항상 있을 것이라는 사실이었다. 왜냐하면 학교 이사회, 철도회사, 육성회, 제지공장에 속한 모든 이들이 실제로건 아니면 명목상으로건 누군가의 어머니 혹은 아버지일 수밖에 없기 때문이다. 그리고 아이들이 악몽을 꾸거나 머리를 다치거나 유독 외로워할 때 반사적으로 아이들을 따뜻하게 안아주고 보호해주고 요령껏 보살펴주는 부모들의 성향이 다시 나타나 자신들의 엄청난 노여움까지도 잠재우는 때가 있기 때문이다.

　여전히 그들 넷은 밤이 되면서 차가워진 밀실에 그대로 앉아 있었다. 피에르는 바셋 사냥개여서 그런지 코를 킁킁거리며 구석을 부산스럽게 뒤지고 다녔다. 그들은 회의를 통해, 칼은 상점가 주차장에서 자동차 타이어의 바람을 빼는 데 필요한 시간-동작 연구를 맡고, 에티엔은 그로버가 설계한 거대한 나트륨 새총 제작에 필요한 부품을 구하기 위해 좀더 노력을 기울이며, 팀은 캐나다 공군의 방식을 출발점으로 채택해 스파르타쿠스 작전의 각 예행연습을 좀더 강화된 준비운동으로 시작할 수 있게 하기로 뜻을 모았다. 그로버는 그들이 필요하다고 생각하는 요원들을 할당했다. 그러고 나서 마침내 회의를 마쳤다. 그들은 한줄로 서서 다시 이리와 왕의 오래된 저택을 지키고 있는 그림자, 울림, 그리고 어디에서 나올지 모르는 무시무시한 존재들 사이를 뚫고 쉼 없이 계속 내리는 빗속으로 나와서 'S. S. 리크호'에 올라탔다.

　그들은 훈련장을 점검하기 위해 주 고속도로 밑의 지하 배수로까지 노를 저어 간 다음, 걸어서 작은 늪지대을 지나 파조스 필드로 갔다. 그들은 폭스트롯이라고 폭 지점 너머의 직선 트랙을 건너가서, 그들이 그해에 일찍 따먹은 산딸기가 있던 황량한 덤불 속에 웅크리고 의 각도가 어떤지 확인하기 위해 트랙으로 돌을 던 거의 저물어서 구분이 잘되지 않았 걸어 민지보로 역까지 되돌아온 다음, 동다. 그래서 그 들어갔다. 발을 질질 끌며 과자가게로 들어가네 안으

자 조금씩 피곤이 느껴지기 시작했다. 그들은 텅 빈 카운터 앞에
한 줄로 앉아 물 탄 레몬라임 네컵을 주문했다. "네컵이라고?" 여
주인이 기계 뒤에서 말했다. "예, 네컵요." 그로버가 말했다. 그러
자 아주머니는 평소처럼 의심스러운 눈길로 그들을 바라보았다.
잠시 그들은 철망으로 만든 회전선반 주위를 서성거리며 만화를
훑어보았다. 그런 다음 점점 세지는 비를 뚫고 칼을 집까지 바래다
주었다.

배링턴 가족이 사는 구역에 채 들어서기도 전에 그들은 뭔가가
잘못되었음을 직감했다. 자동차 두대와 뒤에 쓰레기를 질질 끌고
오는 소형트럭 한대가 반대방향에서 질주해오고 있었다. 자동차
앞유리의 와이퍼가 사납게 움직였고, 타이어가 아이들에게 물을
세게 튀겨 잔디밭으로 껑충 뛰었음에도 불구하고 피할 수가 없었
다. 팀은 칼을 바라보았지만 칼은 아무 말도 하지 않았다.

칼의 집에 도착하니 집 앞 잔디밭은 온통 쓰레기투성이였다. 그
들은 잠시 꼼짝도 않고 그대로 서 있었다. 그리고 얼마 후 그렇게
하지 않으면 안될 것처럼 쓰레기를 걷어차며 단서를 찾기 시작했
다. 쓰레기는 정강이가 푹푹 빠질 정도로 잔디밭에 가득 쌓여 있었
는데, 정확하게 대지 경계선까지 널려 있었다. 모두 다 소형트럭으
로 싣고 온 게 분명했다. 엄마가 늘 집으로 가지고 오던 낯익
은 A&P 쇼핑백과 이모가 쿠바에서 선물로 보내준 커다란 오
렌지의 껍질, 팀이 이틀 전에 사온 470밀리리터 파인애플
음료용 박스, 그리고 한번 쓰고 버린 그의 가족이 어떻게 지냈는지 보여주는 물건들, 지난주 내내
것들, 그의 부

256

모 앞으로 도착한 구겨진 편지봉투들, 아버지가 저녁식사 후에 즐기던 검은 데노빌리 씨가 꽁초들, 아버지가 항상 'beer'의 두 e자 사이로 접어서 그 부분이 뾰족하게 튀어나와 있고 팀한테도 어떻게 접는지 가르쳐준 적 있는 반으로 접힌 맥주캔들을 발견했다. 반박할 수 없는 증거물들이 십 평방미터를 가득 메우고 있었다. 그로버 역시 주위를 돌아다니며 신문을 펼쳐보거나 물건들을 뒤집어보고 자기네 집 쓰레기도 그곳에 버려진 것을 알았다. "슬로스롭네와 모스틀리네 것도 있어." 에티엔이 보고했다. "그리고 이곳 신개발 지구에 사는 사람들이 버린 것도 아주 많은 것 같아."

그들은 약 오분 동안 쓰레기를 주워서 차고 옆에 있는 통에다 버렸다. 그때 앞문이 열리더니 배링턴 부인이 그들에게 소리 지르기 시작했다.

"저희가 치울게요." 팀이 말했다. "저희는 아줌마 편이에요."

"너희들 도움은 필요 없어." 부인이 말했다. "너희들 중 그 누구도 우리 편이 될 필요는 없어. 너희 쓰레기 같은 것들에 의해 타락할 아이들이 없다는 것에 매일매일 감사할 뿐이야. 그만 나가, 이제 가라고." 그녀가 울기 시작했다.

팀은 어깨를 으쓱하며 손에 들고 있던 오렌지 껍질을 옆으로 던졌다. 맥주캔을 들고 아버지한테 가서 따져볼까 생각도 했지만, 그랬다가는 얻어맞거나 힘든 시간을 보낼 것 같아 그만두었다. 그들 셋은 천천히 걸어나가며 아직 문간에 서 있는 배링턴 부인을 가끔씩 돌아보았다. 그들은 두 블록쯤 걷고 나서야 칼이 여전히 그들과 함께 있다는 사실을 알아차렸다.

"엄마가 진심으로 그렇게 말한 건 아니야." 칼이 말했다. "그 냥—너희도 알다시피—너무 화가 난 거야."

"알아." 팀과 그로버가 말했다.

"난 모르겠어." 빗속에서 희미하게 보이는 칼이 몸짓으로 집 쪽을 가리켰다. "지금 집에 들어가야 할지 말아야 할지를 말이야. 난 어떡해?"

그로버와 팀과 에티엔은 서로를 바라보았다. 그로버가 대변인처럼 말했다. "그럼 잠시 마음을 진정시키고 갈래?"

"응." 칼이 말했다. 그들은 쇼핑센터로 발걸음을 옮겨 녹색 수은 등이 비치는 반질반질한 검은 주차장을 가로질러 붉은 슈퍼마켓 간판, 파란 주유소 간판, 그리고 수많은 노란 불빛을 지나갔다. 그들은 산으로 이어져 있을 것 같은 넓고 검은 포장도로에 비친 이러한 색깔들 사이로 걸어갔다.

"생각해보니 차라리—그러니까—은신처로 가는 건 어떨까." 칼이 말했다. "이리외 왕의 숲으로."

"밤에?" 에티엔이 말했다. "갈보리 장교는 어쩌고?"

"기병대 장교겠지."[57] 그로버가 말했다.

"그 사람은 나를 성가시게 여기지 않을 거야." 칼이 말했다. "너희들도 알잖아."

"우리도 알아." 팀이 말했다. 그들은 분명히 알고 있었다. 칼이 말하는 모든 것을 그들은 알고 있었다. 그랬음에 틀림없었다. 그는

---

[57] 기병대(cavalry)라는 말을 갈보리(calvary)로 잘못 말하자 이를 바로잡는 상황.

어른들이 알았더라면 '상상의 놀이친구'라고 불렀을 그런 존재였다. 그가 한 말은 아이들이 지어낸 말이었다. 그의 몸짓도, 그가 짓는 표정도, 그가 울어야 했던 시간도, 그가 숫을 하는 방식도 모두 그랬다. 모두 그들이 곧 그렇게 성장하기를 기대하며 확대하거나 우아함을 불어넣은 결과였다. 칼은 에티엔 아버지의 폐품처리장에 버려진 자동차 부품처럼, 어른들이 등을 돌려 거부하고 마을 변두리에 내다버린 구절, 이미지, 가능성을 가져다 합한 존재였다. 어른들로서는 함께 살 수 없거나 함께 살기를 바라지 않는 그런 것들을 가져다가 아이들이 무수히 많은 시간 동안 이어 맞추고, 다시 배열하고, 먹이를 주고, 프로그램을 짜고, 가다듬고 한 존재였다. 칼은 전적으로 그들의 것으로서, 그들이 소중히 다루고, 취하지 않는 탄산수를 사주고, 혹은 위험에 빠뜨리거나 지금처럼 마침내 눈앞에서 사라지게 하는 그들의 친구이자 로봇이었다.

"내 마음에 들면." 칼이 말했다. "그곳에 잠시 머물러 있을지도 몰라." 다른 친구들이 고개를 끄덕였다. 그러자 칼은 무리에서 벗어나 조깅하듯이 주차장을 가로지르면서 뒤돌아보지 않은 채로 손을 흔들었다. 그가 빗속으로 사라지자 세 아이는 주머니에 손을 넣고 그로버의 집으로 가기 시작했다.

"그로비." 에티엔이 말했다. "우리는 여전히 통합된 거 맞아? 칼이 돌아오지 않으면 어떡해? 화물차에 뛰어올라 어디론가 가버리기라도 하면?"

"네 아버지한테 물어봐." 그로버가 말했다. "난 아무것도 몰라." 에티엔이 젖은 나뭇잎을 한 손 가득 쥐고 그로버의 등에 쑤셔넣었다. 그로버는 그를 향해 물을 찼지만 그를 맞히지 못해 물이 팀에게 튀겼다. 팀이 껑충 뛰어 나뭇가지를 잡고 흔들어 그로버와 에티엔을 빗물에 흠뻑 젖게 했다. 에티엔은 네발로 기어 내려가는 그로버 위로 팀을 밀었고, 팀은 눈치를 채고 그로버의 얼굴을 진흙탕에 밀어넣었다. 그렇게 그들은 쇼핑센터의 불빛을 뒤로한 채, 구택지의 기력이 쇠한 또다른 유령들과 그곳의 불안한 피신처에 칼 배링턴을 맡기고 그에게서 벗어났다. 그런 다음 밤의 빗속으로, 마침내 각자의 집으로, 뜨거운 샤워, 마른 수건, 잠자기 전의 텔레비전, 잘 자라는 키스, 그리고 결코 다시는 전적으로 안전할 수 없을 꿈속으로 까불거리며 걸어갔다.

문학적 거장의 작가로서의 성장기

핀천과 그의 작품세계

해마다 노벨문학상 후보로 언급될 뿐만 아니라 비평가 에드워드 멘델슨에 의해 "영어로 글을 쓰는 현존 작가들 가운데 최고의 작가"라는 평가를 받은 바 있는 토머스 핀천은 현대 미국문학을 대표하는 소설가이자, 포스트모던 문학의 선두주자로 불리는 인물이다. 저명한 비평가 해럴드 블룸은 필립 로스, 코맥 매카시, 돈 드릴로와 함께 핀천을 미국을 대표하는 네명의 소설가로 꼽기도 했지만, 문학적 실험과 상상력 그리고 스케일 면에서 핀천은 가히 타의 추종을 불허한다. 핀천은 비평계와 학계로부터 줄곧 지대한 관심을 받아왔으며, 지금도 마니아 독자층을 보유하고 있어 작품이 나올 때마다 그들의 비상한 주목을 받곤 한다. 핀천의 영향력은 문학계 안팎으로 매우 커서 돈 드릴로, 리처드 파워스, 데이비드 포스터 월러스, 윌리엄 볼먼, 조지 쏜더스, 데이브 이거스 등 미국의 비중있는 소설가들을 비롯해, 영화감독 데이비드 크로넨버그, 폴 앤더슨, 음악가 로리 앤더슨, 제임스 머피 등에게까지 두루 미치고 있다. 핀천은 문학과 과학을 접목하여 현대사회를 비판적으로 통찰하는 특유의 상상력과 윌리엄 깁슨과 닐 스티븐슨 등의 과학소설에 끼친 영향으로 1980년대에 급부상한 싸이버펑크 SF문학의 선조 중 한명이며, 1990년대에 뉴미디어 문학의 하나로 탄생한 하이퍼텍스트 문학에도 많은 영감을 준 소설가이다.

칠십을 훌쩍 넘긴 작가들이 고령의 나이에도 불구하고 현역에서 꾸준히 창작에 매진하는 모습은 미국 문단에서 그리 놀랍거나 드문 일이 아니다. 놀라운 일이라면 그런 노작가들이 계속해서 수작을 써낸다는 점일 것이다. 공교롭게도 미국의 대표작가로 꼽히는 로스, 매카시, 드릴로, 핀천이 모두 그런 예에 속한다. 다른 세 작가들과 마찬가지로 1930년대에 태어난 토머스 핀천은[58] 오십년 넘게 작품활동을 하면서 첫 장편 『브이』(1963)에서 최신작 『블리딩 에지』(2013)에 이르기까지 총 여덟권의 장편소설과 한권의 소설집을 발표하였고, 윌리엄 포크너 상, 전미도서상 등 유수의 문학상을 수상했다.

---

58 로스와 매카시는 1933년생, 드릴로와 핀천은 각각 1936년생, 1937년생이다.

핀천의 이력을 살펴보면 특이한 점이 많다. 그의 가문은 미국에서 매우 유서 깊은 청교도 집안인데, 1630년에 청교도 지도자 존 윈스럽이 이끄는 배를 타고 미국에 도착한 뒤 매사추세츠 주의 스프링필드를 개척한 윌리엄 핀천이 바로 그의 선조이다. 또다른 선조로는 코네티컷 주의 트리니티 대학에서 화학·지질학·신학 등을 가르치며 총장까지 지낸 토머스 러글스 핀천 경이 있다. 핀천가(家)는 일찍이 부와 명성을 얻었고 이를 이어 내려왔다고 한다. 그러한 가문의 후예답게 고등학교를 조기 졸업한 뒤 곧바로 코넬 대학 공학물리학과에 장학생으로 입학한 핀천은 2학년 재학 중에 문리학부로 전공을 바꿔 영문학을 공부하기 시작한다. 이런 방향전환에는 과학에 대한 관심 못지않게 고등학교 때부터 두각을 드러낸 영어교과와 창작에 대한 소질이 크게 작용했던 것으로 보인다. 이와 더불어 핀천은 대학을 다니던 중 해군에 지원하여 통신부대에서 두해 동안 복무했는데, 이때의 경험은 그의 작품에 자주 등장하곤 한다. 그리고 졸업 후 보잉사에서 두해 동안 근무하면서 쌓은 로켓 개발을 비롯한 항공과학 분야의 지식과 경험은 『브이』(1963) 『제49호 품목의 경매』(1966) 『중력의 무지개』(1973) 등의 소설에 중요한 밑거름이 되었다.

핀천의 이력 중 가장 특이하면서 작품 못지않게 유명한 것은 보잉사를 그만둔 직후 뉴욕 그리니치에 잠시 머물렀던 때를 빼고는 자신의 거처와 모습을 외부에 일절 드러내지 않고 지금까지 은둔작가로 수십년 넘게 살아오고 있다는 점이다. 심지어 그의 사진은 고등학교 때와 해군복무 시절에 찍은 두어장 정도를 제외하면 거의 없을 정도이다. 그에 관한 생활기록이나 정보는 불에 타서 없어졌거나 사라져 찾을 수가 없다. 출판과 관련된 외부 업무는 모두 대리인을 통해 처리하므로 그의 외모나 거처를 아는 사람도 거의 없다. 핀천이 공식적인 활동을 극도로 꺼리는 탓에 생긴 일화가 많다. 유명한 일화로『중력의 무지개』가 아이작 싱어의 소설집과 함께 전미도서상 공동 수상작으로 선정되었을 때 그는 몇차례 수상을 거절하다가 결국 공동 수상자에 대한 예의를 지키기 위해 상을 받기로 하지만 유명 코미디언을 시상식에 대신 보낸 일이 있다. 핀천이 이렇게 은둔 작가의 길을 고집하게 된 이유는 외모에 대한 콤플렉스나 지나치게 내성적인 성격 때문이라는 추측이 무성하지만 명확하게 밝혀진 바는 없다. 다만 작가의 사적인 삶과 작품은 철저히 분리되어야 하며 오직 작품 자체로 세상과 소통해야 한다는 핀천의 생각이 그런 선택을 하게 만든 이유라고 짐작할 따름이다.

핀천이 은둔 작가로서 세상에 내놓은 작품은 실로 많은 내용을 담고 있어서 문학적 우주를 선보이고 있다고 할 만하다. 무엇보다 그의 작품은 방대함·난해함·복잡함을 특징으로 하는데, 작가가 과학과 인문학을 두루 포괄하고 수시로 넘나드는 폭넓은 지식을 갖고 있기 때문에 그런 것이리라. 아무튼 핀천의 작품은 역사·철학·문학·사회학·심리학·정보학·종교·음모론·수학·물리학·화학·음악·영화·대중문화 등 수많은 분야에서 소재를 취하고 있으며, 그것을 담아내는 문학적 형식과 스타일에서도 고급과 저급, 시적이며 지적인 표현과 유희적이며 통속적인 표현을 혼용하고, 본격문학다운 형식 이외에 탐정·스릴러·판타지·과학소설·대중영화·TV프로

그램·만화 등의 장르를 자유자재로 활용한다.

이렇게 방대하고 복잡한 소재와 형식을 통해 핀천이 일관되게 탐문하는 것은 역사·정치·경제·과학·인종·제국 등 다방면에 걸친 서구 근대의 유산과 폐해, 그리고 그로 인해 갈수록 비인간화되어 가는 현대사회의 위기와 그 유의미한 가능성의 추구이다. 그는 이러한 문제의식과 추구를 언제나 특정 시대를 배경으로 하여 매우 밀도있고 난해하게 제시한다. 가령 『브이』에서는 1950년대 미국 사회에서 목적지 없이 도시의 거리를 방황하는 베니 프로페인과, 아버지가 연루된 19세기 말 유럽의 정치적 사건들을 뒤져 역사의 해답을 찾으려 분투하는 허버트 스텐슬의 이중 플롯을 통해 현대를 살아가는 두 자아의 모습을 대비한다. 이어서 나온 작품으로 핀천의 장편소설 중 가장 짧으면서 상대적으로 읽기 쉬운 편에 속하는 『제49호 품목의 경매』는 1950, 60년대 미국을 배경으로 여주인공이 한때 연인이었던 갑부의 유언을 집행하는 과정에서 알게 되는 미국이라는 제국의 실체와 그 배후에서 오래전부터 혁명을 꿈꾸는 소외된 자들의 대안세력 가능성을 이중삼중으로 음모론을 중첩시켜가며 흥미진진하게 소설화한다. 비평가 에드워드 멘델슨에 의해 예술적 성취가 제임스 조이스의 『율리시즈』에 비견된다고 극찬을 받은, 핀천의 소설 중 가장 유명하지만 가장 난해한 『중력의 무지개』는 런던과 유럽을 무대로 제2차 세계대전의 마지막 몇달에 걸쳐 진행된 로켓 폭탄을 둘러싸고 만화경 같은 사건과 음모, 인간의 성적 오르가슴과 전쟁의 관계 등을 백과사전적인 방식으로 제시한다. 이어서 십칠년 동안의 침묵을 깨고 발표한 『바인랜드』(1990)에서 작가는 대중문화가 지배적으로 되고 냉소주의가 만연해진 1980년대 레이건 집권기의 미국에서 히피 세대와 급진적인 운동가들이 쇠락해가는 과정을 가족로맨스 형식으로 담담하게 그려낸다. 『바인랜드』가 핀천의 이전 작품과 다르게 다소 가라앉고 온화한 편에 속한다면, 그다음 작품 『메이슨과 딕슨』(1997)은 나중에 미국의 남부와 북부를 나누는 경계선이 된 18세기 중엽 '메이슨-딕슨 선'의 두 장본인인 영국 출신의 천문학자 찰스 메이슨과 그의 동료인 미국의 측량사 제레마이어 딕슨을 중심으로 미공화국의 탄생 비화를 핀천 특유의 풍자와 유머를 통해 다룬 작품이다. 최근 칠년 동안 연이어 발표한 세편의 역작 『그날에 대비하여』(2006) 『고유의 결함』(2009) 『블리딩 에지』(2013)에서도 핀천의 파노라마적인 시도는 계속된다. 이 세 작품에서 눈에 띄는 점은 소설무대가 19세기 말에서 제1차 세계대전 직후의 미국과 유럽, 1960년대 미국 캘리포니아, 그리고 9·11테러 직전의 미국 맨해튼 등으로 각기 다른 가운데 서구의 근대로부터 탈근대에 이르는 자본주의의 문제를 서부소설, 누아르, 탐정소설 등의 장르적 형식을 차용해 다룬다는 것이다. 지난 몇년 사이에 보여준 핀천의 창작열이 앞으로 얼마나 오랫동안 이어질지는 모르겠지만 동시대의 삶을 바라보는 노작가의 문제의식과 열의만큼은 앞으로도 한결같을 것으로 보인다.

『느리게 배우는 사람』, 젊은 예술가의 초상

소설집『느리게 배우는 사람』은 핀천이 초기에 발표한 다섯편의 단편소설을 모아 1984년에 출간한 것이다. 이 가운데 첫 장편『브이』가 나온 바로 다음해에 발표한 「은밀한 통합」(1964)을 제외한 「이슬비」(1959) 「로우랜드」(1960) 「엔트로피」(1960) 「언더 더 로즈」(1961)는 모두 핀천이 소설가로 데뷔하기 이전 습작생 시절에 써서 발표한 작품이다. 자기만의 작품세계를 갖고 있는 작가가 대개 그러하듯이, 초기에 쓴 작품들을 보면 이후에 등장할 주요 작품들의 특징과 작가로서의 성장 가능성을 어느정도 예견할 수 있고, 많은 경우 다음 작품을 기대하게 만드는 요소가 그 속에 들어 있게 마련이다. 핀천도 마찬가지여서 소설집에 실린 다섯편의 작품을 보면 그가 이후에 발전시키게 되는 주제와 스타일, 취향 등이 발견된다. 그런데 핀천의 경우 이 소설집은 좀더 각별한 의미를 지닌다. 첫 장편『브이』에서부터『중력의 무지개』에 이르는 장편들을 읽어온 많은 독자들은 이 소설집에 실린 단편들을 처음 접하거나 혹은『중력의 무지개』이후에 나온 작품으로 읽을 여지가 많다. 각 단편들이 처음 발표된 시기가 훨씬 전이라는 사실을 독자가 인지하고 있다 하더라도, 핀천의 주요 장편들에 대한 감흥을 갖고 있는 상태에서 사후적으로 이 소설집을 읽게 될 가능성이 크다. 결국 출판 시기로 인해 독자는 그의 주요 장편들과 이 소설집을 은연중 연계해 읽게 된다.

이렇게 읽게 되는 이유는 작가가 소설집 제목을 각 단편의 내용과 무관해 보이는 '느리게 배우는 사람'이라 붙이고, 게다가 모습을 드러내거나 소설 이외의 글을 잘 쓰지 않는 은둔 작가답지 않게 긴 작가 서문을 달아서 책을 낸 점도 작용한다. '느리게 배우는 사람'은 일을 빠르게 익히지 못하고 말 그대로 느리게 배우는 사람을 뜻하는데, 작가로서 정점에 이른 중년의 소설가가 젊은 시절에 쓴 치기 어린 작품들을 되돌아보며 과거의 자기 자신을 가리키는 말로 사용하고 있다. 소설 쓰는 방법을 늦게 터득한 작가가 그것도 모르고 염치없이 써낸 게 바로 이 소설집의 작품들이란 뜻이 되겠다. 이러한 자기고백이 정확하고 진솔한 것인지, 아니면 지나친 겸손에서 나온 우회적인 반어법인지 여부는 작품을 읽는 독자가 판단할 몫이다. 하지만 처음 발표한 그대로 가감 없이 소설집에 싣고 서문에서 단편 하나하나의 공과를 세세하게 짚는 작가의 모습은 마치 젊은 시절의 자화상을 직접 그려나가는 것 같아서 그것을 대하는 것만으로도 흥미롭고 가치가 있다. 소설을 쓰기 시작할 무렵 사람들이 일상에서 쓰는 사투리나 발음에 귀가 어두웠던 것, '문학적으로' 쓰면 최고인 줄 알았다가 오히려 글의 생동감을 떨어뜨린 일, 개념이나 관념을 먼저 앞세운 탓에 등장인물이 자연스럽게 살지 못하고 극적인 형상화가 미흡했던 점, 인종주의적 표현에서 자유롭지 않았다는 고백, 그리고 창작과정에서 범할 수 있는 표절의 위험성 등등에 관한 핀천의 자상한 회고는 후배작가들을 위한 선배작가의 조언이면서 동시에 시행착오를 통해 성장한 작가 핀천의 모습을 들여다보게 하는 창과도 같다.

『느리게 배우는 사람』의 작가 서문은 각 단편들에 대한 자기고백적 해설과 회상으로서뿐 아니라, 다른 곳에서는 접하기 힘든 핀천의 문학적 성장과정을 자전적으로 소개하고 있다는 점에서도 의미가 크다. 그리고 이 부분은 소설집 전체를 이해하는 데에도 큰 도움을 준다. 핀천이 작가의 꿈을 키워나가던 1950년대 미국은 체제와 권위에 대한 순응을 강요하는 기성세대와 저항·일탈을 통해 그에 맞서려 한 신세대의 갈등이 첨예해지던 때였다. 핀천이 다닌 코넬 대학도 제도화된 모더니즘 문학과 기존 전통을 강조하는 편이었지만, 학교 바깥에서 보고 들은 것, 즉 잭 케루악을 위시하여 비트 작가들과 새로운 작가들의 등장, 그리고 비밥 재즈, 로큰롤 등 새로운 음악의 출현은 그에게 커다란 문화적 충격을 주었다. 작가 서문에서 핀천은 자신이 '비정치적인' 학생이었다고 말하나 흑인 인권운동을 비롯해 비트 정신의 후예인 1960년대의 히피 문화, 그리고 이어서 전개된 신좌파 운동과 계급·인종·체제 문제에 대해 관심이 많았던 것으로 보인다. 비트 문화의 세례를 받고 비로소 꽃핀 핀천의 문화적 정체성은 스스로를 '포스트비트' 세대라고 부른 데서 함축적으로 드러난다. 그는 비트 문화의 영향을 받고 자란 세대로서 저항정신과 자유추구는 계승하지만 그와 동시에 비트 세대가 지닌 한계, 즉 그의 말에 따르면 영원한 다양성을 포함해 젊음을 지나치게 강조하는 것에 대해서는 거리를 두고자 했다. 스스로를 '포스트비트' 세대라고 지칭한 것에서 알 수 있듯이, 핀천은 비트 세대와의 관계를 통해 자신의 위치를 자리매김하려고 했다. 그리고 정도의 차이는 있지만 소설집에서 각 등장인물들이 봉착한 문제상황, 즉 생명력을 상실한 삶의 무기력함에서부터 자유의 상실, 묵시록적 위기의식, 그리고 인종차별의 벽 앞에서 느끼는 부조리 등을 다루는 핀천의 모습에서 우리는 비트 세대와 당대의 젊은 작가들과 공유했던 그의 문제의식을 확인할 수 있다.

『느리게 배우는 사람』의 작품세계

소설집에 담긴 다섯편의 이야기는 소재나 배경, 스타일에서 전혀 다르지만 등장인물들이 처한 현실을 들여다보면 서로 닮은 점이 많다. 각각의 이야기에서는 죽음, 고갈, 권태, 획일화, 무질서, 파국, 단절의 느낌이 인물들의 삶을 관통하고 있다. 핀천은 이러한 상황을 폐쇄회로, 쓰레기 폐기장, 엔트로피, 미국 교외, 묵시록적 종말 등의 메타포로 표현하고 있다. 작가는 자신의 초기 단편들이 결함투성이인 것처럼 말하지만, 그 점을 감안하고 읽더라도 이 소설집은 황무지 위의 삶에서 막다른 길에 다다른 현대인의 이야기를 동시대의 새로운 감성으로 그려낸 수작이라고 할 수 있다.

첫번째 단편 「이슬비」는 동시대를 바라보는 핀천의 독특한 문제의식과 감성을 잘 드러내고 있는데, 작가로서 처음 꺼내든 주제인 죽음의 문제를 다루고 있다. 작가 서문에도 나와 있듯이 이 작품은 T. S. 엘리엇의 「황무지」와 어니스트 헤밍웨이의 『무기여 잘 있어라』로부터 영향받은 흔적이 곳곳에서 눈에 띈다. 두 모더니즘 선배 작가가 현대의 삶은 죽음과 같다고 외친 그 지점에서 후배작가 핀천은 자신의 문학적 출발을 하고 있는 셈이다. 소설의 내용은 육군에서 복무했던 친구의 이야기와 해군 통신부대에서 복무했던 작가의 경험을 바탕으로 하고 있다. 여기서 군대는 주인공 러바인이 무기력한 일상에서 방향을 잃고 도망치듯 찾아온 은신처 같은 곳으로서, 다른 어느 곳 못지않게 삶이 반복적이고 정체되어 있는 곳이다. 러바인은 이곳을 떠나려 하기보다는 오히려 자조적으로 안주하려 한다. 그러다가 허리케인으로 큰 피해를 입은 인근 뉴올리언스에 파견되어 시신 인양작업을 하면서 죽음의 문제와 맞닥뜨리게 된다. 「이슬비」에서 죽음은 비의 이미지와 실제 사건을 통해 반복된다. '커다란 비'를 쏟아붓는 허리케인이 '커다란 죽음'을 초래한다면, 일상의 삶은 '작은 죽음' 즉 생중사(生中死) 같은 순간들의 연속으로, '이슬비' 혹은 '작은 비'는 러바인이 구조작업을 마치고 돌아와서 하는 샤워나 현지 아가씨와 나누는 공허한 섹스처럼 생명을 가져다주기는커녕 '작은 죽음'에 머문다. 핀천의 주인공은 T. S. 엘리엇처럼 비에서 황무지를 적셔줄 사랑과 구원의 희망을 찾지 않는다. 그렇다고 헤밍웨이의 반(反)영웅 프레더릭 헨리처럼 비의 허무에 실존적 혹은 낭만적으로 맞서지도 않는다. 그는 그저 무감각하고 무미하고 무기력하게 잠만 잔다. 그에게 삶은 폐쇄회로와 같은 고립이요 단절일 뿐이다.

「이슬비」가 군대라는 가부장적 사회에서 죽음과 같은 삶을 반복하는 청춘의 이야기라면, 「로우랜드」는 결혼이라는 틀 속에서 책임있는 성인으로 '성장'하기를 거부하고 거기에서 벗어나 좀더 자유롭고 활기차게 살기를 꿈꾸는 남성의 이야기이다. 이 작품의 갈등은 주인공 데니스 플랜지의 두 모습, 즉 결혼하여 도시에서 변호사로 일하는 그와 젊은 시절 바다에서 해군 장교로 지낸 기억을 되살리며 동료들과 호탕하게 지내려 하는 그의 대비를 통해 나타난다. 이 작품 역시 황무지와 유사한 이미지를 통해 생명력을 상실한 불모의 삶을 형상화하는데, 해군복무 시절 수평선 너머로 꿈결처럼 보이던 사막 같은 바다와 작품 후반에 친구의 주선으로 잠입한 거대한 쓰레기 폐기장이 그것이다. 작품 제목으로 쓰인 '로우랜드'는 원래 스코틀랜드의 지명이지만 이 이야기에서는 사막과 같은 평평한 바다와 움푹 파인 쓰레기 폐기장의 맨 밑바닥, 즉 황무지의 최저점을 가리킨다. 이 이미지들은 종전의 황무지적 이미지들에 비해 엔트로피적인 색채가 강하다. 또다른 차이가 있다면 작가가 황무지의 최저점에서 '또다른 세계'의 가능성을 타진한다는 점이다. 여러 작품에서 핀천은 소외된 자들이 모여 사는 '또다른 세계'의 여지를 지속적으로 탐구한다. 「로우랜드」에서 이는 1930년대 대공황 시절에 혁명을 꿈꾸었던 테러리스트들이 파놓은 지하세계를 집시들이 은신처로 사용하는 것으로 제시된다. 흥미로운 것은 작가가 자본주의사회가 내다버린 쓰레기 안에, 즉 버림받은 자들의 공간 안에 새 질서가 숨어 있을 수도 있음을 암시하고 있다는 점이다. 작가는 플랜지가 집시 여인 네리사와 만나는 장면을 환상처럼 묘사함으로써 그것이 과연 새로운 삶의 시작일지, 아니면 또다른 굴레일지 모호하게 처리한다.

몇차례 선집에 실릴 만큼 다른 단편에 비해 많이 알려져 있는 「엔트로피」는 핀천 문학의 브랜드처럼 여겨지는 엔트로피 개념을 문학적으로 처음 형상화한 작품으로, 이후 소설의 원형이 되는 작품이다. 핀천이 작가 서문에서도 고백했듯이,「엔트로피」는 특정 개념을 먼저 상정해놓고 그에 따라 플롯과 구도를 짠 듯한 느낌이 들기도 한다. 하지만 현대사회를 일관된 문제의식으로 포착하려 했다는 점에서 표본적이라 할 만하다. 이 이야기의 구성은 그리 복잡하지 않은 연극무대를 연상시킨다. 무대 위에 아파트가 한 채 있어 삼층에는 멀리건이 재즈 사중주단 친구들과 함께 사흘째 광란의 파티를 벌이고 있고, 바로 위의 사층에는 학자로 보이는 칼리스토가 방을 온실처럼 만들어놓고 죽어가는 새를 살리려고 분투하는 중이다. 이층에 사는 정보이론과 커뮤니케이션 이론에 빠져 있는 쏠이라는 남자는 아내와 한바탕 싸우고 나서 멀리건의 파티에 들른다. 작가는 삼층과 사층을 번갈아가며 대위법적으로 묘사하는데, 삼층의 파티가 상징하는 무질서·소음·혼란·고갈과 사층의 온실이 상징하는 질서·규칙·통제·보존 간의 갈등이「엔트로피」의 핵심구조를 이룬다. 이러한 이중구조는『브이』에서 베니 프로페인 대 허버트 스텐슬의 구도로 더욱 확장되어 쓰인다. 또한 이는 엔트로피가 가중되는 것을 막기 위한 가설로 제시된 '맥스웰의 도깨비'(Maxwell's Demon), 즉 작은 문이 나 있는 가로막을 설치한 방에 한쪽 공간에는 온도가 높은 분자가, 다른 쪽 공간에는 온도가 낮은 분자가 모이도록 맥스웰의 도깨비가 가로막의 문을 통해 분자들을 분리하면, 두 공간의 온도에 차이가 생겨 방의 온도가 균일해지지 않게 되어 열평형으로 인한 열역학적 죽음을 기정사실화하는 열역학 제2법칙을 깰 수 있다는 제임스 클러크 맥스웰의 모형과 매우 흡사하다. 작품 전체에서 도깨비 역할을 하는 것은 물론 작가이다. 그러나 파티의 후반부에서 손님들을 '분리'하고 수습하는 멀리건의 역할도 이와 비슷하다 하겠다. 한편 칼리스토의 온실이 결국에 가서는 아래층의 소음을 견디지 못하고 깨진다는 설정은 그도 엔트로피로부터 자유로울 수 없다는 역설처럼 읽힌다.

「언더 더 로즈」는 소설집에 실린 다른 작품들에 비해 이국적인 분위기를 띠고 있다. 나머지 네 작품이 주로 1950년대 미국사회를 배경으로 한다면, 이 이야기의 무대는 19세기 후반의 이집트이고 주요 인물들은 모두 유럽인이다. 그리고 이 작품은 작가가 평소 애독하고 여러 소설에서 즐겨 사용한 스파이 소설과 음모론적 스릴러를 연상시키는데, 서구 열강이 아프리카의 패권을 놓고 이집트에서 각축을 벌이는 동안 '파쇼다 사건'을 계기로 전쟁을 조장하려는 독일 스파이 몰드웝과 그것을 저지하려고 애쓰는 영국 스파이 포펜타인의 쫓고 쫓기는 과정에 이야기의 초점이 맞춰져 있다. 단편으로 담기에는 스케일이 큰 이 이야기에서 핀천은 크게 두가지 질문을 던진다. 즉 역사는 개인 혹은 인간에 의해 움직이는가 아니면 그것이 통계적이거나 계량적이거나 기계적이거나 간에 다른 비인격적인 힘에 의해 움직이는가, 그리고 만약에 인간의 시대가 퇴조하고 종국에 비인격적 힘에 의해 역사가 움직인다면 그 힘은 과연 무엇인가 하는 질문이다. 작품에서 영국 스파이 포펜타인은 마끼아벨리가 말한 군주처럼 개인적 능력으로 움직이는 마지막 스파이를 대변하는데, 공교롭게도 음모와 배반이 연속될 때마다 그 현장에 있는 빅토리아는 작가가 나중에 『브이』 『중력의 무지개』 등에서 훨씬 더 복합적으로 펼쳐 보이는 '브이'라는 상징물의 한 축이자 편집증적 역사관을 부추기는 중요 인물로 발전한다. 또 하나 염두에 둘 점은 사건의 배경이 19세기 말이지만, 어떤 거대한 힘에 의해 역사가 움직이며 역사는 결국 파국에 이르고 만다는 묵시록적 비전은 이 작품이 씌어진 20세기 중후반뿐만 아니라 그 이후의 역사에도 적용된다는 것이다. 이런 연유로 핀천의 작품들은 그 시대적 배경이 어떠하든 종말의 위기감을 항상 기저에 깔고 있다.

　대학 시절에 쓴 앞의 작품들과 달리「은밀한 통합」은 핀천이『브이』로 세상에 이름을 알린 뒤에 나온 작품이다. 인종차별을 다룬 이 이야기에서 작가는 리얼리즘적이면서 동시에 판타지적인 기법을 사용하고 있다. 작품은 크게 세 부분으로 나눌 수 있다. 즉 주인공 팀 싼토라와 그의 친구들이 알코올중독자인 흑인 음악가 칼 매카피를 도와주려고 하는 부분과 친구 그로버를 중심으로 소년들이 숲속의 옛 저택을 그들의 아지트로 삼고 짓궂은 장난과 음모를 꾸미는 부분, 그리고 작품의 마지막에 가서 상상으로 지어낸 친구임이 드러나는 흑인 소년 칼 배링턴과 관련된 부분이 그것이다. 이 작품에서 작가는 근대화로 인해 신비와 마술이 일상에서 사라진 획일적이며 무미건조한 공간, 즉 미국의 탈신비화를 상징하는 공간으로 교외의 신흥 주택단지를 설정하는 한편, 소년들이 모여서 음모를 짜는 숲속의 버려진 저택을 꿈과 모험이 가능한 곳으로 제시하고 무미건조한 신흥 주택단지와 대비시킨다. 작품의 긴장은 기존의 관습과 규범을 따를 것을 강조하는 어른들과 그것에 순순히 따르지 않는 십대들의 갈등을 통해 고조된다. 소년들의 비밀결사회가 규합한, "교화가 불가능한 녀석"이라고 판정받은 학생들은 기존의 규범과는 맞지 않는 아이들이다. 어른들과 아이들의 갈등은 신흥 주택가에 흑인 가족이 이사 오면서 더욱 불거지는데, 이는 소년들이 알코올중독자인 흑인 음악가 칼 매카피를 도우러 모텔로 찾아갔다 커다란 좌절을 맛본 후이다. 나중에 소년들이 칼 배링턴이라는 흑인 소년을 상상으로 만들어낸 것은 바로 칼 매카피에 대한 죄책감에서 비롯된 것이다. 인종문제를 배후에 깔고 있는 이 작품에서 작가는 흑인을 대하는 백인의 시각이 (에티엔의 아버지가 미래에는 기계만 남을 거라며 자동화의 폐해를 냉소적으로 꼬집은 것처럼) 인간을 대상화·추상화하는 자동화의 한 과정과 다를 바 없이 비인간적이며, 그리고 다소 감상적인 죄책감에서 비롯되었으나 어른들보다 더 용감한 소년들의 '통합' 시도에서 알 수 있듯이 흑인과의 어우러짐이 당시로서는 쉽지 않았던 과제임을 그 어떤 정치소설보다도 진솔하고 탁월하게 그려내고 있다.

핀천의 문체와 번역

번역에서 문체의 중요성은 아무리 강조해도 지나치지 않을 것이다. 잘 읽히는 것 못지않게 원전의 문체가 잘 살아나도록 하는 게 문학작품 번역에서는 중요하다. 문체는 문학작품 번역에서 결코 소홀히 해서는 안되는 중요한 미적 덕목이다. 특정 독자의 눈높이에 맞게, 혹은 현대적으로 매끄럽게 잘 읽히게 하려고 번역하는 과정에서 원작자 고유의 문체를 변형하거나 훼손하거나 사라지게 하면 그건 좋은 번역이라고 하기 어렵다. 문학작품에서 문체는 마치 우리의 손글씨와 같은 것으로서, 작가마다 그만의 고유한 문체, 개성적인 스타일이 있기 마련이다.

핀천의 소설을 우리말로 옮기려고 할 때도 그만의 고유한 문체로 인해 사실 큰 부담을 느끼게 된다. 무엇보다 핀천이 작품 속에 끌어들인 지식의 범위가 워낙 방대하고 다양해서 문장을 단순히 옮기는 것 이상의 작업을 필요로 한다. 그리고 음악·가요·영화·만화·텔레비전·광고 등 미국 대중문화가 때로는 과하다 싶을 정도로 많이 나와서 한국 독자들에게는 이질적으로 느껴질 여지도 많다. 여기서 말장난 같은 동음이의어나 처음 보는 약어를 자주 사용하는 것도 곤란을 가중시킨다. 그런데 그것들보다 더 중요하고 조금은 버겁다고 생각되는 부분은 핀천 특유의 아주 길고 복잡한 문장들이다. 그의 작품에는 20행이 넘는 문장이 수두룩하다. 그래서 문장의 주술관계나 수식관계를 파악하고 해독하는 독서행위 자체가 핀천이 의도한 주제요 전략이라는 토니 태너나 프랭크 커모드 같은 비평가들의 지적은 설득력이 있다. 최근에 나온 소설에서는 좀 덜한 편이지만, '핀천적' 혹은 '핀처네스크'(Pynchonesque)라는 말이 있을 정도로 핀천은 그만의 난해한 문체와 특유의 분위기로 정평이 나 있다. 우리말로 옮길 때 가능한 이 점을 최대한 살리려고 노력했다. 가독성을 위해 반드시 필요하다고 생각되는 경우를 제외하고는, 우리말 문장이 허락하고 역자의 능력이 허락하는 한, 긴 문장은 길게, 복잡한 문장은 복잡하게 옮기려고 노력했다. 미국

문학에서 짧고 간명한 문장 하면 단연 헤밍웨이가 으뜸이다. 만약 핀천을 읽기 쉽게 끊어서 옮긴다면 그건 헤밍웨이의 문체이지 핀천의 문체가 아닐 것이다.

끝으로 책이 나오기까지 편집부 여러분의 도움이 컸다. 만약에 번역상의 오류가 있다면 그것은 전적으로 역자의 잘못이다. 이 책을 계기로 핀천의 소설이 우리나라 독자들에게 좀더 가까이 다가가기를 기대해본다.

박인찬(숙명여대 영문학부 교수)

작가연보

1937년   정식 이름은 토머스 러글스 핀천 주니어(Thomas Ruggles Pynchon Jr.)로, 5월 8일 뉴욕 주 롱아일랜드의 글렌코브에서 태어남.

1953년   16세에 오이스터 베이 고등학교(Oyster Bay High School)를 졸업함. 최우수 학생에게 주는 줄리아 서스턴 상을 수상하고 졸업생 대표로 연설함. 이해 가을에 장학생으로 코넬 대학 공학물리학과에 입학함.

1954년   대학 2학년을 미처 마치기 전에 문리학부로 전과해 영문학을 공부함.

1955년   학교를 휴학하고 해군에 입대하여 통신부대에서 복무함.

1957년   군 복무를 마치고 복학함. 재학 중에 러시아 출신의 유명 소설가 블라디미르 나보코프의 문학과목을 수강함.

1959년   전과목 최우수 성적으로 영문학 학사학위를 받고 졸업함. 윌슨 펠로우십을 포함한 여러 장학금과 코넬 대학에서의 문예창작 강의, 『에스콰이어』(*Esquire*)지 편집기자 제의를 모두 거절하고, 뉴욕 그리니치빌리지(Greenwich Village)에 거주하면서 소설 창작에 몰두함. 3월에 첫 단편 「이슬비」(The Small Rain)를 『코넬 라이터』(*Cornell Writer*)에 발표하고, 바로 이어서 두번째 단편 「빈에서의 죽음과 자비」(Mortality and Mercy in Vienna)를 『에포크』(*Epoch*)에 발표함.

1960년   워싱턴 주 씨애틀의 보잉사에 취직하여 테크니컬라이터로 근무하기 시작함. 3월에 「로우랜드」(Low-lands)를 『뉴 월드 라이팅』(*New World Writing*)에 발표하고, 「엔트로피」(Entropy)를 『케니언 리뷰』(*Kenyon Review*) 봄호에 발표함. 12월에 보마크 유도 미사일 안전문제에 관한 논문을 『에어로스페이스 쎄이프티』(*Aerospace Safety*)에 게재함.

1961년   나중에 소설 『브이』(*V.*)의 세번째 장이 되는 단편 「언더 더 로즈」(Under the Rose)를 5월에 『노블 쎄비지』(*The Noble Savage*)에 발표함.

1962년   보잉사를 그만두고 일정한 거처 없이 캘리포니아와 멕시코 등지에서 지냄. 이후 지금까지 유목민적인 은둔생활을 함.

1963년   첫 장편소설 『브이』를 발표하여 문단의 극찬을 받음. 그해 출간된 최우수 데뷔소설에 주는 윌리엄 포크너 상을 수상함.

1964년	12월에 「은밀한 통합」(The Secret Integration)을 『쎄터데이 이브 닝 포스트』(*The Saturday Evening Post*)에 발표함. 『브이』가 전미도 서상(National Book Award) 최종 후보에 오름.
1965년	나중에 두번째 장편소설 『제49호 품목의 경매』(*The Crying of Lot 49*)의 일부가 되는 단편 「세계(이것), 육체(이디파 마스 부인), 그 리고 피어스 인버래러티의 유언장」(The World(This One), the Flesh(Mrs. Oedipa Maas), and the Testament of Pierce Inverarity) 을 12월에 『에스콰이어』지에 발표함.
1966년	6월에 로스앤젤레스 와츠 흑인폭동을 다룬 에세이 「와츠의 의식 속으로의 여행」(A Journey into the Mind of Watts)을 『뉴욕타임 스 매거진』(*The New York Times Magazine*)에 기고함.
1967년	『제49호 품목의 경매』로 국립예술원의 리처드 앤드 힐다 로젠탈 상을 수상함.
1968년	전쟁세(war tax)에 항의하는 작가 및 편집인들의 서명에 동참하면 서 베트남전 반대운동에 참가함.
1973년	세번째 장편소설 『중력의 무지개』(*Gravity's Rainbow*)를 발표함.
1974년	『중력의 무지개』가 전미도서상 공동 수상작으로 선정됨. 퓰리처 상 심사위원단의 만장일치로 『중력의 무지개』가 소설부문 수상작 으로 추천되지만 퓰리처상 위원회가 읽기 어렵고 외설스럽다는 이유로 최종 수상작으로 선정하기를 거부함.
1975년	『중력의 무지개』로 미국문예아카데미로부터 윌리엄 딘 하월스 메 달을 받음.
1984년	1950, 60년대에 발표한 다섯편의 단편소설에다 작가 서문을 추가

한 『느리게 배우는 사람』(*Slow Learner*)을 출간함. 첨단과학시대 지식인의 역할에 관한 에세이 「러다이트여도 괜찮은가?」(Is it O. K. to be a Luddite?)를 『뉴욕타임스 북 리뷰』에 기고함.

1987년 맥아더 파운데이션 상을 수상함.

1988년 가브리엘 가르시아 마르께스의 『콜레라 시대의 사랑』(*Love in the Time of Cholera*)에 관한 서평 「마음의 영원한 서약」(The Heart's Eternal Vow)을 『뉴욕타임스』에 기고함.

1990년 십칠년간의 공백을 깨고 네번째 장편소설 『바인랜드』(*Vineland*)를 발표함.

1993년 '일곱가지의 큰 죄'에 대한 작가들의 생각을 씨리즈로 연재하는 『뉴욕타임스 북 리뷰』의 요청으로 '게으름'에 관한 에세이 「나의 소파여, 좀더 가까이, 그대에게로」(Nearer, My Couch, to Thee)를 기고함.

1994년 록뮤지션 스파이크 존스(Spike Jones)의 앨범 「스파이크드!」 (Spiked!) 재킷에 해설을 실음.

1995년 인디 록밴드 로션(Lotion)의 새 앨범 「노바디스 쿨」(Nobody's Cool) 재킷에 해설을 싣고, 밴드와 직접 인터뷰한 기사를 『에스콰이어』지에 기고함.

1997년 다섯번째 장편소설 『메이슨과 딕슨』(*Mason & Dixon*)을 발표함.

2003년 미국 플룸/하트코트 브레이스 출판사에서 새로 출간한 조지 오웰의 소설 『1984』의 서문을 씀.

2004년 미국의 유명 텔레비전 만화 「심슨네 가족들」(The Simpsons)에 물음표가 그려진 커다란 종이봉투를 턱까지 뒤집어쓴 만화캐릭터로 두차례에 걸쳐 카메오 출연함.

2006년	자신의 소설 중 가장 긴 『그날에 대비하여』(*Against the Day*)를 발표함.
2009년	소설 『고유의 결함』(*Inherent Vice*)을 발표함.
2013년	소설 『블리딩 에지』(*Bleeding Edge*)를 발표하여 전미도서상 최종 후보에 오름.
2014년	소설 『고유의 결함』을 영화화한 「인히어런트 바이스」(Inherent Vice) 개봉 예정.

고전의 새로운 기준, 창비세계문학

오늘날 우리는 인간의 존엄과 개성이 매몰되어가는 시대를 살고 있다. 물질만능과 승자독식을 강요하는 자본주의가 전지구적으로 확산되면서 현대사회는 더 황폐해지고 삶의 질은 크게 훼손되었다. 경제성장만이 최고의 선으로 인정되고 상업주의에 물든 문화소비가 삶을 지배할수록 문학은 점점 더 변방으로 밀려나고 있다. 삶의 본질을 성찰하는 문학의 자리가 위축되는 세계에서는 가진 자와 못 가진 자 할 것 없이 모두가 불행할 수밖에 없다.

이 시대야말로 인간답게 산다는 것의 의미가 무엇인지 근본적인 화두를 다시 던지고 사유의 모험을 떠나야 할 때다. 우리는 그 여정에 반드시 필요한 벗과 스승이 다름 아닌 세계문학의 고전이라는 점을 강조한다. 고전에는 다양한 전통과 문화를 쌓아올린 공동체의 경험이 녹아들어 있고, 세계와 존재에 대한 탁월한 개인들의 치열한 탐색이 기록되어 있으며, 새로운 세상을 꿈꾸는 아름다운 도전과 눈물이 아로새겨 있기 때문이다. 이 무궁무진한 상상력의 보고이자 살아 있는 문화유산을 되새길 때만 개인의 일상에서 참다운 인간적 가치를 실현하고 근대적 삶의 의미와 한계를 성찰하는 지혜를 얻을 수 있을 것이다.

'창비세계문학'은 이러한 문제의식에서 출발한다. 세계문학의 참의미를 되새겨 '지금 여기'의 관점으로 우리의 정전을 재구성해야 할 필요성이 그 어느 때보다 절실하다. '정전'이란 본디 고정된 목록으로 존재하는 것이 아니라 그때그때 주어진 처소에서 새롭게 재구성됨으로써 생명을 이어가는 것이다. 우리는 먼저 전세계 문학들의 다양성과 차이를 존중하면서 국가와 민족, 언어의 경계를 넘어 보편적 가치에 기여할 수 있는 가능성에 주목하고자 한다. 근대를 깊이 성찰한 서양문학뿐 아니라 아시아와 라틴아메리카, 중동과 아프리카 등 비서구권 문학의 성취를 발굴하고 재평가하는 것 역시 세계문학의 지형도를 다시 그리려는 창비의 필수적인 작업이 될 것이다.

여러 전집들이 나와 있는 세계문학 시장에서 '창비세계문학'은 세계문학 독서의 새로운 기준이 되고자 한다. 참신하고 폭넓으면서도 엄정한 기획, 원작의 의도와 문체를 살려내는 적확하고 충실한 번역, 그리고 완성도 높은 책의 품질이 그 기초이다. 독서시장을 왜곡하는 값싼 유행과 상업주의에 맞서 문학정신을 굳건히 세우며, 안팎의 조언과 비판에 귀 기울이고 독자들과 꾸준히 소통하면서 진정 이 시대가 요구하는 세계문학이 무엇인지 되묻고 갱신해나갈 것이다.

1966년 계간 『창작과비평』을 창간한 이래 한국문학을 풍성하게하고 민족문학과 세계문학 담론을 주도해온 창비가 오직 좋은 책으로 독자와 함께해왔듯, '창비세계문학' 역시 그러한 항심을 지켜나갈 것이다. '창비세계문학'이 다른 시공간에서 우리와 닮은 삶을 만나게 해주고, 가보지 못한 길을 걷게 하며, 그 길 끝에서 새로운 길을 열어주기를 소망한다. 또한 무한경쟁에 내몰린 젊은이와 청소년들에게 삶의 소중함과 기쁨을 일깨워주기를 바란다. 목록을 쌓아갈수록 '창비세계문학'이 독자들의 사랑으로 무르익고 그 감동이 세대를 넘나들며 이어진다면 더없는 보람이겠다.

2012년 가을
창비세계문학 기획위원회
김현균 서은혜 석영중 이욱연 임홍배 정혜용 한기욱

창비세계문학 30

느리게 배우는 사람

초판 1쇄 발행/2014년 4월 10일
초판 4쇄 발행/2021년 2월 17일

지은이/토머스 핀천
옮긴이/박인찬
펴낸이/강일우
책임편집/심하은·김성은
펴낸곳/(주)창비
등록/1986년 8월 5일 제85호
주소/10881 경기도 파주시 회동길 184
전화/031-955-3333
팩시밀리/영업 031-955-3399 편집 031-955-3400
홈페이지/www.changbi.com
전자우편/lit@changbi.com

한국어판 ⓒ (주)창비 2014
ISBN 978-89-364-6430-1 03840